KB263366

다카하마 교시

장편소설

조선

지은이 다카하마 교시(高浜虚子たかはまきょし, 1874.2.22~1959.4.8)

하이진俳人(하이쿠 시인)·소설가. 본명 기요시淸. 교시는 마사오카 시키正岡子規로부터 받은 호. 시키의 영향으로 언문일치의 사생문을 썼으며, 소세키에게 자극을 받아 사생문체로 된 소설을 쓰기 시작해 여유파의 대표적 작가로서도 이름을 날렸다. 메이지 40년대(1907)부터 소설에 주력하여 하이쿠 활동이 일시적으로 중단된 적이 있다. 1911년 4, 5월에 조선을 유람하고 7월 에 『조선』을 신문에 연재한 후 1912년 2월에 단행본으로 간행했다. 1937년 예술원 회원. 1940년 일본하이쿠작가협회 회장. 1954년 문화훈장 수장. 1959년 4월 8일 85세를 일기로 사망. 대표적인 소설로「풍류참법風流懺法」(1907), 「배해사俳諧師」(1908), 『조 선』(1912), 「감 두 개柿二つ」(1915) 등이 있다.

옮긴이 김영식(金榮植, Kim Young-Sik)

작가·번역가. 중앙대 일어일문학과 졸. 2002년 계간 『리토피아』 신인상(수필). 블로그 '일본문학 취미'는 2003년 문진원선정 우수문학사이트. 역서로는 『라쇼몽』(아쿠타가와 류노스케, 문예출판사, 2008), 『나는 고양이로소이다』(나쓰메 소세키, 문예출판사, 2011), 『무사시노 외』(구니키다 돗포, 을유문화 사, 2011), 『기러기』(모리 오가이, 문예출판사, 2012) 등이 있고, 저서로는 『그와 나 사이를 걷다 – 망우리 비명으로 읽는 근현대인물사』(골든에이지, 2009 문광부우수교양도서)가 있다. 산림청장상(2012, 한국내 셔널트러스트), 리토피아문학상(2013, 계간리토피아), 서울스토리텔러대상(2013, 서울연구원).

조선 朝鮮

초판인쇄 2015년 4월 15일 **초판발행** 2015년 4월 20일

지은이 다카하마 교시 **옮긴이** 김영식 **펴낸이** 박성모 **펴낸곳** 소명출판 **출판등록** 제13-522호

주소 서울시 서초구 서초중앙로6길 15, 1층

전화 02-585-7840 **팩스** 02-585-7848 **전자우편** somyong@korea.com **홈페이지** www.somyong.co.kr

값 16,000원

ⓒ 김영식, 2015

ISBN 979-11-86356-00-5 03830

식민지 조선을 그린 일본인 작가 최초의 소설

다카하마 교시

朝鮮
C H O S E N

조선

장편소설 ― 김영식 옮김

소명출판

지금의 에히메현 마쓰야마시松山市에서 무사 출신 이케우치池內가의 5남(막내)으로 출생, 8세 때 조모의 친정 가계를 이어 다카하마高浜로 성을 바꿨다. 1887년 이요伊予 심상중학에 들어가 재학 시절 동기 가와히가시 헤키고토河東碧梧桐를 통해 도쿄에서 활동 중인 동향 선배 마사오카 시키(1867~1902)와 편지로 교제를 시작. 1892년 교토 제3고등중학에 입학했으나 대학예과가 해산되어 센다이 제2고등중학으로 헤키고토와 함께 전학했으나 의기투합하여 함께 중퇴하고 상경, 시키의 하이쿠 활동에 참여했다.

1897년 하숙집 딸 이토와 결혼. 1897년 고향 마쓰야마에서 야나기하라 교쿠도가 창간한 하이쿠 잡지 『호토토기스ホトトギス, 두견새』를 인수하여 1898년 9월 도쿄로 이전하고 하이쿠 외로 와카, 산문을 싣는 하이쿠문예지로 도쿄에서 재출발하였다.

재정난 타개를 위해 1912년 잡영雜詠(제목을 정하지 않고 여러 가지 사물을 통해 와카나 하이쿠 등을 지음. 또는 그 작품)란을 부활하여 1951년 장남인 도시오年尾에게 넘기기까지 심사위원으로 활동하였고 그동안 수많은 인재들을 길렀으며 하이쿠 보급에도 공이 컸다.

친우였던 헤키고토의 신경향 하이쿠, 쇼와시대의 신흥 하이쿠 등 강력한 혁신 운동에 대해서는 대항의 입장을 견지했다. 시키의 사생주의를 계승하면서도 주관 존중에서 객관 존중으로 지도 이념을 변경해, '객관사생'과 '화조풍영花鳥諷詠'을 기치로 하이쿠 문단에 군림하고 그 스스로는 주객합일의 경지에서 수많은 가작을 낳았다.

소설 『조선』을 쓰고 나서 무명의 한 찻집이 이윽고 오마키의 찻집으로 불리게 되었다. 1924년 10월 만주에 여행한 길에 그 오마키의 찻집에 들른 적이 있다. 그때 부벽루 아래에 서서 촬영한 것. 오마키의 찻집은 이 안쪽에 보이는 수목 가운데 있다. 오마키는 1932년 사망.

'대동강 연광정 아래에 화방 낙랑호樂浪丸 부유의 광경을 1915년
9월 27일 촬영. 평양 부윤 혼다 쓰네기치本田常吉'라고 뒷면에 적혀
있는 사진. 소설 『조선』 안에 화방이 소개된 것을 대동강 세관장
이었던 구지라이鯨井 씨가 실현을 위해 노력하였고, 『호토토기스』
도 응원하여 고토 씨가 설계를 해주어 이윽고 대동강에 띄우게 되
었다. 그 후 대동강 홍수 때 유실 파손되었다고 한다.

만경대에서 바라본 대동강

현무문과 을밀대

사진출처

『조선사정사진첩』, 조선공론사, 1922.
『다카하마교시전집』, 개조사, 1934.

차례

•

조선 1~48
13

해설
349

1

우리 부부가 시모노세키 정거장에 내려섰을 때는 상현달이 스산하게 구름 사이를 들락거리고 뜨뜻미지근한 바람이 부는 밤이었다. 정거장에서는 두 시간 남짓 출항을 기다려야 했다. 이 정거장의 높은 벽에 나란히 걸려 있어 어느 누구의 눈에도 또렷이 보이는 큰 흑판에는 무슨 무슨 마루丸[1]라는 배 이름이 적혀 있고 그 옆에 인천행이라든가 부산행이라든가 대련행 등의 행선지와 발착 시간 등이 적혀 있었다. 이것은 다른 정거장에서는 볼 수 없는 것으로 이윽고 이제 본토를 떠나는구나! 하는 느낌을 누구에게도 불러일으켰다. 아내 또한 서운한 마음을 견디기 어려운 듯한 얼굴로 내게 기대면서,

"이 사람들은 모두 다 부산으로 건너가는 것일까요?"라고 그곳에 모인 많은 사람들을 가리키며 물었다.

"물론 그렇겠지. 이 대기실은 모두 관부연락선을 타는 승객뿐인걸."

"그렇긴 하지만 저기 밥통 꾸러미를 들고 있는 저 가족이나 혼자 몸으로 아이를 업고 서 있는 저 여자를 보면 왠지 금방이라도

---

1   마루丸: 일본은 배 이름 끝에 마루丸를 붙이는데 유래는 여러 설이 있지만 그중 하나는, 점에서 시작해서 다시 한 바퀴 돌아오는 둥근 원丸처럼 무사 복귀를 기원하는 의미를 담았다.

근처로 나들이 가는 차림처럼 보이네요."

"그렇기는 하지만 저런 대수롭지 않은 차림에 오히려 쓸쓸하고 뒤숭숭한 마음이 엿보여 본토를 떠나는 사람이라는 느낌이 강하지 않나?"

이런 이야기를 하던 우리의 눈에는 문득 어느 노부부와 열네다섯 살의 소녀 일행이 보였다. 노인은 아까부터 매표구 옆에 서서 무언가 자꾸 질문하여 매표원의 핀잔을 듣고 있었다. 노인은 머리 뒤쪽에만 지저분한 머리털이 남아 있고, 또 그처럼 지저분하게 자란 긴 수염이 눈에 띄었으며, 삐쩍 마른 몸의 부인은 서 있는 것도 힘든 듯 양산을 지팡이처럼 짚고 있었다. 단지 소녀만이 새로 지어 입은 듯한 깔끔한 줄무늬 옷을 입고 있었으나 얼굴은 영양부족으로 창백해 보였다.

"뭔지 모르지만 당신이 가서 좀 도와주세요." 아내는 안쓰럽다는 듯 말했다. 내가 일어서서 다가갔을 때, 노인은 그제야 매표구 옆을 떠나 이쪽으로 왔다. 문제는 이미 해결된 듯했으나 노인은 지저분하게 긴 수염을 흔들거리며 혼잣말로 구시렁댔다.

갑자기 실내가 동요하기 시작해서 돌아보니 역무원이 개찰을 시작했다. 노인은 엽서를 기둥에 대고 붓을 잡듯이 연필을 쥐고 눈을 끔뻑거리면서 한 글자 쓰고는 전등 빛에 비춰보곤 했다. 그리고 역무원이 개찰을 시작한 것을 가족 셋 다 눈치를 채지 못한 것 같아 나는 개찰구로 가는 길에,

"여보세요, 벌써 개찰이 시작됐습니다"라고 알려 주었다.

노인은 성가신 듯 뒤돌아보고 잠시 멍하게 있었으나 곧 상황을 깨달았는지 허둥대기 시작했다. 그리고 우리가 개찰구를 나섰을 때, 그들 세 명은 늘어선 행렬 속으로 끼어들려고 하다가 사람들에게 소리를 들었다.

플랫폼을 나서자 곧 부두였다. 간몬해협關門海峽[2]의 야경이 그림처럼 눈앞에 펼쳐졌다. 부두 옆에 정박한 소증기선小蒸氣船의 옆면을 치는 파도 소리가 철썩 철썩 끊임없이 들려왔다.

"도대체 어느 배를 타야 하는 거죠?"

아내는 불안스럽게 앞을 바라보았다. 지금까지 말로만 들어왔던 해협은 상상했던 것보다 넓고, 바다 건너편에 띠처럼 늘어선 불빛은 모지門司[3] 읍내인 듯했다.

일 이등 손님만 태운 소증기선은 곧 부두를 떠나 모지의 등불 가까이 정박한 우메가카호梅ヶ香丸[4] 쪽으로 달빛 아래의 파도를 헤치면서 나아갔다.

아까의 노인 일행, 아기를 업은 여자, 밥통 꾸러미를 든 가족을 비롯한 많은 삼등객은 모두 뒤에 남아, 이 소증기선이 다시 부두로 돌아오는 것을 기다렸다.

2　간몬해협關門海峽 : 혼슈本州 시모노세키下關와 규슈九州 모지門司 사이의 해협.
3　모지門司 : 1899년부터 모지시市였으나 1963년부터 기타큐슈北九州시 모지구區로 됨. 규슈 최북단에 위치하여 오래 전부터 해상교통의 요지. 2014년 현재 인구 약 10만 명.
4　우메가카호梅ヶ香丸 : 매향호. 당시 부산과 시모노세키를 오가던 연락선 이름. 3272톤.

우메가카호는 하나의 '불야성'처럼 튼튼한 선체에 전등불의 꽃을 피웠다. 배 멀미가 심한 우리 부부는 깔끔한 선실 안에 꼼짝없이 처박혀 잠만 잤으나, 때때로 눈을 떠 보면 배는 크게 흔들리고 둥글고 작은 창밖으로는 현해玄海[5]의 별이 빛나고 있었다.

2

이윽고 배가 부산에 닿았을 때, 나는 아내와 함께 갑판에 나와 보고 놀랐다. 부두를 내려다보니 그곳을 줄줄이 걸어 다니는 키 큰 흰옷의 사람은 모두 조선인이었다.

"저 사람들이 조선사람이야."

"아, 예."

아내는 단지 창백한 얼굴로 바라볼 뿐이었다.

우리 옆의 사람들은 "한 사람 한 사람 모두 담뱃대를 물고 있군"이라든가 "모두 훈도시가쓰기[6] 같은 머리를 하고 있군" 등의 말을 나누며 웃었다.

조선인들은 기소木曾[7] 산촌 사람들이 등에 메는 것과 비슷한 것

5　현해玄海 : 현해탄玄海灘, 겐카이나다. 규슈 북서부 해역. 겨울에는 풍파가 심하다.
6　훈도시가쓰기褌担ぎ : 샅바를 둘러메고 따라다니는 하급 스모 선수. 머리에 띠를 두르고 있다.
7　기소木曾 : 나가노현 기소군. 온다케산御嶽山은 해발 3,067m. 등에 메는 듯한 것은 지

을 등에 지고 그것에 짐을 실어 옮기고 있었다.

이윽고 우리는 배를 내려 많은 여객과 함께 해안로海岸路라고 해야 할 거리를 줄줄이 걸어서 정거장 쪽으로 갔다. 길바닥에서 물건을 파는 많은 조선인 가운데 여자도 있었다. 그들은 양 다리를 벌리고 쪼그려 앉아서 앞에 큰 밥상을 놓고 그 주위로 모여든 많은 조선인에게 하나하나 무언가 담아 건네고 있었다. 잘 보니 그것은 우동 같은 것이었다.

집들은 모두 일본풍으로 가게에 있는 사람도 모두 일본인이었다. 그것을 보자 일본 내지內地[8]에 있는 것과 다를 바 없었으나, 단지 노동자 같은 조선인들이 우글우글 그 가게 앞에 서성대고 있는 것이 자못 식민지다웠다.

정거장은 일본 내지에서도 드물게 볼 정도의 훌륭한 건물이었다. 대합실에 가득한 사람들은 시모노세키의 대합실에서 본 얼굴이 많았다. 노인 일행도, 아기를 업은 여자도 있었다. 단지 밥통 꾸러미를 든 일행만은 보이지 않았다.

조선인 노동자 같은 이는 여기에도 많이 들락거리고 있었다. 대부분은 소년들이었다. 어느 조선인 소년이 무거운 짐을 지고 들어왔다. 이마에서 흐르는 땀을 그는 더러운 흰 소매로 대충 닦

게를 말함.
8 내지內地 : 일본 본국.

고 짐을 의자 위에 내렸다. 그곳에는 장사꾼 같은 일본인 부부가 앉아 있었다. 남자는 지갑에서 오 전짜리 동전을 꺼내 주었다. 조선인 소년은 정해진 삯에 모자란다는 표정을 짓고 오 전 동전을 얹은 손을 내민 채로 그대로 버티고 있었다. 상인은 그 손을 물리치며 말했다.

"저리 가, 저리 가라고."

"다리마센모자라요."

조선인 소년은 일본어로 대답했다. 남자는 다시 손을 밀치며,

"없어, 없다니까. 이것밖에 없어"라고 말하며 소년을 밀쳤다. 소년은 계속 이마에서 흐르는 땀을 한쪽 소매로 닦으면서 여전히 내민 손을 들이려고 하지 않았다. 때때로 눈을 힐끔거리며 주위에 있는 사람의 안색을 살피는 것은, 일본인에 대한 두려움을 품고 있는 것처럼 보이기는 했지만, 내민 손 위에 하나의 백동전을 얹은 채로 끝내 포기하지 않았다. 그때 남자는 지갑을 열어서 아까 건넨 오 전짜리 동전 외로 십 전 동전도 다른 백동전도 없다는 것을 보여주고 다시 손을 흔들었다. 내 동포의 이런 경멸스런 행동에 나는 내 일처럼 부끄러웠다. 그때 아까부터 이 장면을 웃으면서 보던 서른 아래로 보이는 세련된 부인이 가만히 자기 허리띠 사이에서 지갑을 꺼내, 그 희고 긴 손가락으로 안을 뒤지더니 이윽고 오 전을 꺼내 소년의 손 위에 떨어뜨렸다. 소년은 그제야 손을 집어넣었다. 나는 사람들 속으로 사라지는 조선인 소년의 뒷

모습을 지켜보았다. 조선 소년은 머리를 길게 길러서 묶어 뒤로 늘어뜨려서 여자와 구별이 되지 않은 경우가 많고 게다가 얼굴도 여자처럼 고왔다.

아내를 돌아보니 이 장면은 전혀 보지 못한 듯, 바로 옆에 앉아 있는 다른 한 여자와 무언가 말을 하고 있었다. 그녀는 혼자서 대구에서 십몇 리인가 시골로 들어간 경주라는 곳으로 남편을 찾아간다고 했다. 나는 평소 몸이 허약한 아내가 이번 장도의 여행에 각별히 피로를 호소하지 않는 것을 이상하게 생각했으나, 지금 이 홀몸 여자의 창백한 얼굴에 굳은 결심의 빛이 어리는 것을 보고 여자의 강함 같은 것을 느꼈다.

3

신기한 창밖 풍경을 바라보는 동안, 부산에서 서너 시간 만에 벌써 대구 정거장에 도착했다. 곧 일군의 사람들이 아내를 둘러쌌다. 트레머리의 쉰 살 정도의 부인은 작은 무늬가 있는 고풍스런 하오리[9]를 입었다. 그녀는 아내의 숙모였다. 옷단에 무늬가 있는 약간 색 바랜 기모노를 입고 가장 먼저 아내에게 말을 건 스물

---

9 하오리羽織 : 일본옷의 위에 입는 짧은 겉옷.

네다섯 살의 부인은 아내의 사촌동생이었다. 그 외로 약간씩 닮은 젊은 남녀가 많이 있었다. 아내의 숙부 부부는 청일전쟁 당시에 이미 부산에 이주해 왔기 때문에, 나는 모두 이들과는 초면이었다.

아내는 이 일가족의 상세한 이야기를 지금까지 별로 하지 않았다. 그렇지만 이번에 조선행이 정해지고 나서 간간히 말을 해 주었다. 확실히는 모르나 이 숙모라는 사람은 원래 이런저런 좋지 않은 소문이 많았던 사람으로, 숙부가 숙모와 결혼한다는 것에 대해 가문에서 반대가 많았다. 그렇지만 숙부는 듣지 않았다. 그러나 숙모는 딸을 낳고 나서 곧 숙부를 버리고 어디론가 도망쳐 버렸다. 그 후 숙부는 후처도 얻지 않고 가련한 생활을 하며 딸을 키웠으나, 육칠 년 후에 돌연 조선에서 장문의 편지가 왔다. 그것은 숙모로부터였다. 그 안에는 전신환 수표도 들어 있었다. 숙부는 친척에게도 일언반구 알리지 않고 딸을 안고 조선으로 갔다. 친척과 숙부 사이에는 그 이래 소식이 끊어져 버려, 한 때는 생사조차 알지 못했다. 그 당시 조선은 멀리 떨어진 나라였다. 숙모가 그 땅에 건너가 육칠 년간 무엇을 했는지 친척들은 알 수 없었다. 실제로 우리를 역에 마중 나온 젊은 남녀 중에는 아내의 사촌여동생과 씨가 다른 형제가 둘 있었다. 그 두 사람이 또 각자 아버지가 다르다고 했다. 그렇지만 그 후 숙부 부부는 유복하게 살며 많은 전답 등을 샀다고 하는 소문이 드문드문 들리기 시작하였고, 아내가 내 집에 오고 나서 오륙 년째에 처음으로 그 사촌여동생으로부터 돌연 아내 앞으로 편지가 왔다. 충분하지는 않지만 어쨌든 굶지는 않고 잘 살고 있다고 적혀 있었다. 그리고 모두 보고 싶다며 본국 친척들의 소식을 물었다.

아내는 나이든 숙부를 보고 돌아가신 자신의 부친과 꼭 닮았다고 하며 반가워했다. 숙부라는 사람은 예순 살이 넘었으나 자못 호인물인 듯, 늘어진 볼에 시종 미소를 띠고 술만 마셔댔다. 그리고 아내와 사촌여동생이 정겨운 대화를 나누는 것을 별로 감격하는 모습도 없이 들었다. 그 유명한 숙부라는 사람도 내 눈에는 평범한 사람처럼 보였다. 그리고 많은 자식들은 모두 부모에게 다정하고 깍듯했다. 아버지가 다른 자식들이라는 모습은 전혀 보이지 않았다.

사촌여동생의 남편은 하급관리인 듯, 지금은 어딘가 출장 가서 집에 없다고 했다. 일가의 생활은 결코 유복하게는 보이지 않았다. 우리 부부는 어쨌든 이곳에 이삼일 체재하기로 했다.

어느 날 아내는 내게 이런 말을 했다.

"오히사ぉ久가 고려자기 좋은 것을 많이 갖고 있으니 혹시 당신이 갖고 싶다면, 남편이 없어도 괜찮으니, 넘겨줘도 좋다고 하네요."

오히사는 사촌여동생의 이름이었다. 나는 별로 도자기에 취미는 없었으나 어쨌든 한번 보기로 했다.

오히사 상은 하나 하나 상자에 들어 있는 오래된 도기를 많이 꺼내서 보여주었다. 그리고 이것은 오십 엔 저것은 팔십 엔이라며 값을 알려 주었다. 그리고 자금은 사려고 해도 살 수 없는 것뿐으로 대부분 청일전쟁 막바지에 손에 넣은 것이라고 했다.

"이것은 요전에 ○○ 백작에게 보여드렸더니 아주 탐내 하셨으나 남편이 이백 엔 줘도 팔지 않겠다고 했어요."

오히사 상은 이렇게 말하며 흰 도기 접시를 보여주었다. 그리고 그것이 유명한 백고려白高麗[10]라고 설명했다. 접시는 내 눈에도 아주 좋게 보였다. 이것들 모두 오히사 상이 말하는 가격 그대로라고 하면, 지금까지 본 것만 해도 삼사천 엔은 될 것이라 생각했다. 겉보기에는 초라한 살림이었으나 과연 이런 것이 바로 모은 재산인가 하고 감동했다. 그리고 이십 년 이상 이 땅에 산 사람이 이 정도의 재산을 모은 것은 당연하다고 생각했다.

"이런 것이라면 하나 정도 가지셔도 좋겠지요."

이윽고 오히사 상은 네다섯 개의 항아리와 접시를 늘어놓고 나에게 권유했다.

나는 권유받은 것 중에 하나가 탐이 났다.

"그냥 받을 수는 없으니까 실례지만 합당한 값을 치루지요."

오히사 상은 "괜찮은데요 ……" 하며 주저하다가 이렇게 말했다.

"오히려 정 마음이 그러시다면 저도 죄송하니 그럼 반값만 받

---

10 백고려白高麗 : 고려백자.

을까요? 보통 시세는 오십 엔 정도지만 이십 엔도 삼십 엔도 괜찮습니다.”

　나는 지갑에서 삼십 엔을 꺼내 하나의 항아리를 받았다. 매우 훌륭한 도기를 쉽게 손에 넣었다고 기쁘게 생각했다. 그렇지만 어찌된 사정인지, 내가 내민 세 장의 십 엔 지폐를 기쁘게 손으로 받았을 때의 오히사 상의 얼굴을 언뜻 봤을 때, 나는 무언가에 홀린 듯한 불쾌감을 느꼈다. 아주 역겨웠다. 오히사 상의 이마는 넓었다. 오히사 상의 오른쪽 눈썹 위에는 반쯤 눈썹에 감춰진 큰 점이 있었다. 그리고 치밀어오는 기쁨을 감추려는 듯한 얼굴은 어쩐지 기분이 나빴다. ―이것은 여담이지만, 그 후 경성에 가서 나는 반은 자랑으로 친구에게 이 항아리를 보여 주었다. 그리고 이것은 어느 상인에게 운 좋게 삼십 엔에 싸게 샀다고 말했다. 그러자 친구는 그것을 손에 들고 보자마자 “뭐야 이게. 여보게, 이건 일본에서 수입한 가짜야, 오 엔도 하지 않아”라고 놀렸다. 이때 나는 매우 놀랐지만 동시에 그때 오히사 상의 얼굴을 역겹다고 느꼈던 의미를 곧바로 스스로 해석할 수가 있었다.

　대구에서는 또 그 시골에서 과수원을 하고 있는 오래 전 친구를 방문했다. 친구는 조선가옥에 살고 있었다. 조선가옥은 어떤 고관 집이라 해도 용마루가 낮은 초라한 건물로 그 안에 의관속대衣冠束帶를 한 조선인이 서 있는 것을 보면, 나는 늘 어린이가 그린 그림이 생각났다. 어린이는 흔히 집을 작게 그리고 그 안에 사람을 크게 그려 넣는다.

조선가옥 안에 있는 친구를 발견한 때도 같은 느낌이었다. 친구는 검게 탄 얼굴이고 부인도 햇볕에 탄 얼굴이었다. 과수원은 강을 따라 있어, 그곳에는 사과나 딸기가 심어져 있었다. 친구는 삼사 년 전에 이 땅에 이주해 왔다. 사과나무는 올해가 되어 비로소 힘차게 꽃을 피웠다. 딸기는 매일 아침 잎사귀 아래로 새빨간 송이를 늘어놓았다.

친구는 나를 과수원으로 안내했다. 그리고 길가의 돌에 앉아 이런저런 이야기를 했다. 이곳에 과수원을 열고 얼마 되지 않았을 때의 일이다. 어디에서 왔는지 모르지만 한 마리의 방목된 소가 과수원 안으로 뛰어 들어와 심은 지 얼마 안 된 과수를 짓밟기 시작했다. 친구는 총에 총알을 장전하고 소를 쏘아 죽였다. 친구는 은근히 한인韓人의 난폭을 각오하고 있었으나, 한인은 소의 변상으로 준 약간의 돈에 만족했다. 그리고 그 후 어느 날의 일인데, 그 한인이 돌연 찾아와 친구의 소매를 잡아끌며 놓지 않았다. 친구는 화를 내며 한인을 뿌리쳤다. 한인은 놀라서 도망쳤으나 이윽고 이번에는 많은 음식을 접시에 담아 가지고 왔다. 아까 계속 소매를 잡아당긴 것은 추석 잔치에 초대하러 온 것이라는 사실을 비로소 알았다. 이런 이야기를 하며 친구는 웃었다.

멀리 보이는 산들은 모두 민둥산이었다. 오늘 아침에는 서대문에 장이 열렸다고 하여 흰 조선옷을 입은 남자도 여자도 시골길을

줄줄이 끊임없이 지나갔다. 남자는 모두 물건을 등에 지고 여자
는 모두 머리 위에 얹고 있었다. 수목이 없는 널따란 들판에 이 행
렬은 길었다. 친구는 이렇게 말했다.

"이 장은 한 달에 한 번 서는데 옛날부터 유명하다네."

친구의 집에서 나는 한 젊은 남자를 만났다. 친구 말에 의하면
그는 친구의 먼 친척뻘로 실제적으로 극을 연구해야 한다는 주장
하에, 장사역자壯士役者[11]의 무리에 투신한 지 이미 이 년 정도 지

---

11 장사역자壯士役者 : 1880년대, 자유당의 장사나 청년지식계급의 서생이 자유민권사
   상을 펴기 위해 시작한 연극을 장사연극壯士芝居이라 하고 그 배우를 장사역자라고
   한다.

방을 방랑했는데, 요즘은 이 땅으로 건너와서 방미단芳美團인가 하는 극단에 참여하여 지금은 대구에서 공연을 하고 있다고 했다. 나는 그에게 물어 보았다.

"무대에도 오릅니까?"

"저는 작가가 될 생각이라 무대에는 어쩔 수 없을 때만 오릅니다."

"그럼 도쿄에서 활동하는 것이 편하지 않나요?"

"언젠가는 갈 생각입니다만 아직 좀 멀었습니다."

친구가 나를 아무개라는 문학자라고 소개했을 때, 남자는 갑자기 얼굴을 붉히고 놀란 눈을 크게 뜨고 이렇게 말했다.

"저는 특히 선생님의 작품을 애독하고 있습니다."

그리고 도쿄의 신문잡지 등에 간간히 보이는 문학적 문제에 관한 여러 화제를 끄집어냈다. 남자는 그런 것도 일일이 정독하는 듯했다. 이야기를 잘 들어보니 그것도 그럴 만하여, 이 남자는 오려낸 신문기사가 자기 가방에 가득하다고 했다. 그리고 이곳저곳으로 여행을 떠나면서도 가장 소중한 짐은 그 가방 하나라고 했다. 그리고 또 방랑생활의 멋이라는 것도 이야기했다.

"저는 한없는 끝의 끝까지 인생을 방랑한다고 생각하면 비통을 참을 수 없는 기분입니다. 고리키가 묘사한 인생처럼 심각하지는 않겠지만, 그곳에는 다른 처지의 사람은 상상할 수 없는 삶이 있습니다. 그 쾌미快味 — 그 비통한 쾌미는 실례지만 선생님처럼 순탄한 환경에 계신 분은 잘 모르실 것입니다."

점점 이야기를 듣다 보니 이 남자는 내 작품의 애독자라고 했으나 실은 모든 것의 애독자인 듯했다. 바꿔 말하자면 도쿄에 있는 모든 문학의 탐미자嘆美者인 듯했다. 그는 천하를 활보하고 있음에도 불구하고 '도쿄'라는 한 마디 앞에는 주눅이 들었다. 그리고 그보다도 학력이 떨어진 경험 적은 청년의 글이라도 그것이 그가 존중하는 도쿄의 신문잡지에 활자로 나타난 것이라면 큰 경의를 품고 있는 듯했다. 나는 도쿄에 있을 때 지방에서 올라온 문학지망 청년을 종종 만났다. 그 청년들은 도쿄에 올라오기만 하면 성공한 것이라고 생각했으나 그에 반하여 이 남자는 단지 도쿄를 두려워하여 멀리서 바라보고만 있었다.

친구는 맥주를 땄다. 셋은 밥공기로 마셨다. 남자는 취기가 돌기 시작하자,

"우리의 삶은 비참합니다"라는 말을 되풀이했다.

"그러나 저는 꼭 도쿄에 갈 겁니다. 지금 좀 더 수양을 쌓은 후 나갈 겁니다"라고 호기스럽게 말했다.

"자네는 앞으로도 북으로 북으로 나아가 압록강을 건너 하얼빈을 지나 세계를 일주한 후에 도쿄에 가는 게 나을 걸세."

친구는 이렇게 말하고 웃었다. 남자는 웃지 않았다.

나는 이 남자를 대구에서는 다시 만나지 못했다. 그렇지만 나중에 경성에서도 평양에서도 만났다. 이 남자의 이름은 쓰루미 게이노스케鶴見慶之助라고 했다.

이틀째의 한밤중에 대구에 화재가 났다. 나는 잠자리에 있는 채로 나가보지도 않았다. 단지 작은 집이 두세 채 확 타서 그대로 사라진 것처럼 상상되었다. 이 상상의 불이 자못 애절하게 쓸쓸했다.

이삼일 체재하는 동안에 숙부 집의 사정도 대충 알게 되었다. 한때 남보다 먼저 부산에서 도기상을 운영했을 무렵에는 다소 유복하게 살았던 것 같았다. 그 무렵 부산에 도기상은 두세 곳밖에 없었다고 했다. 그렇지만 내지에서의 실패자가 식민지로 건너와 성공하는 것은, 아직 내지인이 많이 건너오지 않았을 때의 일이다. 일단 내지의 유력자가 연이어 오게 되자 그들은 대개 곧 다시 실패자가 되었다. 말하자면 그들은 식민지 개척의 선구로 이용되는 것에 불과했다. 추측하건대 숙부 일가도 이 예에서 빠지지 않는 듯했다. 숙부는 이윽고 생활수준이 터무니없이 높아지는 부산에서는 살기 힘들어, 가게를 타인에게 팔고 곧 대구로 이주한 것이었다. 그렇지만 내지인 대이주의 물결은 오늘날 이 대구에도 밀려오고 있다. 부산을 버리고 대구로 옮긴 일가는 이윽고 다시 머지않아 북쪽으로 옮겨갈 운명을 맞이하리라 생각되었다.

숙모는 동물이 자기 새끼를 열애하듯 자식들을 사랑했다. 자식들은 가정을 꾸린 자도 독립하지 못한 자도 모두 한곳에 모여 살고 있었다. —예를 들면 오히사 상의 씨 다른 바로 밑의 여동생은 꽤 나이 차가 있는 잡화상 남편과 바로 이웃집에 살고, 가장 아래의 남동생은 백 미터도 떨어지지 않은 어느 상점에서 숙식을 하며 일하는 소년 점원이었다. ─ 부산에서 대구로 이사할 때, 그 일족이 모두 이주한 것이었다.

숙부 부부는 지금은 아무 일도 하지 않았다. 그 정도로 많은 저축이 있는 것은 아니지만 단지 많은 자식들이 이럭저럭 어떻게든 봉양해 주고 있으니 지금은 편한 노후라고 숙모는 말했다. 출장이 많은 가난한 월급쟁이를 남편으로 둔 오히사 상은 그 고려자기를 장 속에 쌓아놓고 숙부 집에 함께 살았다.

나흘째의 아침에 우리 부부는 숙부 집을 떠나기로 했다. 그 전날 밤 일가족이 모여 술을 마셨다. 오히사 상과 그 여동생이 고토琴[12]를 합주했다. 고토는 이쿠다류生田流[13]의 현란한 장식이 붙은 것이었다. 아내도 이윽고 권유받아 고토를 연주했다. 나도 아내의 고토를 듣는 것은 오랜만이었다.

아내의 고토는 식민지의 자매를 감탄하게 만들었다. 이곳에 있는 고토 선생은 물론이고 부산에 있는 선생보다도 잘한다고 했다. 그리고 이쿠다류는 이렇게 연주하고 야마다류는 저렇게 연주한다는 둥 자매가 서로 말하기도 하고, 아내가 머무는 동안 꼭 배우고 싶다고도 했다. 한 곡 더 자매의 연주를 듣고 싶다고 권했지만

---

12 고토琴 : 거문고.
13 이쿠다류生田流 : 에도시대 전기 교토에서 활약한 이쿠다 겐교1656~1715가 창시한 유파.

두 사람은 더 이상 연주하지 않았다. 처음 연주할 때의 자신감은 어디론가 사라져 버렸다.

이윽고 오히사 상의 남동생은,

"아라랑, 아라랑[14] ……" 하고 묘한 비애의 소리를 내며 조선 노래를 흉내냈다. 달밤 등에 이 노래를 들으면 망국의 음으로 들린다고 했다. 그리고 또 기생 춤 흉내라며 묘한 손놀림을 했다.

숙모는 이때 돌연 내 쪽을 돌아보고 말했다.

"자네는 경성에 가서 괜히 쓸데없는 데 돈을 쓰지 말게나."

숙모의 늙은 얼굴은 술 때문에 붉게 타고 있었다. 그리고 매우 육감적으로 보였다.

그리고 오히사 상의 남동생과 나이 많은 잡화상 사위 사이에 대구 기생에 관한 이야기가 시작됐다. 한 사람은 양반의 첩이 된 아무개라고 하는 기생이 미인이었다고 했다. 또 다른 사람은 그보다도 아무개라는 기생이 더 미인이었다고 했다. 두 사람은 서로 우기며 같은 말을 자꾸 반복했다.

이런 일가를 둘러싸고 깊어져 가는 대구의 밤은 쓸쓸했다. 지게조선인 노동자[15]는 그 쓸쓸한 거리를 서성거리고 있었다. 이 '지게'

14　아라랑 아라랑 : 2013년 3월 1일의 KBS뉴스에 나온 '일제 치하 1910년대 '아리랑' 최초 공개' 기사를 보면 '아리랑'이 아닌 '아라랑'으로 부르고 있다. 부른 이는 1차 대전 당시 러시아 군에 끌려갔다 독일군 포로가 된 시베리아 출신 한인 3세대 병사로 녹음은 1917년.

15　지게チゲ, 조선인 노동자 : 이 책의 전체 내용을 근거로 할 때, 당시 조선 거주 일본인들

는 그렇게 하루 종일 거리를 서성거리며 누군가 일을 시켜 주기를 기다리고 있다가, 만약 하루 종일 일을 시켜 주는 사람이 없을 때는 아무것도 먹지 못하고 그날은 땅 위에서 자는 것이었다. 북 소리가 들리는 곳이 어디냐고 물으니 방미단이 연극을 한다고 누군가 대답했다.

4

쓸쓸하기도 하고 북적거리기도 하는 숙부 집을 나와, 다시 기차를 타고 우리 부부는 한동안 침묵을 지켰다. 창 밖에 오가는 산천은 나무가 없는 산이나 제방이 없는 강이었다. ─산은 남벌된 채로 버려져 있고 강은 수시로 범람하여 위치를 바꾸었다. ─그리고 때때로 조선가옥이 나란히 핀 버섯처럼 모여 있는 초라한 부락이 있었다. 그 조선가옥의 안에는 흰 수염을 늘어뜨린 노인이 긴 담뱃대로 담배를 피우며 멍하니 밖을 내다보고 있었다.

나는 내지에서 보지 못했던 광궤廣軌[16]식의 큰 기차가 ─ 이것도 식민지적이라고 해야 할 것인데 오로지 실용 일변도의 거의 장

은 지게꾼 및 막일꾼을 통틀어 '지게'라고 불렀다. '조선인 노동자'는 원문.
16 광궤廣軌 : 일본은 궤도 폭 1,067mm의 협궤였지만 조선은 만주와 시베리아, 유럽철도와의 연결을 염두에 두고 당시의 국제적 표준인 1,478mm4.85피트를 채용했다.

식이 없는, 예를 들면 앞을 장식한 천도 없고 옆으로 늘어뜨린 장
식도 없는 단지 장대한 철갑 같은 기차가 — 크게 흔들리며 북으
로 북으로 달려가는 것을 흥미롭게 생각했다. 그리고 신속하고
대담하게 이 철로를 개척한 전쟁 전후의 인본인의 힘을 생각했다.
　기차는 산간의 어느 작은 역에 멈췄다. 그곳은 정말로 쓸쓸한
산속의 작은 역으로, 울타리 밖에는 흰옷의 조선인이 두세 명 우
두커니 서서 자못 아무 일이 없어 괴로운 사람처럼 멍하니 기차를
보고 있었다. 근방의 밭 사이로는 버섯처럼 생긴 집이 흩어져 있
고, 그 집들에는 대개 작은 돌을 쌓아 올린 한두 자 높이의 담이 둘
러쳐져 있었다. 그중에는 역 가까이에 기와를 얹은 일본가옥이
두세 채 있고, 그 한 채 앞에는 아기를 업은 일본 여자가 일본 옷에

허리띠를 매고, 올린 머리를 하고 게다를 신고 서 있었다. 잠시 후에 역무원의 개찰을 받고 기차에 타려는 사람들 가운데는 일본인 소학생이 서너 명 모두 제모를 쓰고 가방을 어깨에 걸치고, 우왕좌왕하는 조선인들 사이를 헤치고 기차로 뛰어 올랐다. 그중에는 색이 바랐지만 포도색 하카마[17]를 입은 소녀도 섞여 있었다. 그들은 기차에 들어오고 나서도 손에 든 도시락으로 서로 치면서 기차 안을 돌아다녔다.

　나는 내지에 있는 동안에는 우리 국민을 하나의 민족으로서 세계의 많은 사람들로부터 떼놓고 생각할 기회가 별로 없었다. 따라서 해외의 발전이라는 것에 관해서도 깊은 고려를 한 적도 없고, 육해군인의 혁혁한 공명에 관해서도 세상의 많은 사람처럼 도취하지도 않았다. 그런 상태에서 해협을 건너 조선 땅을 밟고 난 후에는, 전혀 모순된 두 가지의 생각이 끊임없이 일어났다. 그 하나는, 이 쇠망한 국민을 연민하는 마음으로, 길가의 돌에 걸터앉아 담뱃대를 물고 있는 소크라테스 같은 노인은 어째서 타국인에게 정복되어야 했는가 불쌍하게 생각했다. 또 하나는, 이렇게 한편으로 피정복자를 연민하면서도, 그 동시에 이 위대한 발전력의 국민을 탄미하는 마음으로, ‘역시 일본인은 위대하다’라며 비로소 이런 훌륭한 일을 이룩한 민족에게, 자신도 그 민족의 일원으로서

17　하카마袴 : 바깥에 입는 겉옷이며 하반신에 착용하는 하의. 허리에서 발목까지 덮으며 가랑이가 져있고 스커트 모양도 있다.

억누르기 어려운 자부를 느꼈다. 이렇게 이 산속의 작은 역에 있는 일본 옷의 부인도 못난 얼굴의 소학교 아동도 이때 내 눈에는 단지 믿음직한 우리 국민으로 비쳤다.

5

밤에 경성의 남대문[18]에 도착했다. 영등포에 정차했을 때, 한적한 정거장만 통과한 나에게는 여기가 경성이 아닐까 생각될 정도로 전등불이 아름답게 눈에 비쳤으나, 곧 남대문에 도착해서 보니 과연 식민지의 수도라고 고개를 끄덕일 정도로 수많은 전등이 환히 불을 밝히고 있고, 게다가 송영객도 신바시新橋 이상인가 의심될 정도로 많아 여행객의 마음을 들뜨게 했다.

"어이, 왔군."

내가 열차를 내렸을 때, 친구 이시비시 고조石橋剛三가 불쑥 말을 걸어왔다.

"자네한테도 한 번 와 보라는 권유도 받고, 호시노星野도 종종 권해서 결심하고 드디어 찾아왔네. 일부러 마중까지 나와 황송하군" 하며 나는 진심으로 기쁘게 생각했다.

---

18 남대문 : 1900년 7월에는 경성역, 1905~1915년에는 남대문역, 1915년 10월 15일부터 다시 경성역으로 이름이 바뀌었다.

"호시노도 왔는데, 마중할 다른 손님이 있다던가 하더니만 그쪽으로 갔네"라고 말하고 고조는 거목 같은 몸에 지팡이를 짚고 사람들 속에 우뚝 서 있었다. 내 뒤에 있던 아내가 이윽고 얼굴을 내밀고 인사를 하자,

"아아, 잘 오셨습니다" 하며 고조는 미소를 지었다. 곧 호시노와 어떤 부인이 우리 앞에 나타났다.

"잘 왔네. 온다는 소식을 듣고 많이 기다렸네. 제수씨, 잘 오셨습니다. 피곤하시지 않나요?"라고 호시노는 말했다.

"그리고 제수씨, 이 분은 김金 부인입니다"라고 호시노는 아내에게 옆의 부인을 소개했다.

"잊으셨을 겁니다. 히라이 후사平井房입니다"라고 말하며 부인은 아내의 손을 잡았다. 잠시 말이 없던 아내는,

"아아, 오후사 상입니까?"[19] 하며 악수에 익숙치 않은 손을 꼭 잡은 채 단지 놀람의 눈을 크게 뜨고 그 부인 얼굴을 보면서, "정말 오랜만이네요. 편지는 받았지만 벌써 이십 년이나 뵙지 못한 것 같네요."

"정말 그렇죠. 십사오 년 전에 헤어지고 뵙지 못했네요" 하고 부인은 잠시 말을 끊고, "요전번에 여기로 오신다는 편지를 받았을 때는 얼마나 기뻤는지 몰라요. 오늘 오시나 내일 오시나 하며 매일

---

19 경어 사용에 관해 : 오후사 상은 '아내'의 친구이지만 '아내'는 과거 무사 가문의 여성으로 늘 경어를 쓴다.

기다렸습니다" 하고 두 사람은 이런 이야기를 거듭 주고받았다.

오후사 상이라는 여자는 아내의 어릴 적 친구였으나 그 후 헤어져 오랫동안 서신도 끊어진 동안, 조선인의 아내가 되어 이 땅에 있다는 것을 알게 되어 언젠가부터 우연히 다시 편지를 주고받게 되어, 이번에 오기로 결정된 후에 아내는 오후사 상과의 만남을 큰 기쁨으로 고대하고 있었다. 조선인 남편이라는 자는 종5위 훈4등[20]의 김성룡金成龍이라는 사람이었다.

우리는 호시노의 안내를 받아 고조의 숙소인 남산루南山樓라는 곳으로 갔다. — 고조는 달리 용무가 있다며 역에서 헤어졌다. — 우리 부부와 호시노가 조선인 인력거를 타고 큰 짐과 가방을 다리 사이에 끼고 있을 때, 김 부인인 오후사 상은 손수레 같은 고무바퀴 인력거를 타고 우리 앞을 지나면서, "그럼 내일 아침에"라고 가볍게 말하고 머리를 숙였다.

오후사 상은 불편할지 모르겠지만 자기 집은 넓으니 와서 묵지 않겠냐고 권해 주었지만 나는 사양하고 어쨌든 일단 남산루로 가기로 했다. 아내는 시골사람이 도회사람을 배웅하듯 망연히 그 뒷모습을 바라보았다.

20　1887년 제정의 위계제도에서 정1위부터 종8위까지의 16계급이 있었다. 정1위는 실질적으로 사후 추증 위계라 종1위가 최고위로 공작, 정2위는 후작, 정·종3위는 자작, 정·종4위는 남작에 준하여 종4위 이상은 화족華族, 귀족(1869~1947년 존재) 예우를 받았다. 1947년 폐지. 훈등은 공적 있는 이에게 수여되는 훈장.

　　조선인 인력거는 덜컹덜컹 소리를 내며 번화한 좁은 거리를 마구 달려갔다. 만약 호시노가 앞장서지 않았다면 우리는 어디로 끌려가는지 몰랐을 것이다. 단지 무엇인가에 취한 기분으로 불쾌한 조선인 인력거의 흔들림만 신경 쓰고 있었다. 그리고 남산루의 이층 한 방에 호시노와 아내와 셋이 앉았을 때, 호시노는 그곳에 나온 하녀를 붙잡고 느닷없이 말했다.

　　"이 여자가 남산루의 오쿄ぉ京 상이라고 낭인浪人[21]들 사이에서 유명한 여자일세."

21　낭인浪人 : 로닌. 봉건시대에는 떠돌이 무사를 일컬었으나 근대에는 조선, 중국, 시베리아, 동남아시아를 중심으로 한 지역에 거주, 방랑하며 주로 비공식적 정치적 활동을 했던 무리대륙낭인.

"무슨 말 하시는 거예요?"

오쿄 상은 호시노를 나무라는 듯이 말하고 드물게 여자 손님이 왔다는 듯 잠시 주의 깊게 아내를 바라보았다. 오쿄 상이 나간 후에 호시노는,

"분명 이 방일세, 그 완도사건莞島事件[22]의 음모가 꾸며진 것은" 하고 방을 둘러보며 말했다. 문과 천정 사이에 걸린 액자는 누가 썼는지 모를 글씨이고, 도코노마床の間[23]의 족자는 오래된 말 그림이었다. 액자의 글씨도 해묵은 말 그림도 음모가 꾸며진 방이라는 분위기에는 잘 어울려 보였다. 그리고 호시노는 다시 밤하늘에 우뚝 솟은 검은 산을 가리키며 이런 말을 했다.

"저기, 바로 저기에 보이는 산이 남산일세. 저 꼭대기에 절 같은 게 있는데 무당이 있다네. 그녀가 일본인 몰래 밤에 등불로 왕궁과 종종 통신을 했다고 하는 말도 있다네. 그렇겠지. 산기슭에 소위 왜성루倭城樓라고 일본공사관이 있었으니까 말이야."

그 후 술잔을 나누면서 만나지 못한 그동안의 절절한 이야기는 밤이 깊을 때까지 이어졌다.

---

22 완도사건莞島事件 : 통감부는 완도의 국유림을 자본가 에토江藤에게 불하하려고 했으나 『경성일보』 기자들에게 누설되어 크게 논란의 일으켜 각의에서 1908년 12월 28일 불하 불가로 결정. 하지만 배후로는 통감부 각료 간의 갈등, 기자들의 입막음 대가 요구 등이 얽혀진 복잡한 내막이 있었다고 낭인 단체 흑룡회 대표 우치다는 회고했다(흑룡회, 「완도문제의 진상과 재한 관리 알력의 상태」, 『일한합방비사』 하, 하라쇼보原書房, 1966, 42쪽).

23 도코노마床の間 : 장식품 등을 놓는 곳으로 만들어진 일본 다다미방의 거실 한 구석.

그날 밤, 호시노가 돌아간 후, 아내는 여행 중의 무거웠던 마루마게丸髷[24]를 풀고 구시마키櫛卷[25] 머리를 하기 위해 거울 앞에 앉았다. 나는 취한 머리를 베개에 기대고 그 뒷모습을 보면서 아까 친구가 말한 완도사건이나 남산 꼭대기의 비구니 절에서 등불로 왕궁과 비밀 통신을 했다는 로맨틱한 이야기를 떠올렸다. 아내가 가위를 들고 대충 두세 개의 머리끈을 자르자, 툭 하고 상투가 떨어져 머리틀은 아내 손에, 머리는 좌우의 어깨로 늘어졌다. 아내의 머리털은 숱이 많고 길고 부드럽다는 것을 나는 예전에 자주 들은 적이 있었던 것 같은데, 지금 좌우로 늘어진 머리를 보니 그것은 가련하게도 빈약했다. 나는 한번 가면 다시 돌아오지 않는 인생의 봄을 생각했다.

"어이, 내가 빗어 줄까?"

"예, 모쪼록 부탁드리옵나이다."

아내는 웃으면서 농담처럼 대답했다.

나는 일어나서 아내 뒤에 서서 빗을 건네받았다. 아내는 거울 속의 모습을 보면서 내가 하는 대로 맡기고 있었다. 짧은 머리지만 익숙지 않은 빗은 잘 움직이지 않았다.

"그렇게 마구 당기면 아프죠."

---

24 마루마게丸髷 : 일본 기혼 여성의 둥글게 틀어 올린 머리.
25 구시마키櫛卷 : 일본식 머리의 하나. 머리를 끈으로 묶지 않고 빗에 감아 위로 틀어 올리는 간단한 머리 모양.

아내는 머리를 손으로 눌렀다.

"내가 빗으면 다시 옛날처럼 길어질 거야."

"그래도 아파요. 그렇게 팍팍 머리에 닿으면 더 아프죠."

"그런가? 이러면 아프지 않겠지?"

"예, 그래도 이제 그만해요."

아내는 손을 내밀어 빗을 받으려고 했다. 나는 그것을 건네지 않으려고 실랑이를 했다. 거울은 그저 조용히 이 초로의 추태를 비추고 있었다.

6

다음날 아침, 김 부인, 즉 히라이 오후사 상으로부터 전화가 걸려 와, 당장이라도 가야겠지만 불가피한 사정이 있어 오후에 찾아오겠다고 했다.

남산은 꿈에서 깨어난 듯한 모습을 하고 창 바로 앞에 우뚝 솟아 있었다. 아내의 구시마키 머리도 가련하고 쓸쓸하게 보였다.

"참내, 어쩌죠? 미용사가 오지 않아요."

아내는 눈썹을 찡그렸다. 오늘 아침에 일찍 오라고 부탁해 두었으나 아침 식사가 끝나도 아직 오지 않았다. 오쿄 상의 말에 따르면, 아무래도 이 식민지의 숙소에 여자 손님은 아직 적은 듯했다. 그러한 불편은 어쩔 수 없으리라. 결국 아내는 안내를 받아 근처의 미장원으로 갔다.

나는 고조의 방으로 갔다. 계단을 내려가 다시 올라간 곳의 8조와 6조의 두 방을 점령하고 그곳에 짐과 가방은 입을 벌린 채 흐트러져 있었다. 나는 이시바시 혼자라고 생각해 들어갔더니 이미 두세 명의 손님이 있었고, 이시바시와 한 손님은 바둑판 하나를 사이에 두고 대국을 벌이고 있었다.

"어제는 실례가 ……" 하며 말을 걸자,

"피곤하지?" 하고 고조는 잠깐 바둑돌을 든 손을 멈추고 내 쪽을 보고, "앉게나" 하고 말했을 뿐, 다시 바둑판을 돌아보고 돌을 놓았다. 두세 명의 손님은 모두 이시바시와 매우 흡사한 풍채의 남자들로, 내가 들어온 것을 본 자도 있었으나 전혀 보려고도 하지 않는 자도 있었다. 특히 그중의 한 사람은 엎드려서 볼에 팔을 괴고 안경 너머로 바둑판을 보면서 열심히 훈수를 하고 있었다.

"그러면 안 돼. 이쪽부터 막아야지" 하며 여전히 엎드린 채로 상체를 들고 고조가 놓은 돌을 집어들고 다시 놓았다. 나는 잠시 멍하니 선 채로 이 방의 광경을 바라보았으나 할 수 없이 나도 그곳에 앉아 바둑판을 쳐다봤다.

"훈수도 좋지만 돌을 다시 놓기까지 하다니 매우 심하군. 퇴한退韓 명령을 받아야 마땅해. 하하하" 하고 호걸웃음을 터뜨리고 비로소 내 얼굴을 본 한 손님은, 잠시 뚫어지게 내 얼굴을 살핀 후,

한 마디 인사말도 없어 다시 바둑판을 향했다.

"이번에는 그냥 조선 유람인가?"

고조는 다시 돌을 두면서 말했다.

"뭐 그런 셈이지."

"그것 참 좋군. 자네 같은 문학자도 이제 슬슬 조선에 올 때가 됐지."

"자네는 이제 꽤 오래된 듯하군."

"건방지게도 대들다니"라며 잠시 바둑에 신경을 빼앗긴 듯 고조는 결국 이 질문에는 대답하지 않았다.

두 사람이 돌을 놓는 속도는 빨랐다. 그리고 순식간에 바둑판이 다 찼다. 한 판이 끝나면 나와 대담을 할 것이라고 기다리고 있었으나 그 다음에도 다시 고조가 돌을 들었다. 그렇지만 아무래도 좀 심하다고 생각했는지 돌을 놓기 전에 두세 마디 말을 건넸다.

"제수씨는 지치시지는 않았는가?"

"괜찮네. 잠깐 미장원에 갔네."

"오늘 밤에는 내가 안내해 주지. 저녁 식사는 다른 사람과 약속하지 않도록 하게. 제수씨는 조선요리는 못 드시지?"

내가 대답을 주저하는 동안에 고조는 혼자서 단정하고,

"이즈미야泉家가 좋겠군. 요즘은 거기도 꽤 번창한 듯하니 좋은 방을 미리 잡아 두지. 어이" 하고 지금 막 문을 열고 들어 온, 하녀로는 보이지 않는 게이샤 같은 여자를 향해,

"이즈미야에 별채 방을 비워 두라고 전화 걸어 주게. 사람 수?
네다섯 명이라고 말하고."

그리고 다시 바둑돌을 딱 하고 놓았다.

"이번에는 좀 잘 둬 보게."

7

오후에 찾아온 김 부인인 오후사 상은,

"저는 이렇게 기쁠 수가 없어요" 하고 진심으로 기쁜 듯 아내와
옛날이야기에 몰두했다. 아내는, "아무래도 시골이네요"라고 미
장원에서 돌아왔을 때 거울을 보며 불평을 했으나, 나는 다른 일
은 제쳐두고, 숱이 적은 구시마키 머리가 저렇게 풍성한 머리로
바뀔 수 있다는 것을 이상하게 생각하고, 오후사 상의 어딘가 조
선화된 듯이 보이는 편평한 이마를 비교해 보면서 두 사람의 이야
기를 듣고 있었다. 두 사람은,

"아, 그렇습니까?"

"정말로 꿈만 같네요" 등등 옛날 친구들 소식을 정신없이 떠들
고 있었다. 조금 몸을 흔들면서 애교를 부리듯 말하는 오후사 상
의 태도는 자연스럽게 사람을 끌어당기는 힘이 있었다.

그러다가 옛날이야기는 조금 식어져서 대화는 조선의 현대로

옮겨갔다. 오후사 상은 여관 생활은 여자에게는 불편한 점이 많으니 모쪼록 자매 집이라고 생각하고 자기 집에 머물게 해 주지 않겠느냐는 뜻을 솜씨 좋게 말하고는 이런 말도 했다.

"이곳에도 부인회 같은 것이 있기는 합니다만 내지에 비하면 아무것도 아니에요. 그래도 조선인 부인들 중에도 훌륭한 분도 있으니, 귀부인 몇 분도 소개할 생각입니다."

"싫어요. 오후사 상, 저 같은 게 어디" 하고 아내는 안색을 바꾸며 당황스럽게 그 말을 가로막았다.

아내가 당황한 것도 무리는 아니었다. 아내가 내게 시집온 후에 교제사회라는 것에 나간 적이 단 한 번이라도 있었던가. 아내는 『여학잡지女學雜誌』[26]의 삽화 등에서 소위 교제사회의 귀부인이라는 것을 본 적이 있을 터이나, 그 부인들과는 사는 세계가 다르다고 생각했다. 그도 그러할 것이, 남편인 나도 세상의 구석에서 작은 둥지를 틀고 문학자라고 하는 희미한 간판을 겨우 내걸고 있는 것에 불과하다. 그렇지만 나는 옆에서 끼어들기를,

"그런 기회는 다시는 없을지도 모르니 데리고 다녀 주시면 좋지 않겠어?"라고 권했다.

"그래도 저 같은 게"라고 아내는 계속 망설였다.

"어머, 무슨 말씀을, 당신을 소개하며 돌아다니는 게 제 명예가

---

[26] 『여학잡지女學雜誌』: 1885~1904년 526호·제548책 간행. 일본 최초의 본격적 여성 잡지.

아닌가요?" 하고 오후사 상은 애교스런 태도로 말했다.

그리고 두 사람 사이에는 다시 옛날이야기가 반복되어 해질녘이 되고 나서야 오후사 상은 돌아갔다.

8

그날 밤 이즈미야의 회식에서는 뱃가죽이 당길 정도로 웃었다. 손님이 남녀 합해 다섯 명인 자리에 게이샤가 네 명에 남자 광대[27] 한 명이 와서 신나게 떠들어 댔다.

"하나 보여 드릴까요?" 하고 산부쿠三福라는 오사카 사투리의 광대는 매우 서툰 마술을 했다. 마술이 서툴 뿐 아니라, 꾸민 표정이 초보자 티를 벗어나지 못했다. 그것이 오히려 우스꽝스러워 모두가 참지 못하고 웃었다. 네 명의 게이샤는 여러 스타일의 얼굴을 모아놓은 듯한데 말도 재능도 가지각색이었다. 그중에 순수 에돗코江戸っ子[28] 같은 이가 있는가 하면 히로시마 사투리도 있고 오사카 말이 섞인 이도 있었다.

"자네들은 여러 방면에서 흘러들어왔군" 하고 놀리듯이 말하자,

---

27 남자 광대 : 원어는 호칸幇間. 연회석 등 술자리에 나와 스스로 예능을 보이거나, 게이샤나 무희를 도우며 좌석의 흥을 돋우는 직업.
28 에돗코江戸っ子 : 도쿄의 옛 이름. 에도 출신 사람. 서울내기.

"외람된 말이지만 모두 게이좃코京城っ子예요"라고 히로시마 사
투리가 대답했다. 그러던 중에 그곳의 장지문을 하나를 떼 내고
그 뒤에 산부쿠와 게이샤 한 명이 숨어서,

"나왔다가 숨었다가. 자 나왔다, 자 숨었다" 하며 한 게이샤가
짜랑 짜랑 단조롭게 샤미센을 치면, 산부쿠와 게이샤는 장지문 뒤
에서 얼굴을 내밀었다가 숨겼다가 했다. 그것을 보며 모두 눈물
날 정도로 웃었다. 단지 그중에 우리 세 명만큼 웃지 않았던 사람
은, 한 조선인 남자와, 이시바시 고조의 방에서 봤던 게이샤인지
뭔지 알 수 없던 여자였다.

조선인은 언뜻 보기에는 내지인과 별로 다르지 않았다. 약간
색이 바란 프록코트를 입고 책상다리를 하고 무릎 위에 양 손을
얹고 단지 때때로 히쭉히쭉 웃었다. 그의 눈은 끊임없이 주의 깊
게 반짝이며 사람들의 얼굴을 주시했다. 아까 고조는 이 사람을
내게 소개했다.

"홍원선洪元善 군은 당대의 지사일세. 보게나, 저 이빨은 고문
때문에 모두 뽑혔다네."

실제로 이빨은 모두 의치로, 약간 주름진 입가에는 보통 사람
에게서는 볼 수 없는 참혹한 흔적이 남아 있었다.

"그렇지? 홍 상. 그때의 일을 생각하면 격세지감이 있지 않나?"
홍 상은 그 처참한 입을 조금 풀고 미소 지으면서,
"그렇고말고요. 꿈만 같습니다. 당신을 만났을 때와도 크게 달

라졌으니까요” 하고 매우 유창한 일본어로 대답했다. 내 아내 등은 놀란 눈을 크게 뜨고 홍 상의 입을 보고 있었으나, 그 입에서 이렇게 유창한 일본어가 나온 것을 보고 더욱 놀란 듯했다. 그러던 중에 김 부인의 이야기가 나오자 홍 상은 이렇게 말했다.

“김성룡의 부인이 사모님 친구 분이라면서요? 김성룡 부인은 대단한 사람입니다. 아이들은 모두 일본식으로 키우고 집에서도 주로 일본어를 씁니다.”

어떻게 김성룡과 결혼했는지 물어 보니,

“김성룡은 오랫동안 일본에 가 있었습니다. 민비사건 후였습니다. 그 무렵 부인을 얻었던 것이지요”라고 홍 상은 태연하게 대답했다.

“일본인인데 조선인 부인이 된 사람이 많이 있습니까?”

“많이 있습니다.”

홍 상은 또 태연히 대답했다. 홍 상은 어느 누구의 잔을 받으면,

“아, 그렇습니까” 하며 자세를 바르게 고치고 잔을 받았다. 그렇지만 술은 많이 마시지 않고 그 참혹한 입을 굳게 다물고 주의 깊은 눈을 반짝이며 별로 남들만큼 웃지 않았다.

또 한 사람, 우리만큼 웃지 않았다고 한 그 여자는, 좌중의 모든 게이샤가 언니라고 불렀으나, 샤미센을 치지도 노래를 부르지도 않았다. 단지 게이샤처럼 이시바시를 비롯해 우리에게도 술을 따랐다. 좌중의 어느 게이샤보다도 훨씬 미인이고 깔끔한 에도 말

을 썼다. 단지 떠들썩하게 웃으며 뒹굴던 식민지의 어느 날 밤에, 홍 상과 이 여자는 왠지 마음을 굳게 닫은 듯한 색다른 인상을 주었다.

이즈미야의 회식에서 웃다가 지쳐서 돌아온 밤에는 세상만사를 잊고 푹 잤다. 단지 밤중에 후드득 하고 뒤편의 판잣집을 두드리는 빗소리가 문득 들려와, 조선은 비가 자주 오지 않는 곳이라고 들었기에, 그 소리가 왠지 마음에 남았다. 그렇지만 다음날 아침 눈을 떠 보니 하늘은 투명하게 개어 있어, 내지의 가을 하늘보다도 더욱 맑게 보였다. 그리고 그 하늘에는 새 한 마리가 날아가고 있었다.

"두루미인가요?"라고 아내가 말했다.

"두루미치고는 좀 작은 듯한데"라고 대답하고 나와 아내는 함께 한동안 그 새를 바라보았다. 단 한 마리의 새는 서둘지도 않고 조용히 남산 쪽의 머나먼 하늘을 향해 날아갔다. 긴 날개를 조용히 젓는 모습이 오늘 아침의 차분히 가라앉은 기분과 꼭 들어맞아 자연스레 그 새의 행방이 눈에 들어왔다.

오전 동안에는 부부가 호시노 집을 방문하고 돌아왔다. 호시노는 회사 일이 다망하므로 시내의 안내가 불가능한 게 유감이지만, 고조와 김 부인에게 만사 부탁해 두었다고 했다.

오후에 김 부인으로부터 전화가 와서, 경복궁 등에 안내하고

모 귀부인도 소개하고 싶다고 했다. 아내는 좀 생각한 끝에,

"어떻게 하죠?" 하고 나에게 상담을 했다.

"어쨌든 한 번 가보는 게 좋겠지. 오후사 상도 애써 그리 말하니."

"당신은?"

"나는 이시바시한테 안내해 달라고 하지. 당신은 오후사 상을 따라가는 것이 편하겠지?"

"그렇긴 하지만 귀부인을 소개해 주는 것은 고맙지만 부담이 되네요."

"그건 편한 대로 하면 될 것이고. 그렇지만 어떤 건지 한두 번 소개받는 것도 좋지 않을까?"

"그럴까요?"라고 아내는 생각하고 있다가 결국,

"동행 잘 부탁하겠습니다"라고 대답을 전했다.

9

아내와 나는 이 날 이후 각자 별도 행동을 취하는 기회가 많아졌다. 두 사람이 함께 혹은 각각 왕궁 등에 안내를 받은 것 등은 일일이 서술하는 것은 그만 두고, 네댓새를 경성에서 보낸 후의 두 사람은 여러모로 색다른 자극에 무언가 알 수 없는 기분으로 돌아다녔다. 대개 큰 건물에는 아직 생생한 혁명의 흔적이 남아 있었

다. 일본인과 외국인이 뒤섞인 투쟁의 역사는 큰 파도가 물러간 후의 둔치처럼 도처에 갖가지 이야기를 남겼다.

어느 날 드물게도 호시노가 시간이 났다고 하기에 그의 안내를 받아 한인 거리를 걷고 있는데, 조선인의 작은 가게가 죽 늘어선 가운데, 문득 한 가게 앞에 일본인 아이와 조선인 아이가 일본말 반 조선말 반으로 말하며 노는 것을 발견했다. 그것은 일본인 가게로 조선인 가게처럼 초라하고 지저분한 것만 늘어놓고 있었으나, 그래도 그 물건이 진열된 모습은 조선인보다도 바르게 정돈되어 있는 점이 다소 느낌을 달리 하였고, 삼십여 세의 여자는 지저분한 일본 옷에 허리띠를 매고 가게 안에 앉아 있었다. 그리고 그녀는 작은 거울을 왼손에 들고 빗을 든 오른손은 먼지투성이의 머리를 빗고 있었다. 머리는 매듭이 아래로 처진 조초마게蝶蝶髷[29] 머리였다.

"이거, 이렇게 되면 일본인 쪽이 조선화되어 버리겠군."

호시노는 말하고 얼굴을 찡그렸다. 그렇지만 이 조선인 거리에서 보는 것도 듣는 것도 모두 조선 것뿐이고, 그리고 조선인처럼 지저분하고 가난한 생활을 하고 있지만, 그렇다고 해도 역시 일본 옷을 입고 일본 머리를 하고 더러운 먼지 속에서 그 머리를 빗는 것을 보고, 나는 전적으로 호시노의 말에 수긍하지는 않았다.

---

29 조초마게蝶蝶髷 : 나비가 날개를 펼친 것처럼 좌우로 고리를 만든 소녀의 머리 모양.

그리고 잠시 걸어가자 다시 일본인 가게가 하나 나왔다. 그것은 공기총을 늘어놓고 저쪽에는 담배나 맥주병 등 여러 가지 물건을 세워 놓고 그것을 쓰러뜨린 자에게 경품을 주는 듯, 흰 옷을 입은 많은 조선인이 그 가게 앞에 서 있었다. 일견 조선인과 구별이 되지 않는, 흰 옷을 입은 가게의 소년 점원은,

"자네는 많이 쓰러뜨릴 거야" 하고 그때 마침 공기총을 집어 든 한 조선인을 부추겼다.

"와타시 뻬타다카라 다메다 나는 서툴러서 안 돼."[30]

조선인은 일본어로 이렇게 말하고 겨냥을 하고 쐈다. 담뱃갑은 총알을 맞고 위태롭게 흔들렸지만 쓰러지지 않았다. 보고 있던

---

30 와타시 뻬타다카라 다메다 : 정확히는 '와타시 헤타다카라 다메다 私下手(へた)だから駄目だ.'

조선인은 일제히 놀리며 크게 웃었다. 그때, "선생님 아니십니까?" 하고 돌연 뒤에서 누가 내 어깨를 쳤다. 돌아보니 대구의 친구 과수원에서 만났던 신新배우 쓰루미 게이노스케였다.

"자네도 여기 와 있었나?" 나는 놀라서 말했다.

"예, 선생님과 헤어진 다다음날 이미 경성에 와서 개장했습니다. 신작 교겐狂言[31] 하나 짜 보려고 생각해 재료를 찾으러 돌아다니고 있습니다"라고 말하고 내 숙소를 물었다. 남산루라고 대답하자 그는 이렇게 대답했다.

"그렇습니까? 그럼 오늘 밤에라도 찾아뵙겠습니다. 명치좌明治座[32]에서 개장하고 있으니 모쪼록 한 번 보러 오시지 않겠습니까?"

10

이시바시 고조의 방에 있던 여자의 정체는 오쿄의 입으로 밝혀졌다.

그녀는, 같은 낭인 패거리로 고조의 친우였던 남자가 도쿄에서

---

31 교겐狂言 : 일본의 전통적 연극으로 주로 골계적 희극적 내용이 특징이다.
32 명치좌明治座 : 실존한 명치좌는 메이지초明治町 1초메丁目에 1936년 개관된 극장으로 지금의 명동예술극장. 여기서 말하는 명치좌는 1910년 2월 18일 개관하여 1915년 폐관된 경성고등연예관을 지칭하는 듯하다. 고가네초黃金町 63-7(지금의 을지로 63-7)에 있었다.

데리고 온 애첩이었으나, 그 친구가 얼마 전에 어떤 사정으로 만주로 떠나게 되었다. 그는 깊이 결심한 바가 있어 본인이 애장하던 서화나 골동품을 하나하나 친구들에게 나눠줬다. 그리고 고조에게는,

"자네에게는 골동품 대신에 이 여자를 주지"라고 말하고 이 오후데お筆라는 여자를 데려왔다.

"어이가 없군!" 하며 그 대담한 고조도 당황했으나,

"할 수 없군. 어쨌든 맡아 주지"라고 말하고 그대로 받아들였다. 그 친구는 네댓새 전에 만주로 출발했고 그 후로 오후데는 고조에게 와 있었다. 이상은 오쿄의 설명이었다.

"황당한 일이로군. 그래서 이시바시는 자기 첩으로 삼을 셈인가?" 하고 나는 물었다.

"이시바시 상은 아마 자신이 돈을 대 주고 자기 게이샤로라도 삼을 셈이겠지요. 받은 것이 재난이죠. 예전에는 신바시新橋에서 한때는 잘 팔리던 게이샤였다고 하네요. 이즈미야의 초하나 상이나 기쿠코 상은 동생뻘 되겠지요."

"어쩐지 어제 이즈미야에서 모두 언니 언니 하더라고."

"기예는 있다고 하고, 그 정도 얼굴이니 게이샤로 나가면 꽤 인기가 있겠지요."

"자기 돈으로 내 보내기에는 꽤 돈이 들 텐데. 이시바시에게 그런 돈이 있나?"

"글쎄, 어떨까요."

오쿄는 쓸데없는 것을 염려한다는 듯 시큰둥하게 대답했다.

"오후데 건은 제쳐두고, 오쿄 상 개인 이야기가 듣고 싶군. 그 완도사건 등, 자네는 주요 관계자의 하나라고 하던데?"

"농담 잘하시네요" 하고 콧방귀 뀌듯 냉담하게 대답하고,

"명치좌에서 한 턱 내세요. 그러면 말해 드리죠" 하고 내뱉듯이 말하고 밖으로 나갔다. 낭인패 사이에서 유명한 남산루의 오쿄 상도, 식민지에 어울리는 쓰루미 게이노스케 등의 연극을 보고 싶어 하는가 하고 나는 문득 미소를 짓고 그 뒤를 바라봤다.

또 하나, 오쿄 상에 관해 흥미로운 이야기는, 그녀는 남자라면 이시바시 고조와 같은 이도 아이처럼 대하나, 여자의 경우에는 내 아내 앞에서도 왠지 어려워하는 듯, 의외로 진지하게 굳어진 모습이었다. 어느 때, 오쿄 상은 우리 부부 앞에서 식사 시중을 들면서 입을 다물고 있기에 아내가 먼저 말을 걸었다.

"이토伊藤[33] 상도 자주 이곳에 오셨다고 하지요?"

"자주 오셨죠."

그 후로 말문이 열렸는지 오쿄 상은 시중을 들면서 이토 상에 대한 이야기를 했다. 송병준宋秉畯[34]이 어디선가 연설을 했을 때에,

---

[33] 이토伊藤 : 이토 히로부미伊藤博文, 1841~1909. 입헌 일본의 기초를 만든 중심적 인물. 내각총리대신을 4번(초대, 5, 7, 10대), 추밀원 의장을 4번(초대, 3, 8, 10대) 지냈다. 조선 합병을 지휘하고 초대 한국통감(1906~1909)을 역임한 후 1909년 10월 26일, 하얼빈 역에서 안중근 의사에게 피살되었다.

[34] 송병준宋秉畯, 1858~1925 : 1904년 친일단체 일진회를 조직하여 일본에 협력하고, 일

"토우간[35] 각하 및 여러분……"이라고 말했다던가 해서 결국 나를 채소로 만들어 버렸다고 말하며 공작이 웃으신 적이 있다고 했다. 이 이야기에는 아내도 나도 웃음을 터뜨리고, 말한 오쿄 상도 웃었으나, 그 후의 시중 때는 다시 전처럼 정색을 했다. 나 혼자 있을 때는 그쪽에서 말을 걸며 사람을 놀리는 오쿄 상과는 전혀 다른 사람처럼 보였다.

고조는 무엇을 하고 있는지 무엇 때문에 체재하고 있는지 나는 거의 해석을 할 수 없었다. 그것은 오쿄에게 물어봐도 명료하게 대답하지 않았다. 무언가 다시 완도사건과 비슷한 것을 획책하고 있는지 의심해 봤으나 그런 모습도 보이지 않았다. 여관에 있는 날은 적고, 있을 때는 꼭 낭인패 같은 남자가 두세 명 와서 바둑을 두고 있었다. 오쿄도 때때로 그 안에 섞여서 수다를 떨었다. 그 여자 — 오후데 — 는 고조의 방에 있을 때보다도 오히려 여관 입구의 계산대 근방에 있는 하녀들과 섞여서 앉아 있는 때가 더 많았다.

<hr>

본 낭인들과도 손을 잡는 등, 각 방면에서 일한합병을 적극적으로 추진한 대표적인 친일파. 1907년 농공상부대신, 1910년 자작, 1920년 백작.
35 통감은 발음이 토우칸ⁿoukan이나, 송병준은 토우간ⁿougan, 冬瓜, 동아호박이라 발음했다.

11

아내는 김 부인인 오후사 상의 교제술에 놀라워했다. 그리고 또 자기에 대한 옛정으로 모든 편의를 도모해 주고 고관 부인 앞에서도 잘 중재해 주는 것을 고맙게 생각했다. 그 때문에 처음에 매우 주저했던 것과는 반대로 요즘은 기꺼이 내키는 마음으로 스스로 방문하는 적도 있고 또 때때로 자고 오는 적도 있었다. 그 때문에 나보다도 오히려 견문이 넓어져 덕수궁 내의 석조전이 어떻다는 둥 손탁 호텔[36]이 어떻다는 둥 설명해줬다.

"그렇지만 오후사 상도 꽤 고민이 많은 것 같아요. 무엇보다도 골치 아픈 게, 김성룡 상의 남동생이 대단한 난봉꾼이라, 아무개라는 기생을 첩으로 들이려고 한다는 말도 있어 김성룡 상도 참 난처하신가 봐요" 등을 말해 주기도 했다.

나도 한 번 인사차 김성룡 씨 댁을 방문했는데 그 집은 소위 상류 한인의 저택으로, 대문을 들어가고 중문을 들어가고 돌계단을 올라가 그곳의 응접실로 안내되어, 테이블 위의 커피를 마시거나 인삼차를 마시거나 또 일본차를 마시거나 했다. 이 응접실은 원래 대청이라고 하는 가장 큰 방으로, 주로 연회 때에 사용되는 것을 지금의 주인장이 서양식 응접실로 만든 것이라 했다. 아내의

---

36 손탁 호텔 : 1902년 10월 조선 정부가 건립하여 독일 여성 손탁孫鐸, Sontag, 1854~1925이 경영한 최초의 서구식 호텔. 1975년 소실. 현 이화여고 동문 안 주차장 자리.

이야기를 들으니 부인 방은 완전 일본식의 다다미를 깔고 족자, 꽃꽂이 화병, 찻장 등 모두 일본 것으로 장식하고, 세 명의 아이들 방도 일본풍으로 만들어져 있다고 했다. ― 그렇지만 대문, 중문의 좌우에 늘어선 방에서는 한복을 입은 노인과 젊은이가 긴 담뱃대를 물고 줄줄이 들락거리고 있었다. 이 한인들은 모두 식객으로, 조금이라도 피가 섞인 자는 일족으로서 모두 가장 아래에 모이는 습관으로, 이 집에도 마흔 몇 명인가의 식객이 있다고 했다.

김성룡 씨는 홍 상과는 매우 느낌이 다른 사람으로 오십을 넘은 나이에 비해 이마에 주름이 많은 홍 상처럼 심각한 인상을 주지 않는 온화한 용모의 사람이었다. 병합 당시에는 비교적 중요한 위치에서 힘쓴 사람이었으나 부인의 영악한 운동이 오히려 화근이 되어 겨우 종5위 훈4등의 궁내부 사무관을 얻은 것에 불과했다는 소문도 있었다. 오랫동안 일본에 체재해 도쿄의 지리는 내 아내보다도 잘 아는 듯했으나 문학이라는 것에는 전혀 지식이 없었다. 문학자라는 사람은 이 나라에서 말하는 옛날의 문장가 같은 사람이라고 이해하는 듯, 이것이 제 조부 대의 시문을 모은 것이라고 하며 누런 표지의 필사본 한 권을 꺼내서 보여주기도 했다. 그러니 내 처도 소위 황실에 올리는 축사를 짓거나 상소문을 쓰는 문장가의 영부인으로서 이 땅의 귀부인들에게 소개되는 게 아닐까 생각했다. 그날 김성룡 씨는,

"부인을 묵게 하기도 하여 참으로 폐를 끼치고 있습니다. 아내가

그것을 무척이나 기뻐하고 있으니까요"라고 말했다. 그리고 또,

"오늘은 집에 없어서 정말로 유감입니다만, 제 남동생이 문학을 좋아하니 꼭 한 번 만나 주셨으면 합니다"라고 말했다. 나는 모두 기꺼이 승낙하고 돌아왔는데, 남동생이라는 자는 아내가 말한 그 난봉꾼이라고 생각했다. 그날도 아내는 그 집에 묵을 예정이었다.

그날 여관에 돌아와 보니, 내 방에 쓰루미 게이노스케가 기다리고 있었다. 그리고 오후데와 오쿄는 내 방에 와서 게이노스케와 대화를 나누고 있었다. 두 사람은 일찍이 게이노스케가 방미단 사람이라는 것을 알고 있는 듯, 전일 한두 번 보러 갔다던가 하는 그 연극이 화제인 듯했다. 내가 돌아오자 두 사람은 곧 아래층으로 내려갔다.

12

"자네가 명치좌에 있는 방미단 사람이라는 걸 저 두 여자는 알고 있던가?"

"예, 알고 있습니다. 저 부인들은 종종 오시니까 저도 알고 있습니다."

"그렇다면 자네도 요즘은 무대에 오르는가 보지?"

"아무래도 주역을 할 만한 사람이 부족한 데다가 대구에서 내

지로 돌아간 사람도 있고, 지금 또 한 사람이 병원에 입원하고 있으니 어쩔 수 없이 저도 등장하게 되었습니다"라고 말하고 배우로 등장한다는 것을 내 앞에서는 여전히 부끄러워했다.

"요전 날 말한 신작은 완성되었는가? 한인 거리를 묘사하는 것은 꽤 재미있을 거라고 생각하는데, 아무래도 말을 모르니 연극으로 하기 어렵겠지. 게다가 이곳에 오래 있는 사람들은 자네보다도 더 통달한 사람들이니 그들에게 공연하려면 내지 것보다 더 고역일걸. 그런데 잘 되었는가?"라고 묻자,

"틀렸습니다. 선생님이 말씀하신 대로 재미있기는 하지만 제 능력으로는 부족합니다. 아무래도 소설이라도 고쳐서 적당히 올리는 것이 우리 장기죠"라고 말하고 웃었다. 이때 눈치 챘으나 그는 약간 술을 마신 듯했다. 애써 취기를 보이지 않으려고 하나 눈 흰자위에 핏줄이 보이고 웃을 때의 얼굴이 살짝 붉은 끼를 띠었다.

내가 잠시 입을 다물고 있자 그는 다시 문학담을 시작했다. 그렇지만 그것은 별로 취할 만한 담화는 아니었다.

"지금도 신문 기사를 모으는가?"

"예, 본 것은 반드시 오려내어 모읍니다."

"나는 근래 별로 신문을 보지 않았는데, 뭔가 재미있는 문학계 사건이라도 있던가?"

"『아사히신문』에 나온 소세키[37]의 문예위원론이 근래 통쾌하다고 생각했습니다. 우리 같은 사람도 그런 토론을 보면 한 예술

가로서 자중해야 한다는 것을 깊이 배우게 됩니다. 어디까지나 자신을 지키며 간다면 당대에 상대가 없다는 말이네요"라고 대단히 감탄했으나 이윽고 내가 기억하지 못하는 청년문학가 이름을 들며 그 사람의 전도가 유망하다든가 아무개라는 소설가의 뭐라고 하는 작품은 그 사람의 일대 전환점을 나타낸 것이라든가 말하고 내 의견을 구했다. 나는 그것에는 대답하지 않고,

"명치좌는 역시 매일 작품을 바꾸는가? 오늘 밤에는 무엇을 하는가?"라고 물어 보았다. 게이노스케는 소맷자락을 뒤지더니 한 장의 일정표를 꺼내서,

"오늘 밤에는 꽤 웃기는 대중물입니다. 이런 것을 선생님이 보시면 실망하실 겁니다. 내일 밤은 시시합니다만 모레 밤부터는 정극으로 돌아가 다소 문학적 가치가 있는 것을 올립니다"라고 쭈뼛거리며 일정표를 내밀었다. 보니 '피로 얼룩진 눈血染廻雪' 전8장 연속이라고 적혀 있고 등장배우 이름이 나열되어 있는데, 가장 중앙에 쓰루미 게이노스케가 있고 위에 '여도적女賊 북해北海의 오류お龍'라고 적혀 있다.

"자네가 여자 역을 하는가?" 나는 놀라서 물었다.

"저는 뭐든지 합니다. 유군遊軍이니까요"라고 말하고 웃었다.

'장의 개요'라는 곳을 보니 '8장, 눈 속의 마쿠라교에서 여 도적

'포박'이라고 되어 있어, 이 북해의 오류라는 자가 주인공 같았다.

"자네가 주인공이로군." 나는 다시 놀라 게이노스케의 얼굴을 보니,

"글쎄요, 주인공인가요?" 하고 게이노스케는 쓴웃음을 지었다. 이때 주의하여 살펴보니 이목구비가 가지런하여 여기에 흰 분을 바르고 가발을 쓴다면 아름다운 여자 역이 될 수도 있다고 생각했다.

게이노스케는 돌아가는 길에 품에서 원고지를 꺼내,

"도입부만입니다만 한 번 봐 주시지 않겠습니까?"라고 말하고 소설의 원고 같은 것을 놓고 갔다.

13

봄날의 밤 같은 느낌이 나는 어느 밤의 일이었다. 달은 종로 위에 높이 걸려 있고 조선인은 작은 초롱을 들고 의관속대衣冠束帶로 인력거를 끄는 자가 있는가 하면, 머리에 뒤집어 쓴 장옷 속으로 흰 분을 바른 얼굴을 살짝 드러내고 총총히 걷는 여자도 있었다. 나는 이시바시 고조와 홍원선 두 사람을 따라 덕수궁 옆의 각국 영사관 — 원래는 공사관 — 근처를 산책하고 종로의 거리로 나왔다. 고조와 홍 상 두 사람은 아까부터 덕수궁의 높은 돌담을 올려다보거나 포플러가 무성한 각국 영사관의 기와지붕을 바라보며

민비 몰후의 정변을 이야기했다. 그 이야기는 내가 아는 것도 있고 모르는 것도 있었다. 그것보다도 나는 다른 것을 생각하고 있었다. 두 사람의 이야기는 거의 흘려들으면서 다른 생각을 하다가 어느새 이 종로 거리로 나왔던 것이다.

오늘 게이노스케가 돌아간 후, 나는 그가 놓고 간 소설 원고를 읽어 보았다. 그것은 원고지 다섯 매 분량의 것으로 아무래도 장편의 처음 부분 같았다. 나는 근래 직접 펜을 드는 것조차 별로 흥미가 없으니 하물며 남의 소설 읽기에 흥미가 있을 리가 없었다. 특히 매우 난삽한 그의 글을 읽는 것은 견디기 어려운 고통이었으나, 문득 변덕스런 생각에 비평을 해 볼 마음이 되어 가능한 한 작은 글자로 여백에 내 의견을 쓰기 시작했다. 그리고 두 시간여를 보내고 거의 모든 지면을 메워 버렸다. 그의 원고에 적힌 글보다도 내가 쓴 글자 수가 더 많았다.

그렇지만 그 후에 다시 나는 왜 이 같은 고생을 했는지 스스로 불쌍하다고 생각했다. 오쿄의 말에 의하면, 게이노스케는 연기는 보통이지만 무대 얼굴은 방미단 배우 중에 가장 잘생겨, 이곳의 게이샤 중에서는 이미 반한 이도 많다고 했다. 나는 지워 없앨 수 없는 그의 새카만 원고를 책상 위에 놓은 채, 저물어 가는 방에서 멍하니 생각에 잠겼다. 세상의 진보에 뒤처진 문학자가, 도쿄를 멀리 두고 단지 두려워 움츠리고 있는 젊은 예술가의 원고를 첨삭한다. 이것을 객관적으로 놓고 보면 슬프고 웃긴 이야기다. 아까 두 시간

정도 열심히 펜을 잡았던 그 문학자의 뒷모습이 자못 가련하게 보였다. 그런 참에 내게 산책을 권유한 것이 고조와 홍 상이었다.

종로의 밤에은 아직 오래된 조선의 정취가 칠팔 할 남아 있었다. 고조와 홍 상은 묵묵히 나를 끌고 어느 골목으로 들어갔다. 그것은 좁은 길로, 꼭 그 길 폭 만큼의 좁은 하천이 흘러갔다. 그곳에 들어간 때의 기분은 중국 한시에서 자주 본 협사狹斜[38]라는 문자를 떠올렸다. ○○관館이라는 붉은 문자의 사방등이 액자처럼 걸려 있는 그곳에는 조선요리집이 두세 채 있었다. 우리 세 명은 그중의 한 집에 들어갔다.

14

기생 중의 한 사람이 우선 권주가勸酒歌라는 노래를 1절 부르기 시작했다. 한 구절이 끝나자 다른 두 사람도 함께 불렀다. 그 노래는 억양이 적고 물이 흐르는 듯한 쓸쓸한 맛이 있는 노래였다. 세 명 모두 이 노래를 부르면서 우리 세 명에게 술을 권했다. 데운 일본주가 싸구려 일본 술병에 담겨 있었다.

"이 노래는 늘 부르는가? 일본으로 치자면 오자쓰키お座付き[39]와

---

38 협사狹斜 : (중국어) 꼬불꼬불한 골목. 화류계 골목.
39 오자쓰키お座付き : 게이샤가 주석에 불렸을 때 맨 먼저 샤미센을 뜯으며 노래하는

같은 것이로군" 하고 고조가 말했다.

"노래의 의미는 뭐죠?" 그 노래가 끝난 후 나는 홍 상에게 물어보았다.

"간단히 요약하자면, 이런 의미가 됩니다"라고 홍 상은 말하고 산문적으로 통역해 주었다.

"불로초로 술을 빚어 만년배萬年盃에 가득 부어, 비나오니 남산의 수壽를……."

나는 어느새 기분이 바뀌었다. 이제는 게이노스케의 초고 따위는 생각하려고도 하지 않았다. 두 사람은 나를 상좌에 권했는데 내 뒤에는 기댈 수 있는 판이 있고, 좌우에는 팔꿈치를 얹는 베개가 있었다. 이 판도 베개도 비단으로 싼 것으로 한단邯鄲의 베개[40]에 둘러싸인 기분이었다. 세 기생은 한 사람씩 손님 옆에 앉아 계속 술을 따랐다. 그들은 한쪽 무릎을 세워 보라색 산을 만들고, 한쪽 다리는 느슨히 뻗어 보라색 언덕을 만들고 있었다.

"자네들도 먹도록 하지. 보고 있기만 하면 불쌍하잖아"라고 말하고 고조는 웃었다. 홍 상은 그 비참한 입으로 쓸쓸히 웃으면서 이런 뜻을 기생에게 통역해 주었다.

"도모 아리가토대단히 감사합니다." 한 기생이 일본어로 대답하고

것. 혹은 그 노래.

40 한단邯鄲의 베개 : 한단지몽. 베개를 베고 잔 젊은이는 꿈속에서 깨어나 인생의 덧없음을 깨닫게 된다는 중국의 고사.

웃었다.

"도모 아리가토." 다른 두 기생도 일본어로 말하고 서로 얼굴을 마주보고 웃었다.

문득 밖을 보니 둥근 달이 안뜰의 처마 사이에 걸려 있었다. 처음부터 달인 줄 알면서도 무언가 이 방의 장식 같은 기분이 들어 확실하게 달이라는 관념은 얻지 못했다. 상 위의 진수성찬은 신선로를 중심으로 일본에서는 본 적이 없는 것뿐이었다. 기생의 이마는 인공적으로 아름다운 형태를 이루고 있었다. 벽면에는 둥근 중국 부채가 걸려 있었다. 천정에는 구슬 장식이 많은 램프가 매달려 있었다. 그동안에 문득 눈에 들어온 달은 확실히 그것이 달인 줄 알면서도 그곳에 우뚝 서 있는 조선인 보이의 검은 통 모양의 모자 뒤에 자연스럽게 그려진 장식화로 보였다.

"오늘은 자네를 위해 순수한 조선 춤을 보여 주려고 생각해서 악사를 불러 놓았네. 뭐 하나 해 보지"라고 고조는 명령했다.

악사는 대략 예순 이상으로 보이는 노인들이었다. 그들이 방구석에 나란히 앉아 악기를 연주하기 시작하자, 기생 하나는 남자 복장을 하고 또 하나는 여자 복장 그대로 춤추기 시작했다. 춤이라기보다는 아악雅樂에 가까운 춤이었다. 서로의 애틋한 정을 손발의 움직임으로 표현하여 어느 때는 포옹하고 우는 듯한 동작도 있었다. 악기는 일본의 악기와 비슷한 형태의 것이었는데 홍 상은 하나하나 그 이름을 설명해 주었다. 13현의 금琴[41]은 한 노인이 무릎 위에 얹고 연주했다. 그것을 홍 상은 가야금이라고 가르쳐 주었다. 또 중국에서 말하는 금슬琴瑟의 슬은 이 가야금을 말한다고 했다. 또 하나 일본의 히치리키篳篥[42]와 비슷한 것을 홍 상은 통소라고 했다.

"그렇다면 객유취통소자客有吹洞簫者[43]라는 것은 바로 저것이로군요"라고 묻자 홍 상은,

"그렇습니다"라고 고개를 끄덕였다.

"저 기다란 북 같은 것은 뭐라고 합니까?"

"저것은 장구라고 합니다"라고 대답하고 홍 상은 열심히 음악을 듣고 있다가,

"이 음악도 이 노인이 죽으면 어떻게 될지 모릅니다. 이미 몇 명밖에 남지 않았으니까요"라며 탄식했다. 장구는 무릎 앞에 놓고 한쪽을 손으로 치고 한쪽을 북채로 쳤다. 그 장구를 치는 이는 허리가 굽은 일흔 살 정도의 노인이었다.

기악의 리듬은 유장하게 이어지며 남녀의 절절한 포옹은 서너 번이나 거듭되었다. 문득 고개를 돌려보니 뒤편의 높은 창에 많은 조선인의 얼굴이 겹겹이 우글대는 것이 보였다. 우글댄다고

---

41 13현의 금琴 : 12현의 오기인 듯.
42 히치리키篳篥 : 피리. 대나무 관으로 만들어져 겉에 구멍 7개, 안쪽에 구멍 2개가 있다.
43 객유취통소자客有吹洞簫者 : 소동파 적벽부의 일부. 객 중에 통소를 부는 자 있어 …….

하기보다는 겹겹이 서서 멍하니 안을 들여다보고 있었다. 홍 상이 말했듯, 이미 사라져 가는 이 악기의 음에 이끌려 그들은 이곳에 모인 것일까. 아니면 역으로 그들의 심심한 시간을 때우는 데에 이 이상 좋은 것이 없는 것을 발견하고 언제까지나 그곳에 서 있는 것인가. 어쨌든 유리창 너머로 보이는 많은 얼굴 뒤로 수없이 많은 사람이 거의 문 밖까지도 서 있고, 멀리 이 기악 소리가 들리는 곳까지 서 있을 것이라는 생각이 들었다.

이 무용을 남무男舞라고 한다고 홍 상은 설명했다. 남무가 끝나고 나서 기생들은 다시 우리 사이에 앉아 술을 따랐다. 그동안 악사 노인들은 어딘가 뒤로 사라져 버렸다. 내 앞에 있던 기생은 젓가락으로 고기 한 점을 집어 내 얼굴 앞에 갖다 댔다. 내가 무슨 뜻인지 알고 입을 열자 기생은 어미가 새끼에게 넣어주듯이 고기를 내 입 안에 넣어 주었다.

　고조 옆에 있는 기생도 똑같은 일을 하고 있었다. 고조가 수염 난 큰 입을 한껏 벌리고 있는 것을 보니 우스꽝스러웠다. 이것도 홍 상의 설명에 의하면, 조선의 양반들은 단지 입을 벌리고 있을 뿐, 음식을 먹여 주는 것부터 술을 먹이는 것까지 모두 옆에 있는 부인이 시중을 든다고 했다. 나도 고조도 역시 그런 대우를 받고 있었다. 기생들은 다시 노래를 불렀다. 그 노래의 가락도 아까의 기악이 우리에게 준 것과 같은 평탄하고 유장한 느낌을 주었다. 노래의 의미를 나중에 홍 상이 통역해 주었다.

　"옥 같은 님主을 잃고 님 같은 자네君를 보니, 자네가 그인지 그가 자네런지 누군지 내 몰라라."44

　우리는 꽤 취했다. 고조는 아까부터 약간 알고 있는 조선말은 모두 다 써버려 무언가 야한 말을 일본어로 했으나 그것은 기생에게는 통하지 않았다.

　"자네가 통역해 주게" 하고 고조는 홍 상에게 원했으나 홍 상을 그것을 싫다고도 하지 않고 침착한 말로 그 비참한 입을 움직이면서 주의 깊은 눈으로 기생의 얼굴과 우리 얼굴을 번갈아 보며 통역

44　옥 같은 : 가곡 계면조 편수대엽의 하나. "옥 같은 님을 잃고 님과 같은 자네를 보니 자네 건지 긔 자네런지 아무런 줄 내 몰라라 자네 긔나 긔 자네나 중中에 자고나 갈까 하노라."

했다. 기생은 일본 유녀처럼 애교스런 미소를 흘리면서 무언가 그 것에 대답했다. 그것을 홍 상은 다시 아까처럼 담담한 어조로 비참한 입을 움직이면서 일본어로 통역했다. 홍 상의 입으로 통역되어 나오는 일본어는 왠지 진지하게 들려, 우리는 웃음을 기대했지만 웃을 수가 없었다. 그 후로도 홍 상에게 통역되어 기생들에게 전달된 조선말도 아마 고조의 입에서 나온 것과는 꽤 느낌이 달라졌을 것이라는 우스운 생각이 들었다. 또한 정치가와 웅변가를 은근히 자임하는 홍 상에게 이러한 통역의 고통은 상상하기에 남음이 있었다. 그리고 다시 노악사들이 나타나 연주를 하고, 한 기생이 승무라는 춤을 췄다. 이것은 스님이 여자에게 집착하여 타락하는 상황을 그린 것이라고 하는데 처음에는 조용한 곡조에 따라 손발을 뻗거나 들이거나 하며 한동안 단조로운 동작을 계속하다가 종반으로 가자, 악사가 치던 북을 두 남자가 안고 기생 옆으로 갖다 주니 기생은 북채를 좌우 손에 들고 신들린 듯이 그 북을 치는 동작을 했다. 나는 단조로운 기악의 음에 질려서 그 창을 올려다보니 조선인들의 조용한 얼굴은 여전히 겹겹이 이 춤을 보고 있었다.

이때 한 기생은 달이 비치는 안뜰의 저편 별실을 무언가 용무 있는 듯 때때로 주시했다. 승무를 추는 기생이 두 개의 북채를 다양한 형태로 움직이면서 점점 급조로 북을 치는 것에, 홍 상은 물론이고 아까부터 단조에 지루해 하던 고조와 나도 마음이 이끌렸음에도 불구하고, 그 기생은 별실 쪽에만 마음을 빼앗긴 듯했다. 그리고 아직 승무가 끝나기 전에 그녀는 일어나서 결국 별실 쪽으로 가 버렸다. 홍 상은 그 뒤를 보며 쓴웃음을 지었다.

승무가 끝나자 또 다시 새로운 술병이 들어왔으나 술잔을 채워서 마시는 이는 이제 고조뿐이었다. 기생은 다시 노래를 불렀다. 아까처럼 홍 상은 통역해 주었다.

상

눈을 뜨고 보니 님으로부터 편지가 와 있네

중

백 번이나 읽고 가슴 위에 얹었다네

하

그리 무겁지는 않지만 가슴은 답답하구려

그렇지만 기생 한 사람이 빠져서 왠지 그 노래가 쓸쓸하게 느껴졌다.

"아까 저기로 간 기생이 소담素淡이라고 하는데 이미 노기老妓입니다만 유명한 기생입니다. 저 기생이 없으면 이 두 사람만으로는 소리도 제대로 잘 들리지 않습니다" 하고 홍 상은 말했다. 과연 소담이라는 자는 아까 남무 때에 남자역이었으므로 여자를 맡은 젊은 기생에 비하면 그 기량에 현격한 차이가 있는 것은 우리 눈

에도 확실히 비쳤다. 그렇지만 언뜻 본 바로는 아직 스물네다섯 살밖에 보이지 않았다. 일본 여자가 조선 여자 옷을 입으면 젊게 보인다는 말을 들은 적이 있었지만 노기라는 것은 좀 받아들이기 어려웠다.

"저 나이에 벌써 노기라고 합니까?"라고 홍 상에게 물어 보았다.

"그렇습니다. 서른 가깝게 되면 조선에서는 노기에 속합니다"라고 홍 상은 대답했다.

"저 기생, 계속 별실에 마음이 가 있는 것 같은데 애인이라도 와 있는가?" 하고 고조는 단청처럼 붉어진 얼굴에 어린이 같은 애교를 띠우고 물었다.

홍 상은 비참한 입을 잠시 우물우물 하였으나, 잠깐 눈을 반짝이며 별실 쪽을 보고,

"저기 와 있는 자가 김성룡의 남동생으로 대단한 방탕아입니다. 소담과 관계가 있다는 말은 지금껏 듣지 못했습니다만……"라고 말했다. 김성룡의 남동생이라는 자는, 문학을 좋아한다고 특별히 내게 소개하겠다고 얼마 전에 김성룡이 말한 그 남자가 틀림없었다.

그러는 중에 시치미를 떼고 돌아온 소담을 붙잡고,

"이 년, 괘씸하군" 하고 말하며 고조는 술잔을 내밀었다. 홍 상은 흰자위가 많은 눈을 반짝이며 소담의 얼굴을 보면서 무언가 놀리는 듯한 말을 했다. 소담은 조금 얼굴을 붉히고 그것에 대답했다. 그러는 중에 목덜미 주위의 머리에 꽂은 것을 빼서 홍 상에게 건넸다. 홍 상은 그것을 우리에게 보이면서,

"이 소담은 이래봬도 옛날에는 종2품의 품계였으므로 그때 이것을 황제로부터 하사받았다고 합니다"라고 말했다. 손에 들고 보니 순금으로 만든 비녀 같은 것이었다.

그리고 다시 검무劍舞라는 춤을 젊은 두 기생이 추었으나 별로 재미있지 않았다. 그것보다도 지금 당장 종2품의 소담 집에 가자는 것에 의견이 일치되어 그 의사를 소담에게 전하자 소담은 매우 당황한 얼굴을 하고 다시 별실 쪽을 의미 있게 보았다. 그렇지만 홍 상은 무시해 버렸다.

15

밖에 나와 보니 종로 거리에 인적은 드물고 달빛은 더욱 밝았다. 소담은 우리 세 명과 함께 마음이 내키지 않는 모습으로 걸었으나 이윽고 멈춰 서서 홍 상을 불러 세우고 무언가 속삭였다. 홍 상은 쉽사리 승낙하는 모습은 보이지 않았으나 이윽고 조금 떨어져서 멈춰 서 있던 나와 고조 쪽으로 걸어와서 웃으면서 이렇게 말했다.

"소담이 말하기를 오늘 밤은 배가 좀 아파서 모쪼록 내일 오시는 것으로 하면 안 되겠습니까." 이렇게 말하고 홍 상은 말을 끊고 우리 대답을 기다렸다. 고조는,

"안됐군. 결국 배가 아파졌군. 이제 적당히 풀어주지"라고 말하고 웃었다. 소담은 십여 미터 떨어진 곳에서 달빛을 받으며 힘없이 서 있었다. 목 언저리에 묶은 머리가 자연스럽게 만드는 곡선의 형태가 옷자락 쪽으로 넓어지는 치마의 흐름과 함께 멀리서 이색적으로 보였다. 곧 홍 상이 큰 소리로 무언가 말하는 것에 대하여 저쪽에 떨어져 있는 사람 모습은 이쪽을 주시하고 때때로 대답했다. 그리고 정중하게 인사를 하고 헤어졌다.

나는 왠지 무언가 아쉬운 생각이 들었다. 세 명이 터벅터벅 어디를 간다는 생각도 없이 남대문 쪽으로 걸었다. 홍 상은,

"요 앞에 원융사圓融社[45]라고 하는 극장이 있습니다만 보시고 싶

으시면 안내하죠"라고 말했다. 나는 곧바로,

"그거 꼭 데려가 주시죠"라고 말했다.

"이제 몇 시나 됐지?" 고조는 시계를 꺼내 달빛에 비추어 보았다. 그리고,

"아직 이르군. 열한 시 전일세"라고 말했다. 셋은 이윽고 원융사라는 극장 앞에 섰다.

극장 앞은 아직 번잡하게 보였다. 나는 한정 없이 환락을 쫓아 돌아다녔던 학생 시절의 기분을 환기시키면서 — 열한 시가 되건 열두 시가 되건 잠도 피로도 잊고 등불 있는 곳을 쫓아 돌아다녔던 그 당시의 기분을 불러일으키면서 — 표를 사고 안으로 들어갔다.

원형의 건물은 서양풍을 가미한 것으로, 뒤로 갈수록 높아지는 좌석에는 많은 조선인이 조용히 구경하고 있었다. 무대에는 두 사람의 총각[46]과 세 명의 요보어른[47]가 마주하고 있어, 잠시 들으니, 본오도리盆踊[48] 노래 같은 것을 합창하면서 각각 손에 들거나 목에 건 악기를 요란하게 치고 있었다. 홍 상이 말하는 바에 의하면, 여기는 극장이라고는 하지만 지금은 대중연예장처럼 되어 있

---

45 원융사圓融社 : 원각사圓覺社를 말하는 듯. 1908년 설립된 최초의 왕립극장. 1914년 소실. 서울 서대문구 신문로 소재 새문안교회 터에 있었다.

46 총각 : 원문은 チョンガ一총가, 總角. 한반도에서 건너간 단어로 'ㄱ' 탈락된 가타가나로 표기. 결혼 전의 남자.

47 요보 : 원문은 大人ヨボ. 당시 요보(여보의 'ㅕ' 발음이 힘들어 'ㅛ'가 됨)는 주로 조선인 성인 남성을 가리키는 단어였음을 알 수 있다.

48 본오도리盆踊 : 음력 7월 15일 밤에 남녀들이 모여서 추는 윤무.

어 음악도 하고 기생 춤도 하며 중국인 마술 같은 것도 한다고 했다. 우리는 가장 뒤의 높은 곳에 빈 의자를 발견하고 앉았다. 그곳도 조선인이 앉아 있었으나 우리를 보고 자리를 양보했다. 둘러본 바, 일본인은 나와 고조뿐으로 장내의 조선인은 모두 신기하다는 듯이 우리를 올려다보았다. 또, 남녀의 좌석은 엄밀히 구분되어 있어 여자 쪽 자리에도 의외로 많은 부인이 얼굴을 나란히 하고 있었다. 홍 상의 말에 의하면 그들은 모두 양반 등의 첩으로 정식 부인은 한 사람도 없다고 했다.

무대의 요란한 전주는 쉽사리 끝나지 않았다. 홍 상은,

"이건 참 따분하군요. 무언가 재미있는 것으로 빨리 바꾸면 좋을 텐데"라고 조바심을 냈다. 그렇지만 나는 무대보다도 관람석 쪽에 더 많은 흥미를 찾아내며 그들 조선인 남녀가 어떠한 기분으로 이들의 연예를 보러 왔는지 알고 싶었다. 그들은 정숙하게 멍하니 단지 그 음악을 듣고 있었다. 우리가 내려다보는 바로 밑쪽에는 아이를 업은 총각이 의자 위에 엎어져서 자고 있었다. 업힌 아이도 그대로 자고 있었다. 바로 그 옆에 앉아 있는 조선인은 손에 쥔 긴 담뱃대의 대통을 무릎 위에 얹고 때때로 입으로 연기를 내뿜으면서 계속 조용히 무대 쪽을 바라보고 있었다. 여자 좌석 쪽도 모두 딴 곳을 보지도 않고 각종 색깔의 옷자락을 양손으로 여미고 일제히 무대 쪽을 보고 있었다. 그때, 지금 막 들어와서 뒤쪽의 자리에 앉으려고 하는 여자가 눈에 들어왔다. 그녀는 멀리

보이기는 하지만 확실히 소담이 틀림없었다.

　분명히 소담이 틀림없다고 생각되는 그녀는, 우리가 여기에 있으리라고는 꿈에도 생각지 않은 듯, 잠시 자리에 앉아 있다가 다시 일어나 계단을 내려가 그곳에서 무대를 가로질러 악단 쪽으로 갔다. 관람석에서 악단 쪽으로 가려면 아무래도 무대 위를 지나야 했다. 그때 무대 위에는 대여섯 명의 기생이 모란 조화를 중심으로 주위를 춤추며 돌고 있었다. 소담이 그 뒤를 지나갈 때 그들 기생은 각자 소담을 보고 인사했다. 그것이 무대 위인지 보통의 장소인지 구별되지 않을 정도로 태연한 태도로 인사를 했다.

　"저건 소담이 아닌가"라고 고조는 이윽고 그것을 알아챈 듯 말했다.

"소담은 김성룡의 남동생과 함께 온 것 같군요. 저기 '남자 좌석' 뒤쪽에 앉은 것이 그가 틀림없습니다"라고 말하고 홍 상은 반짝이는 눈을 가만히 그 방향으로 향했다.

무대 위의 기생 춤은 아까 조선요리집에서 본 소담 등에 비교하면 매우 유치한 것이었다. 여섯 명의 기생은 각각 한 줄기의 모란을 꺾어 그것을 들고 춤추었다. 고조는 어느새 팔짱을 낀 채로 꾸벅꾸벅 졸고 있었다.

한 번 악단으로 들어간 소담은 다시 관객석으로는 나오지 않았다. 김성룡의 동생도 어느새 사라졌다고 홍 상은 말했다. 그들은 우리가 와 있는 것을 알아채고 다시 이곳을 벗어난 것 같았다.

고조는 코를 골며 자고 있었다. 나도 이제 이곳을 나가고 싶었으나 홍 상은 다음 순서가 중국인 마술인데 그것이 가장 재미있다고 하며 열심히 기다렸으므로 돌아가자는 말도 하지 못했다.

과연 중국인의 마술은 재미있었다. 한 사람의 중국인은 이상한 큰 소리를 내며 뭐라고 하자 조선인은 모두 웃었으나 나는 그 의미를 알 수 없었다.

"저건 조선말입니까?"라고 홍 상에게 묻자,

"그렇습니다"라고 홍 상은 대답했다. 이윽고 중국인은 하나의 큰 상자 같은 것을 꺼내 정면의 상 위에 놓고 그 상자 안을 관객에게 보이며 아무것도 없다는 것을 증명한 후에 곧 그 안에서 이런 저런 것을 끄집어내어 객석의 갈채를 받았다. 빈 상자 안에서 물건을 꺼낸다는 것은 일본의 마술과 다를 바 없었으나 단지 그 상자가 매우 큰 상자로, 그 안에서 끄집어내는 것도 커다란 화분이나 크고 더러운 항아리 등인 것이 일본 마술의 섬세함과 비교하여 대국적大國的으로 보였다. 특히 중국인은 더럽게 때가 낀 복장을 하고 있었으나 마지막에는 상의를 벗어 맨몸을 보이고 변발을 뱀처럼 목에 감고 그 끝을 입에 물거나 하며 분발하는 것이 특이하게 보였다. 반주는 징이나 북이 들어간 극히 살벌하고 요란한 것이었다. 단조롭고 유장한 조선인의 음악과 춤의 다음에 나와서인지 자극이 강한 이 반주나 연희演戲는 매우 사람의 마음을 북돋았다.

그 다음은 다시 중국인의 곰 곡예였다. 잘 훈련된 한 마리의 곰이 중국인의 명령에 따라 양 발로 일어나거나 고개를 넘거나 봉을 들거나 하는 여러 곡예를 하면 그때마다 국자 한 잔씩 먹이를 얻어먹고 요상한 소리로 짖었다. 그 소리가 참으로 맹수적으로 왠지 기분 나쁘게 들렸다. 평생 사육을 당하며 약간의 먹이를 받아먹기 위해 여러 가지 곡예를 부리고 슬프게 울부짖는 맹수의 소리와, 그 맹수를 질타하는 중국인의 소리와, 그것을 기쁘게 환호하는 조선인의 소리가 뒤섞여서 이채로운 느낌을 주었다. 홍 상은 매우 홍에 겨운 듯 지금까지 별로 본 적이 없는 열띤 표정을 하고 열심히 무대를 바라보았다.

곰 곡예가 끝난 후, 다시 조선인 네다섯 명이 악기를 들고 무대에 나타나 단조로운 음악을 연주하기 시작했다. 우리는 고조를

깨워서 밖으로 나왔다. 달은 기울며 점점 환해지고 밤의 서늘한 기운은 피부에 한기를 느낄 정도였다. 고조는 하늘을 향해 계속 하품을 연발했으나 이제부터 돌연 소담 집을 찾아가 놀라게 하자는 홍 상의 건의에 내가 곧바로 찬성했으므로,

"문학자와 같이 돌아다니는 것은 이제 지쳤네"라고 말하고 웃으면서 그래도 순순히 뒤를 쫓아 왔다.

16

조선인은 밤에는 언제까지나 깨어 있고 아침에는 언제까지나 늦잠을 잔다고 들었다. 홍 상은 졸린 표정도 없이 달빛 아래 색 바란 프록코트를 입은 긴 몸을 터벅터벅 옮겼다. 고조의 하품은 한동안 멈추지 않았으나 잠이 깨고 나서는 다시 기운을 차렸다.

"오늘은 문학자를 안내해 줄 셈이었던 것이 결국 문학자에게 끌려 다니는 꼴이 되었군. 요상한 곳에 왔군" 하며 주위를 돌아보았다. 종로 거리에서 골목으로 들어간 곳에 조선가옥만 늘어서 있고 그 거리의 막다른 곳에 궁전이나 사당처럼 보이는 붉게 칠한 큰 문이 있었다.

"저건 어디 문입니까?"라고 묻자 홍 상은,

"저 문 안이 아까 본 영사관입니다"라고 말했다. 문에 걸린 현판은 달빛에 하얗게 보였으나 글자는 읽을 수 없었다. 홍 상은 그 문에 다다르기 전에 다시 작은 골목으로 들어갔다. 그곳도 물론 조선가옥뿐으로, 늘어선 굴뚝에서는 연기도 나지 않고 모두 고요하기만 했다.

"이 집이 초월初月이 집이었습니다"라고 홍 상은 말했다. 초월은 가장 미인이라는 소문이 났던 기생으로 최근 조선 귀족 아무개에게 낙적落籍되어 첩이 되었다는 말을 이미 들은 바가 있었다. 초라한 집이라 이것이 과연 기생집인가 의심스러울 정도였다. 홍 상은 다시 우리를 작은 골목으로 이끌고 가더니 어느 집 문 앞에 멈춰 서서 잠시 우리의 모습을 살핀 후 대문을 두드렸다. 아직 자지 않았는지 잡 안에서 곧 대답이 들려왔다. 집 안 깊숙이에서 들리는 소리와, 달 아래 서 있는 홍 상의 노골적인 소리는 그 후 두세 번 문답을 했다. 그러다가 문을 열고 모습을 나타낸 사람은 노파도 하인도 아닌 소담 본인이었다. 옷차림은 아까의 물색 비단 저고리도 보라색 치마도 아닌, 저고리도 치마도 모두 새하얀 것으로 그것이 달빛을 받아 우리를 올려다보는 모습은, 아까의 초월이 집처럼 초라한 조선가옥을 배경으로 유달리 요염하고 아름답게 보였다. 그리고 우리가 몇 명인지 확인한 때, 양손을 치마에 대고 그것을 위로 추슬러 올리는 동작을 하면서, "아이고" 하고 우는 듯한 소리를 냈다.

나는 예전에 이런 말을 들은 적이 있다. 어느 정부情夫가 기생집을 방문했을 때, 그 문이 잠겨 있으면 그것은 이미 다른 정부가 와 있다는 증거이므로, 나중에 온 정부가 밖에서 큰 소리로, 자기는 지금 늦게 와서 들어갈 수가 없어 유감이라고 말하자, 먼저 온 정부는, 그것 참 안 됐소 나는 곧 이제 돌아가도 좋으니 당신이 대신 들어와서 자는 것이 좋겠다고 대답하니, 나중에 온 정부는, 아니오 그럴 수는 없소 나는 이제 돌아갈 터이니 행복한 밤을 편히 지내시오, 라며 그 같은 사양의 말을 두세 번 쌍방이 거듭하고 결국 나중에 온 정부가 발을 돌려 돌아가게 된다. 이것이 의식처럼 되어 있다고 하는 이야기를 들은 적이 있다. 그렇지만 이 경우의 광경은 그것과는 전혀 달랐다.

　나는 지금까지 독자에게 고하지 않았지만, 홍 상의 전 후의 모습에서 추측하건대, 홍 상은 어쩌면 소담의 정부 중의 한 사람일지도 몰랐다. 이즈미야에서 별로 웃지도 않았던 홍 상, 조선요리집에 있어도 고조의 야한 농담을 내키지 않으면서 통역한 홍 상, 무슨 일이건 냉정하고 주의 깊게 보이던 홍 상이, 일단 김성룡의 동생과 소담과의 관계를 알게 된 후에는 왠지 부주의하고 집념 강하게 소담의 뒤를 쫓는 것처럼 보였다. 원융사에 소담이 오리라는 것은 아마 홍 상이 예기했던 바로, 그 때문에 우리를 그곳으로 이끈 것이라고도 해석할 수 있었다. 이 깊은 밤에 이 집에 온 그 마음도 대충 헤아릴 수가 있었다.

　소담은 잠시 홍 상과 말을 나누고 있었다. 홍 상 혼자라면 몰라도 우리 두 사람의 일본인이 함께 있는 것이 소담에게는 꽤 고통스럽게 보였다. 그들 둘의 대화 내용이 어떠한 의미의 것인지는 알지 못했으나, 이때 나와 고조는 멍하니 그 담판의 결과를 기다리는 것 말고 달리 도리가 없었다. 그때 놀랍게도 돌연 문 안에서 의관속대의 조선인들이 나와, 그것도 한두 사람이 아니라 거의 네다섯 명이나 연이어 나타나더니, 그들 모두 별로 우리를 쳐다보지도 않고 바람이 흘러가는 것처럼 모르는 체하고 밖으로 나가 버렸다.

많은 조선인이 문밖으로 흘러 나간 후에 우리는 소담의 안내를
받아 집으로 들어갔다. 달빛에 보이는 안뜰의 모양은 잘 몰랐으
나 그것은 그리 넓지는 않아 밤눈에도 지저분하게 보였다. 그래
도 기생의 집은 보통 사람의 집보다는 깨끗하다고 들었다. 이것
이 깨끗한 편이라면 보통 사람 집의 누추함이 추측되었다. 소담
은 앞장서서 하나의 별채처럼 되어 있는 방으로 들어갔다. 그곳
에는 반사경이 붙은 놋쇠 촛대에 흰 초가 켜 있어 지금 그곳에 앉
은 소담의 옆얼굴을 밝게 비쳤다. 방은 한 칸[49] 반의 좁은 방으로
한쪽에 놋쇠 장식이 붙은 조선식 장롱이 두 개 나란히 있었다. 하
나의 장롱은 위의 두껍닫이 문이 유리에 채색을 한 화려한 것으로
그 위에는 빈 분갑 같은 것이 열 개 정도 놓여 있었다.

"이것은 조선 여자의 버릇입니다. 뭐든 조금이라도 예쁜 것은
마구 늘어놓아서 아무런 멋도 없습니다"라고 홍 상은 말했다. 오
래된 상표가 예의 바르게 정면을 향해 가지런히 놓여 있는 것은
아무래도 시골 이발소 등에서 보는 광경이었다. 그밖에 그곳에
놓인 경대나 보석상자 같은 것도, 기름때로 낡은 것들뿐으로, 그
모두가 어릴 때 봤던 늙은 어머니의 그것들을 생각나게 했다. 분
을 희게 바르고 머리를 가지런히 아름답게 빗어 붙인 소담과 이
경대는 아무래도 부조화스럽게 느껴졌다. 아까 홍 상이 소담을

---

49 칸 : 間[켄]. 길이의 단위, 6척[尺](약 1.818m); 기둥과 기둥 사이.

노기라고 했던 말이 이 경대 등에 한해서는 그럴 법도 하다고 생각되었다.

고조가 홍 상에게 건넨 돈을 홍 상으로부터 받은 소담은 뜰로 내려갔다. 안뜰을 건너 부엌과 하인 방 등이 별도로 있었다. 소담은 그곳에 가서 무언가 시키는 듯했다.

"이런 깊은 밤에도 먹을 것을 시키는 것이 가능합니까?"라고 나는 홍 상에게 물어 보았다.

"좋은 것은 어렵겠지만 맥주에 뭔가 안주 하나 정도는 되겠지요"라고 홍 상은 말했다. 그리고 소담이 없는 동안에 홍 상은 자물쇠가 잠기지 않은 장롱의 서랍이나 경대의 서랍, 기타 붙박이장이나 상자 등의 뚜껑을 모두 열어 보았다. 대개 대단한 내용물은 없었다. 경대의 서랍에서는 비듬이 긴 빗이나, 손에 들기에도 더러운 비녀 같은 것이 나왔다. 나는 아까 오래된 경대를 봤을 때는 어릴 때 본 어머니의 경대를 떠올렸다고 했는데, 이 지저분한 빗과 비녀를 봤을 때는 돌아가신 할머니의 경대 서랍을 어른이 된 후에 열어본 기분이었다.

"이런 것이 있군요"라며 홍 상은 무언가를 고조에게 건넸다. 보니 그것은 그림엽서 앨범이었다. 고조는 그것을 손에 들었으나 두세 장 열어보고 흥미 없다는 듯 바닥에 내려놓았다. 이어서 홍 상은 하나의 작은 상자 안에서 화투를 발견해 그것을 우리 앞에 내밀었다. 그것은 일본의 화투였다. 고조는 그것을 집어들고 ,

“여기서도 이것을 하는가?” 하고 이상스럽다는 듯이 말했다.

“대체로 도박을 좋아해서 많이들 합니다”라고 홍 상은 대답했다. 이윽고 소담은 자리에 돌아와서 그곳에 흩어져 있는 것을 언뜻 보았으나 아무 말도 하지 않았다. 총각은 들고 온 대나무 다리가 달린 낮은 소반 같은 것을 놓고 그 위에 맥주 서너 병과 메밀국수 그릇을 사람 수만큼 놓았다. 메밀국수는 조선 메밀국수로 고추와 미나리 등이 많이 들어 있었다.

“오아가리나사이드세요”라고 소담은 일본어로 말하고 웃었다. 그리고 다시 조선말로 뭐라고 말했다. 홍 상은,

“입에 맞을지 모르겠지만 많이 드시죠”라고 그것을 일본어로 옮겼다.

우리는 싸구려 컵에 따라준 탁한 맥주를 꿀꺽꿀꺽 마셨다. 메밀국수는 애써 먹었지만 고추가 매운 데다가 누린내가 나서 맛있다고는 생각할 수 없었다. 반사경의 빛을 얼굴 반쪽에 받고 있는 소담과 홍 상은 그것을 아주 맛있게 먹었다.

아까 홍 상이 서랍과 붙박이장을 뒤지고 있을 때, 우리 눈에 언뜻 비친 것은 어느 붙박이장 안에 빨간 이불이 개어져 있는 것이었다. 그때 홍 상은 조선말로 뭐라고 말하며 서둘러 그 문을 닫아버렸다. 지금 메밀국수를 한 젓가락 두 젓가락 마지못해 먹고 그대로 젓가락을 놓은 고조는 천천히 일어나자마자 갑자기 그 붙박

이장을 열고 빨간 이불을 꺼냈다.

"아이고." 소담은 젓가락을 든 채 어이없이 보았으나 달리 어찌할 수도 없었다. 고조는 방약무인하게 유유히 한 장의 이불을 펴고 그 위에 누웠다. 좁은 방의 한구석에 비스듬하게 깔린 붉은 이불은 흥미롭게 내 눈에 비쳤으나, 그것보다도 고조가 그 위에 누워서 한마디도 하지 않고 잠자코 있는 모습이 더욱 흥미로웠다. 고조는 분명 자지는 않았다. 그의 잠은 원융사를 나온 후, 달 아래에서 연발한 하품에 의해 지금은 완전히 깬 게 틀림없었다. 그의 취기도 또 차가운 달빛에 의해 냉각되었음이 틀림없었다. 소담 집의 흐린 맥주는 아무리 가득 채워도 다시 그의 취기를 돌리기에는 부족했다. 그의 깨인 몸은 마치 잘 수 있다는 듯 빨간 이불 위에 누워 있었다. 그는 무엇을 하러 조선에 왔는가. 거의 그를 주모자로 한 낭인패의 활동은 무엇을 의미하는가. 그는 홍원선과 무슨 일을 하려고 결탁했는가. 다소라도 그런 내용을 말해 줄 수 있는 것은 이 빨간 이불 위의 육체였다.

소담과 홍 상은 다시 조선말로 무언가 말하고 있었다. 소담과 홍 상이 어떤 관계인지 또한 내게 흥미로운 문제였다. 한일병합 전후에 빈번하게 출현한 홍도[50]에게는 반드시 기생이 색채를 더하고 있다고 했다. 그들은 달밤에 피리를 불며 이별을 아쉬워한

---

50 홍도 : 당시 전국적으로 벌어진 의병들의 활동도 총독부는 '홍도'의 소란으로 보도했다.

다든가, 한밤중에 배를 훔쳐 함께 모습을 감춘다든가 하는, 이야기 같은 것을 실제 행동으로 옮기고 있었다. 그렇지만 홍 상은 그러한 사려 깊지 못한 객기의 젊은이와는 크게 느낌이 달랐다. 그는 천하의 대세에도 통하고 세상의 쓴 맛도 모두 맛보았다. 그의 눈에는 나 같은 문학자는 물론, 고조 같은 이도 아마 어린이처럼 비칠 것이다. 그 누르기 어려운 내심의 모멸은 때때로 그의 언동에 드러나려고 하나, 그는 항상 교묘하게 그것을 감추는 것을 잊지 않았다. 게다가 홍 상과 종2품의 소담과의 사이에 무언가의 관계를 찾아내는 것은 내 전기傳奇적 호기심을 채우기에 충분했다. 나는 아까 고조가 내팽개친 그림엽서 앨범을 보는 둥 마는 둥하며 은밀히 두 사람의 모습에 주의를 기울였다.

앨범을 열자 맨 앞 첫 번째로 안중근의 흐릿한 사진이 있었다. 이것은 복사에 복사를 거듭한 것이 그림엽서로 인쇄된 것이었다. 다음에는 아자부麻布 별궁에 있는 왕세자 전하[51]가 일본 옷을 입은 사진이 있었다. 그 다음에는 흰 수염 무성한 이토 공의 사진이 있었다. 그 다음에는 일본 아이가 장난감을 갖고 노는 사진이 있

---

51 왕세자 전하 : 영친왕英親王 이은李垠, 1897~1970. 고종의 일곱째 아들로, 1907년 형인 순종 즉위 후 황태자(합병 후에 왕세자로)가 되었다. 1907년 일본 유학, 1920년 일본 왕족 마사코와 정략결혼하고, 일본 왕족으로 대우를 받으며 일본군 중장까지 지냈다. 1963년 11월 22일 병세가 악화된 상태에서 한국으로 귀국, 그 뒤 병상에 있다가 1970년 5월 1일에 사망하여 고종이 묻혀 있는 경기도 남양주시 금곡동의 홍유릉 영원英園에 안장되었다.

었다. 그 다음으로는 소담과 같은 복장을 한 기생 사진이 대여섯 장이나 있었다. 그리고 그 다음에는 아카사카 만류[52]의 사진이 이 것도 네다섯 장 나란히 꽂혀 있었다.

그림엽서를 보는 것은 그대로 소담의 마음을 읽는 기분도 들었 다. 맨 앞에 안중근의 사진을 봤을 때는 그녀의 온화한 얼굴 속에 도 어딘가 음험한 상相이 숨어 있는 듯 생각했으나, 일본 어린이 사진을 봤을 때는 또 어느 나라도 똑같은 여자의 온화함에 생각이 미쳤다. 그녀는 아름다운 얼굴에 지금은 아무런 거리낌이 없는 듯 극히 쾌활하게 솔직한 모습으로 홍 상과 이야기를 하고 있었 다. 홍 상은 내 쪽을 돌아보고 말했다.

"소담의 과거를 좀 물어 보았습니다만, 말해 드릴까요?"

나는 앨범을 바닥에 내려놓았다.

"그것 참 재미있겠군요. 꼭 듣고 싶습니다."

"소담은 진주 출생입니다만, 열한 살에 기생이 되어 열다섯 살 에는 경성에 올라왔다고 합니다. 궁중에 출입하게 된 후에는 거 의 매일처럼 연회가 있었는데 지쳐서 무심결에 계단 아래 숨어 졸 았던 적도 있을 정도로 그 무렵에는 재미있기도 했으나 힘든 일도 꽤 많았다고 합니다." 홍 상은 역사 이야기라도 하는 말투로 말하 기 시작했다.

---

52 아카사카 만류赤坂萬龍, 1894~1973 : 일본 최고의 미인으로 불리며 인기 높았던 게이 샤. 당시에는 미인 그림엽서가 유행했는데 조선의 기생 엽서도 나왔다.

"기생이 궁중에 출입하게 된 것은 극히 근래의 일로, 궁중에 출입시키기 위해서는 품계가 있어야 하니, 종2품의 소담처럼 기생도 품계를 받게 되었습니다." 그리고 홍 상은 나와의 말을 중지하고 소담에게 무언가 조선말로 말했다. 소담은 일어나서 아까 홍 상이 흩트려 놓은 그곳보다 더 깊은 곳에서 종이로 싼 것을 꺼내어 가지고 왔다. 받아 보니 그것은 세 장의 사령장과 같은 것이었다. 그 한 장에는 이렇게 쓰여 있었다.

今此
금 차

進宴教是時奉揮巾兼奉花差備女伶素淡從自願免賤帖文成給者
진 연 교 시 시 봉 휘 건 겸 봉 화 차 비 여 령 소 담 종 자 원 면 천 첩 문 성 급 자

光武六年六月 日
광 무 육 년 육 월 일

宮內府 印 [53]
궁 내 부 인

다른 한 장은 또 이러 했다.

勅令
칙 령

醫女素淡爲通政階者
의 녀 소 담 위 통 정 계 자

光武六年六月 日
광 무 육 년 육 월 일

---

53 금차 …… 궁내부 인 : 바로 여기에 진연 시 걸레질 및 꽃꽂이 담당 기생 소담은 그 원하는 바에 따라 천민을 면하게 하는 문서를 발급한다. 1902년 6월 궁내부 인. 진연(進宴)은 궁중의 잔치.

今此
진 차

進宴時擧行醫女帖成給事奉勅[54]
진 연 시 거 행 의 녀 첩 성 급 사 봉 칙

남은 한 장은 이러 했다.

勅令
칙 령

醫女素淡爲嘉善階者
의 녀 소 담 위 가 선 계 자

光武六年十二月 日
광 무 육 년 십 이 월 일

進宴擧行醫女帖加成給事奉勅[55]
진 연 거 행 의 녀 첩 가 성 급 사 봉 칙

홍 상은 조선식 음독으로 읽어 주었다. 아까 홍 상이 말한 대로 여령女伶, 기생으로서는 궁중에 출입하는 것이 불가능하므로 처음에는 궁중 연회 시에 걸레질을 하거나 꽃꽂이를 하는 여령 소담의 직을 면해 새로 의녀로 대우하여 승전昇殿을 허락하고, 그 승전도 점차 품계를 높인다고 하는 의미의 것이었다.

그리고 나의 두세 가지 질문에 대하여 홍 상은 통역해 주었다. 그것에 대한 소담의 대답은 이러했다.

---

54 칙령 …… 봉칙 : 의녀 소담을 통정계(정3품)의 사람으로 한다. 1902년 6월. 진연시에 의녀첩 발급을 거행해 칙명을 받들라.

55 칙령 …… 봉칙 : 의녀 소담을 가선계(종2품)의 사람으로 한다. 1902년 12월. 진연시에 의녀첩 발급을 거행하여 칙명을 받들라.

"궁중에 출입한 시절은 물론, 그 후에도 덕분에 아직 굶주린 경우를 당할 정도로 생활이 힘든 적은 없습니다. 그렇지만 이 배를 상하게 한 것이 지금은 무엇보다도 괴롭습니다. 요전에도 대한병원大韓病院[56]에 가서 배를 째고 고쳐 달라고 했습니다만 아랫배라면 고쳐 주겠지만 윗배는 낫지 않는다, 그저 음식에 주의하는 게 좋겠다고 하더군요. 옛날부터 아직 마음에 드는 분을 아직 만나지 못했습니다. 내가 생각하는 분은 그쪽에서 싫다고 하시고, 그쪽에서 뭐라고 말씀해 주시는 분은 내 쪽에서 그리 생각하지 않거나 해서 지금도 혼자 살고 있습니다. 모쪼록 일본인 중에서 좋으신 분을 만나면 이 몸을 의지하고 싶은 생각입니다 ……."

고조는 여전히 자고 있는 것처럼 움직이지 않았다. 그는 내지에 있을 때도 그 일거일동은 모두 탐정을 통해 경찰에 보고되었다. 그가 몇 번 요릿집에 가서 몇 시에 몇 엔 몇 십 전을 치루고, 하녀에게 얼마의 팁을 주었다는 것까지 기록에 남았다. 조선에 건너 온 후도 여전히 당국자[57]의 주의에 변함은 없을 것이다. 그가 모월모일의 밤에 내지에서 온 문학자와 홍원선을 납치하여 조선요리에서 조선연극을 순회하고, 밤 열한 시경에 이르러도 아직 기

---

56 대한병원大漢病院 : 대한의원大韓醫院을 말하는 듯. 1907년 통감부 주도로 설립된 국립
    병원. 오늘날 서울의대병원의 전신.
57 당국자 : 원문은 당로자當路者. 정권을 잡은 자, 중요한 지위에 있는 자.

생 소담의 집을 나오지 않았다는 것도. 나아가 소담의 집에서 그는 지갑에서 얼마의 지폐를 꺼내 메밀국수 4인분과 맥주 몇 병을 사오게 했다는 것도 내일 아침이 되기도 전에 보고될 것은 의심의 여지가 없을 것이나, 단지 소담 집에서 붉은 요 위에 목침을 베고 누워서 머릿속으로 무엇을 생각했는지는 어쩌면 그 보고에 빠질지도 모르겠다.

소담이 면전에 나를 두고 일본인에게 몸을 의지하고 싶다는 등 능청맞은 말을 한 때, 그 얼굴에도 홍 상의 얼굴에도 냉소가 번뜩이는 것을 느꼈다. 그렇지만 나는 그 냉소의 빛에 모욕을 느끼기보다는 오히려 그들 두 사람의 관계를 추측할 수 있는 단서를 얻은 듯해 유쾌했다. 오히려 좀 더 그러한 동작을 계속할 것을 희망했으나 그것은 무익했다. 홍 상은 그 주의 깊은 눈으로 얼핏 내 얼굴을 보고 곧 그 냉소를 비참한 입가의 주름 속으로 거두어 버렸다. 그리고 다시 소담의 과거 이야기를 드문드문 했다. 그것은 부모형제는 아직 진주에서 농사를 짓고 있다는 것, 지금은 이 경성에서 기생의 부취체副取締[58]로 임명되었다고 하는 내용이었다.

"이 분은 「춘향전」 같은 소설을 쓰시는 분이니, 자네 이야기를 써달라고 하면 좋을 것이라고 말하자, 소담은 모쪼록 잘 써달라고 합니다"라고 말하고 홍 상은 웃었다.

---

[58] 부취체副取締 : 기생조합의 우두머리인 취체의 아래. 부조합장.

"「춘향전」 정도는 기생도 읽습니까?"

"읽다 뿐이겠습니다. 한글로 된 책도 있으니 그것도 읽지만, 우선 「춘향전」만큼 널리 알려진 극은 없으니, 소담도 때때로 춘향이로 분장한 적도 있을 겁니다. 아까 원융사에서 보신 첩들 중에도 「춘향전」이나 「재생연再生緣」[59]이나 「홍련전」 등을 읽고 또 읽으며 울고 웃고 하며 하루를 보내고, 밤이 되면 그런 식으로 극장에 가는 이가 많이 있습니다."

"일본 도쿠가와 시대의 구사조시草双紙[60] 같은 것이군요."

"그렇습니다. 그래도 그런 첩은 품행이 좋은 첩이고, 술을 마시거나 도박을 하거나 음란한 이야기를 하며 하루를 보내는 쪽이 많겠죠."

"소담이 남의 첩이 되면 어느 쪽일까요? 김성룡 남동생의 첩이라도 된다면."

홍 상은 조선말로 무언가 소담에게 말했다. 소담은 살짝 얼굴을 붉히면서 무언가 대답했다.

"김성식金成植의 첩이 된다면, 「춘향전」이나 당신이 쓰신 작품이나, 기타 도움이 될 만한 것을 읽으며 정숙한 부인으로서 하루를 보내려고 생각합니다"라고 홍 상은 자신이 말하는 것처럼 직역해 주었다.

---

59 재생연再生緣 : 청나라의 여류작가 진단생陳端生이 지은 탄사彈詞 작품.
60 구사조시草双紙 : 삽화가 든 통속 소설책의 총칭으로 읽기 쉽게 하리가나로 쓰여 있다.

"김성식이라는 자가 김성룡의 남동생입니까?"

"그렇습니다."

"김성식의 첩이 된다면 하고 아무렇지도 않게 말합니까? 뻔뻔한 여자로군요."

"네, 뻔뻔한 여자입니다" 하고 홍 상은 태연하게 웃었다.

17

우리가 소담의 집을 나온 것은 두 시를 조금 지나서였을 것이다. 종로 거리의 순사는 램프의 빛을 우리 쪽으로 비추고 의심스럽게 보았으나, 굳이 누군지 묻지 않았다. 밝은 달은 점점 서쪽으로 기울었지만 언제까지나 구름 한 점 끼지 않았다. 경성의 천지에 어떠한 음모가 이루어지던 때에도 하늘의 달은 항상 이렇게 청명했을 것이라고 생각되었다.

이제 돌아가자고 내가 고조를 재촉하자, 그는 쓰러진 나무가 세워지듯 벌떡 일어났다. 소담과 헤어질 때도 그는 큰 손을 내밀고 악수했을 뿐, 문을 나온 후 여기에 올 때까지도 그 침묵을 지속했다. 나도 별로 쓸데없는 말을 걸지도 않았다.

홍 상은 어느 길모퉁이에 와서 멈춰 섰다. 그리고,

"당신들은 이제 돌아가십니까?"라고 고조와 내 얼굴을 보고,

"그럼 저는 여기서 헤어지도록 하죠"라고 정중하게 인사를 하고 골목길로 들어갔다. 그는 비로소 통역이나 광대 같은 불쾌한 역할을 면하게 된 것이 유쾌하다는 듯 자세를 바로하고 골목의 달빛 속으로 사라졌다. 그 뒷모습을 배웅할 때, 나는 다년간 지사로서 임해 온 그의 오늘의 심정을 슬퍼하지 않을 수 없었다.

잠시 후 고조는 어른이 어린이를 대하는 듯한 말투로 나를 돌아보고 말했다.

"오늘 밤에는 뭔가 재미있는 일이 있었나? 재료가 될 만한가?"

나는 우선,

"신기하고 재미있었네"라고 대답하지 않을 수 없었다.

"그랬나? 그런 것이 재료가 된다면 이번에는 또 다른 것을 보여주지" 하고 어디까지나 어른의 태도를 지니고 유유하게 앞장서서 걸었다. 아까 "문학자와 같이 돌아다니는 것은 이제 지쳤다"라는 말이나 "오늘은 문학자를 안내해 줄 셈이었던 것이 결국 문학자에게 끌려 다니는 꼴이 되었군"이란 말은 이미 잊어버린 얼굴이었다.

남산루는 아직 문을 열어 놓고 우리를 기다리고 있었다. 오쿄는 졸린 얼굴을 하고 나왔다. 그리고,

"손님은 이시바시 상 같은 악우惡友와 함께 돌아다니시면 해로우실 텐데요" 하고 나무라듯이 말했다.

"악우 같은 건방진 단어를 알고 있군." 고조는 웃으면서 자신의 2층 방으로 올라갔다. 나도 내 방에 돌아와 옷을 갈아입고 있는데

오쿄는 투덜투덜 불평하며 들어 왔다.

"지금부터 또 한 잔 한다고 하네요. 정말 술고래죠. 손님도 오시라고 하는데 벌써 주무신다고 해 두죠"라고 혼자서 결정하고 돌아갔다.

늘 시끌벅적대는 남산루도 지금은 쥐 죽은 듯이 조용했다. 남산루로 돌아오고 나서 다시 도쿠리德利를 몇 병 쓰러뜨렸다[61]고 하는 것까지 당국자의 문제가 되는 고조의 처지가 우습기도 하고 안타깝기도 했다.

이불 속으로 들어가려다가 문득 보니 오늘 나오기 전에 가필한 게이노스케의 원고가 책상 위에 놓여 있었다.

18

다음날 아침은 피곤해서 늦잠을 잤다. 한 번 눈을 뜨기는 했으나 멍하니 어젯밤의 일을 생각하다 다시 잤다. 잠결에서도 몸이 심하게 나른한 것을 느끼고, 꿈과 현실 사이로 고통을 느끼는 상태가 이어졌다. 이윽고 명확히 눈이 떠진 것은 이미 열 시가 가까웠을 것이다.

------

61 쓰러뜨렸다 : 도쿠리는 불투명 도자기이라 술이 빈 것은 쓰러뜨려 놓아야지 빈 병인 줄 알 수 있다.

김성룡 집에서 묵은 아내는 아직 돌아오지 않고, 8조의 방 한가운데서 나 혼자 자고 있었다. 해는 남쪽 장지문을 비치고 있어 나른한 몸을 움직이는 것도 귀찮게 느껴졌다. 베개에 얹은 채로 머리를 돌리니 눈에 들어온 것은 낙관 없는 글씨와, 해묵은 말 그림과, 도코노마의 구석에 놓인 가짜 고려자기 등이었다. 누운 상태로는 눈에 들어오지 않지만, 아직 베갯머리의 책상 위에 그 원고가 놓여 있는 것도 의식되었다.

어젯밤은 해가 저물기 전부터 밤 2시까지나 돌아다녀, 한때는 졸린 것도 피곤한 것도 잊고 단지 등불을 쫓고 환락을 쫓는 옛날의 청년으로 돌아간 기분도 들었으나, 술이 완전히 깬 오늘 아침의 기분은 불쾌했다. 도코노마 구석에 놓인 채 한동안 잊었던 가짜 고려자기가 오늘 아침에는 매우 통쾌한 의미로 사람 눈에 비치는 것도 이상했다. 그곳에 오쿄가 들어와서,

"안녕히 주무셨어요? 더 푹 주무시지 않고. 이시바시 상이 한잔 하고 있으니 손님도 일어나셨으면 오시라고 하네요"라고 내뱉고 재빠르게 이불을 개기 시작했다.

간신히 얼굴을 씻고 책상 앞에 앉자, 책상 위의 원고가 심술궂게 눈에 비쳐 기분이 언짢았다. 나는 고조의 방으로 가기로 했다.

복도에서 만난 오쿄는,

"어머, 가시는 거예요? 손님은 의지박약하시네요. 사모님이 안 계시면 금세 이시바시 상에게 동화되어 버리네요" 하고 큰 소리

로 말했다.

고조는 생선찌개를 앞에 두고 소녀티를 갓 벗은 하녀에게 술을 따르게 하면서 천하의 대사를 처리하는 것처럼 당당한 태도로 해장술을 마시고 있었다. 소녀는 독수리 앞의 비둘기처럼 두려워하며 시중을 들고 있었다.

"아침부터 시작이군" 하고 말을 걸자,

"어, 앉지"라고 턱으로 근처를 가리켰다. 소녀는 갑자기 원군이라도 왔다는 눈빛으로 내 얼굴을 쳐다보았다.

"오늘 아침은 머리가 아파서 기분이 안 좋군" 하고 내가 혼자 얼굴을 찌푸리자 고조는 그것에는 대답하지 않고, 맛있게 보이는 찌개의 두부를 입으로 가져갔다. 어젯밤 일은 이미 잊어버린 듯, 단지 찌개 맛만이 지금 그의 마음을 지배하는 듯했다.

오쿄는 내 밥상을 그곳으로 들고 왔다. 그리고 소녀와 교대하고 술을 따랐다.

"이시바시 상, 오늘 연설을 하신다면서요?"

"응."

"그만 두시죠. 당신 정말로 연설 못해요."

"무례하군. 너희가 잘하는지 못하는지 아냐?"

"알죠. 정말 듣기 힘들어요. 그만 두세요."

고조는 쓴웃음을 지었다. 과연 오쿄의 앞에서 고조의 당당한 진陣이 자칫하면 무너지려고 했다. 그때 그곳에 오후데가 들어왔다.

얼마 전에 나는 어느 어떤 스님을 만나 이런 말을 들었다. 자신이 이 경성에 절을 열고 난 후 처리한 장례식은 대개 중년사람이다. 소아는 간혹 있다. 노인은 거의 없다고 해도 좋다. 처음에는 이상하다고 생각했으나 가만히 사정을 살펴보니 그것도 그럴 터라, 일단 노인은 거의 이 땅에 없다. 이 땅에 건너와서 일을 하려는 자는 혈기왕성한 젊은이뿐이다. 따라서 죽는 것도 그 중년사람에 한한다. 그래서 이것에 관련하여 비참한 일은, 남자나 여자나 한 사람이라도 죽은 자가 있는 가게는, 대개 다음날부터 그 기관機關의 운전을 중지할 수밖에 없을 정도로 절박한 상태에 놓인다. 말하자면 남자도 여자도 최대한의 힘을 쏟아 한계를 넘칠 정도로 일을 하므로, 남편이나 아내 중 한 사람이 죽은 그 가게는 곧 기계를 돌릴 수 없게 된다. 이것은 내지에서는 상상할 수 없는 식민지의 한 특색이다, 라고.

전에도 말했듯 이 땅에 건너와서 일을 하는 자는 대개 한번은 내지에서 실패한 자다. 또 가정을 막 만든 젊은 부부보다는 소위 중년 부부가 많은 것도 그 때문일 것이다. 그리고 친척도 친구도 내지에 있을 뿐, 그들 부부는 단출한 가정을 이끌고 최후의 분투를 시도하러 식민지에 건너 온 것이므로, 언젠가 한 사람이 죽으면 기관의 활동을 중지할 수밖에 없는 것도 어쩔 수 없는 사정이다. 그렇지만 이러한 한편, 내지의 도시인 이상으로 절박한 생활을 시도하는 자가 있는가 하면, 다른 한편으로는 전혀 무위도식의 유민遊民이 거드름을 부리며 큰 길을 활보하는 것도 식민지의 또 하나의 특색이다. 단지 입을 봉하고 아무 말도 하지 않는 대가로 어느 큰 회사로부터 수백 엔의 수당을 받는 소위 호걸이라는 자가 있다. 고조와 같은 이도 어떤 곳에서 여비를 얻고 무엇을 하기 위해 오랫동안 체재하고 있는지 큰 의문이지만, 어쨌든 경성의 천지는 그를 포용하고 모른 체하고 있다. 오후데 같은 이도 역시 그 사회의 갈라진 틈에서 생존하는 갯강구船蟲[62]와 같은 태도로 아무런 거리낌 없이 남산루에 출몰하는 것이었다.

"오후데 상, 지금 돌아왔어요?" 오쿄는 의미 있게 오후데를 쳐다보았다.

"아, 예. 지금." 이 여자도 의미 있는 눈을 오쿄에게 되돌려주고 털썩 고조 앞에 앉았다.

"오라버니, 어젯밤 꽤 늦었다면서요? 어디를 돌아다녔어요?"

"어디 돌아다니건 참견할 건 없잖아"라고 말하고 고조는 웃었다.

"한 잔 받을게요"라고 오후데는 고조의 손에서 빼앗듯이 잔을 받아들고 "언니, 따라줘요."

오쿄가 잠자코 따라 준 술을 오후데는 곧 예쁜 입으로 가져 가 반 정도 마셨다.

"오라버니, 저 오늘 좀 취하고 싶어요."

---

62 갯강구船蟲 : 갑각류. 해변의 바위나 축축한 곳에서 떼를 지어 생활한다. 낚시 미끼로 쓰인다. 우리나라, 중국, 일본 등지에 분포한다. 학명은 Ligia exotica.

"맘대로 해라. 네가 취하건 말건 내가 알 바 아니야"라고 말하고
고조는 다시 웃었다. 고조의 얼굴은 점차 붉게 물들어 오후데의
창백한 얼굴과의 대조가 돋보였다. 오후데는 계속 술잔을 거듭했
다. 그리고 곧 샤미센이 등장해 처음에는 오후데가 치며 노래를
불렀다. 나중에는 오쿄가 서툰 손놀림으로 치는 것을 오후데는
입 샤미센으로 고쳐주면서 춤을 추거나 했다. 이즈미야에서 산부
쿠나 경성 게이샤의 만담과 춤에 고조도 나도 배를 잡고 웃었을
때, 웃지 않았던 자는 홍 상과 오후데였으나, 과연 오후데의 솜씨
는 대단했다. 이 정도의 솜씨를 가진 오후데가 그 천박한 만담이
나 춤에 웃을 수 없었던 것은 당연했다. 그리고 왜 그녀는 오늘 아
침에만 이렇게 들떠있는지 그 이유는 알 수 없었지만 이 취태醉態
속에 오히려 그녀의 외로운 일면을 엿볼 수 있었다.

19

　오후데의 취태는 뜻하지 않게 자리의 흥을 불러일으켜 고조도
나도 한동안 웃으며 즐겼으나, 아침부터의 샤미센과 춤은 왠지 한
심스럽고 곧 흥도 시들어져 나는 내 방으로 돌아왔다.
　김성룡 집에서 전화가 와, 앞으로 이삼일 모쪼록 부인을 머물
게 해달라며 허락해 달라고 했다. 나는 대수롭지 않게 승낙하고

다다미 위에 누워서 다시 무심코 어젯밤의 일을 생각해 보았다.

그 일은 결국 묻지 않았으나, 소담의 집에서 나온 많은 조선인은 과연 누구였던가. 그중에 김성룡의 남동생 김성식이라는 자도 있었는지 모른다. 원융사에 갔을 때에도 조선인은 우리 두 일본인에게 자리를 양보하고, 소담 집에서도 먼저 놀러 와 있던 그들은 우리 때문에 떠났다. 나는 그것에 대해 결코 승리를 자랑하려는 생각은 할 수 없었다. 오히려 남의 화원에 발을 들여놓은 기분으로 쓸데없는 행위였던 것을 후회했다. 그들 조선인은 그들 조선인으로서 각각 유쾌한 자신의 세상을 만들게 하라. 일본인이 옆에서 그 속에 발을 들여놓는 것은 왠지 불쾌한 것으로도 생각되었다. 소담과 홍 상이 나에게 통하지 않는 조선말로 계속 무언가 말을 나누는 것에 나는 다소의 모멸을 느끼면서도 억제할 수 없는 동정도 일으켰다.

나는 이러한 것을 생각하면서 꾸벅꾸벅 졸다가 결국 낮잠을 자 버렸다. 밤을 새운 아침에는 아무리 늦잠을 자도 다소의 두통을 느껴 기분도 불쾌한 것이 통상이지만, 언제나 그것은 낮잠에 의해 회복되었다. 눈을 뜬 것은 벌써 해가 서쪽으로 기울어 매우 선선하다고 느껴지는 바람이 발을 흔들며 불어올 때였다. 머리는 다시 태어난 듯이 가벼워지고 기분도 아주 상쾌했다. 최근에 수선을 한 남산루의 욕탕 안에 나는 천하에 나보다 행복한 사람은 없다는 기분으로 손발을 쭉 뻗었다. 단지 나는 이런 한 사람으로서 이렇게 현세

에 존재한다고 의식하는 것 외로 아무런 생각도 없었다. 그때,

"잠시 실례합니다. 거기 반지가 없나요?"라고 문틈으로 얼굴을 내민 것은 오후데였다. 둘러보니 욕탕 바닥에 엎어져 있는 통 위에 눈부시게 반짝이는 보석이 박힌 금반지가 있었다.

"이건가?" 하고 나는 들어 보니 몇 돈 정도 되는 것인지 무게감이 있는 순금의 반지였다.

욕탕을 나와서도 평정한 마음은 한동안 이어졌다. 그리고 은근히 게이노스케가 오는 것을 기다렸으나 소식도 없고, 또 고조도 오후데도 그 후 어쩐 일인지 쥐죽은 듯 아무 소리도 들리지 않았다. 오쿄도 오늘은 쉬는 날이든가 하며 아침의 샤미센 이래 모습을 보이지 않았다. 저녁 식사 때가 되어 어린 하녀의 말을 들으니, 오늘은 어디선가 정담 연설이 있을 예정으로 고조도 그곳에 나갈 셈이었으나, 당국으로부터 금지되었다든가 하여 내가 낮잠을 자는 사이에 고조는 다른 낭인패 두세 명의 내방을 받고 함께 어디론가 나갔다고 했다.

나는 오늘 밤 왠지 쓸쓸했다. 옛날 하숙 생활을 하던 시절, 밤에 만담 연예장에 가면 다음 밤에는 칩거하는 것에 견딜 수 없는 쓸쓸함을 느꼈으나, 그 정도는 아니더라도, 어젯밤의 홍등녹주紅燈綠酒[63]에 비하여 왠지 쓸쓸함을 느꼈다. 열 시가 넘은 때부터 밤의 선선한 기운을 찾아 나는 진고개泥峴 — 혼마치本町[64] 거리를 조선인은 이렇게 부른다 — 를 산책했다. 이미 사람들이 많을 때는 지났다. 양측의 가게를 들여다보는 것도 지쳐 나는 문득 게이노스케의 극단이 공연을 하는 명치좌를 들러볼까 생각했다.

20

명치좌는 작은 건물이었다. 전등이 환하게 비추어 객석의 사람 얼굴 하나하나 살필 수가 있었다. 내가 입구에 우두커니 서있자

---

63 홍등녹주紅燈綠酒 : 붉은 등과 푸른 술. 홍등가의 방탕한 분위기를 이른 말.
64 혼마치本町 : 지금의 신세계 백화점(미쓰코시 백화점)에서 충무로에 걸친 2km 지역.

곧 저쪽에서 나에게 손짓하는 자가 있었다. 오후데와 오쿄였다. 나는 두 사람의 자리에 끼어드는 것을 꺼려서 뒤쪽에 앉았다. 무대에서는 뭐라고 하는 첫 번째는 끝나고 '희극 이웃사촌'이라든가 하는 것이 시작되었다. 자세히는 모르겠지만 눈 둘레에 검은 테두리를 그리고 옷을 깡뚱하게 입은 하녀가 혼자서 갈채를 받고 있는 것이 영락없는 희극이었다. 나는 조금도 웃기다고 느끼지 못하고 오히려 그 억지웃음을 불쾌하게 느꼈으나, 좌중의 많은 이는 소리를 내며 웃었다. 오후데도 오쿄도 약속이나 한 듯 손수건을 입에 대고 몸을 앞뒤로 움직이며 웃었다. 방금 하녀가 재떨이와 함께 갖고 온 일정표를 보니, 그것은 어제 게이노스케가 소맷자락에서 꺼내 놓고 간 일정표와 같은 것으로, 단지 제목과 배우명이 바뀌어져 있었다. 쓰루미 게이노스케라는 2호 활자 위에 있는 배역을 보니 '여동생 하루노'와 나란히 '하녀 오다마'로 되어 있다. 혹시나 해서 다른 곳을 살펴보았으나 그 외로 하녀 같은 자는 없었다. 그렇다면 지금 무대에서 저속한 유행어를 남발하며 박수를 받는 이는 게이노스케가 틀림없었다. 나는 매우 뜻밖의 느낌에 놀라 잠시 망연히 하녀의 동작을 보았다. 과연 유심히 보니 그것은 게이노스케가 틀림없었다.

전체의 내용은, 서로 이웃해서 사는 두 남편이 둘 다 게이샤 놀음에 빠져 있자, 그 부인들이 질투를 하고 있는 것을, 게이노스케가 분장한 하녀 오다마가 두 부인에게 꾀를 알려주어, 한 부인은 꾀병 환자가 되고, 또 한 부인은 가짜 미치광이가 되어 서로 남편을 난처하게 만든다는 극히 유치한 것이었으나, 식민지의 남녀는 이 연극에 도취하여 정신없이 웃으며 흥겨워했다.

무대를 회전시킬 때, 뜰에 놓았던 테이블을 깜박 잊고 치우지 않아 그 테이블은 무대와 함께 뒤에서 앞 쪽으로 끌려와 결국 바닥으로 굴러 떨어졌다. 테이블 위에는 하나의 원통형 화로가 놓여 있었는데 그것도 재 연기를 피우며 뒤집어졌다. 동시에 바닥에서는 와앙 하고 아이의 울음소리가 났다. 좌중의 사람들은 모두 일어나 그 방향을 바라보았다. 테이블은 거꾸로 떨어졌으나 다행히 주변에는 사람이 적고, 우는 아이도 큰 상처는 아닌 듯했다. 좌중의 사람들은 모두 다치지 않은 것을 서로 위안하며 소품

담당자를 탓하는 소리는 별로 하지 않았다. 그리고 곧 회전된 새로운 무대를 열심히 바라보았다.

전 막에 하녀가 두 부인에게 방책을 가르치는 것은 미래의 갈등이 예상되어 다소 흥미도 있었으나, 후 막에 두 남편이 집에 돌아와 두 부인의 광태에 애를 먹는 것은 예상만큼의 것이 없어 별로 재미있지 않았다. 무대의 배우는 열심히 웃기려고 이런저런 유행어를 남발했다. 게이노스케인 하녀는 뒤에 숨어 있다가 때때로 모습을 드러내고 요상한 몸짓을 하여 관객을 웃겼다.

그것이 끝난 것이 열한 시 반쯤이었던가. 나는 이제 이것으로 끝났다고 생각하고 돌아갈 준비를 하자, 배우 한 사람이 무대복장 채로 막을 열고 나와 말하길, 아직 시간이 있으니 다시 2막의 희극을 추가로 보여드리겠다고 했다. 좌중의 사람들은 모두 박수를 쳤다. 조선인은 밤늦게까지 자지 않고 아침에 늦게 일어난다고 들었으나, 이 땅에 있는 일본인도 열한 시 반이 되어도 2막의 희극을 더 보여준다는 말에 박수를 칠 정도로 밤 생활에 익숙해진 듯했다. 이들도 호시노가 말한 소위 '일본인의 조선화' 현상의 하나인가 하고 우습게 생각했다.

나는 이미 연극에 흥미를 잃어 밖으로 나갔다. 오후데와 오쿄는 여전히 자리에서 일어나려고 하지 않았다.

　명치좌를 나온 후에도 아직 숙소로 돌아가고 싶은 기분이 되지 않았다. 해 저물 때까지 낮잠을 잤기 때문에 졸리지 않은 탓인지, 어젯밤의 풍류를 다시 찾고 싶은 기분에 지배되었는지, 나는 계속 터벅터벅 거리를 걸었다. 달은 흐려지는 것을 모르는 듯 이 밤에도 여전히 밝은 빛을 발했다. 혼마치 거리도 대부분의 점포는 문을 닫아 등불도 꺼졌기에, 달은 제 세상인 양 빛을 더해 문틈과 작은 도랑 밑까지 밝게 비쳤다. 나는 혼마치 거리를 가로질러 북쪽의 좁은 천변 거리[65]로 걸어갔다.

　그곳도 일본인 가게는 대부분 조용히 잠들었다. 단지 지게꾼 두세 명이 문 앞에 서서 아무런 목적도 없이 멍하니 거리를 쳐다보고 있었다. 그들은 이윽고 이 큰 길에 지게를 내려놓고 땅에서 하룻밤을 새울 것이리라. 조선인 가게는 아까 말했듯 밤을 새우는 그들의 습관으로 아직 자지 않는 자도 적지 않았다. 그리고 그들은 비좁은 집에서 잠자기 불편하므로 문 앞에 멍석을 깔고 그 위에서 밤이슬을 맞으며 자는 자도 많다고 들었다. 그것에 관해 누구는 이렇게 말했다. 그렇게 땅 위에 자면서도 아무렇지도 않는 것은 3대의 수련이 필요하다. 즉, 우리 일본인은 당연하고 조

65　천변 거리 : (청계)천을 따라 형성된 거리.

선인도 조상 때부터 이런 경험이 없는 자가 밖에서 잔다면 필시 병에 걸리지만, 조부 때부터 이런 경험을 쌓아온 3대째의 자식은 잘도 이것을 견딜 수 있게 된다고.

이러한 말을 떠올리면서 나는 밝은 천변 거리를 유유히 북쪽을 향해 걸어가는데, 문득 뒤에서 날 부르는 소리가 들렸다. 그것은 분명 일본인의 소리로 게다가 여자의 목소리였다. 고음의 목소리이지만 어딘가 세상의 이목을 피한 듯 극히 간단하게, 게다가 그 높은 어조를 애써 억누르는 느낌이 있었다. 그리고 그것은 분명히,

"오라버니"라고 들렸다.

나는 반사적으로 뒤돌아보았다. 그리고 길가에 멍하니 우뚝 서 있는 조선인과 동떨어진 곳에, 하천 길을 걸어오는 여자 같은 하나의 형체를 발견했다.

"오라버니. 잠깐 기다려 줘요." 다시 아까처럼 어조를 낮춘 소리가 들렸다. 나는 미처 생각이 미치지 못했으나 이 근처에는 일본인은 앞뒤를 돌아봐도 나 혼자뿐이므로 그대로 멈춰 서서 그 사람이 다가오는 것을 기다렸다.

점점 다가옴에 따라 혹시나 하고 생각한 것이 현실로 나타났다. 그 사람은 오후데였다. 그녀는 흰 분을 바른 하얀 얼굴을 달빛에 드러내며 미소를 머금고 다가왔다. 그리고,

"걸음이 아주 빠르네요" 하고 숨을 몰아쉬며 말했다. '오라버니'라는 말을 들었을 때, 왠지 최근에 귀에 익은 말처럼 생각한 것은,

오늘 아침 오후데가 때때로 고조를 향해 그렇게 불렀기 때문인 것을 그제야 알아챘다. 그리고 지금까지는 아무것도 모르고 서 있었으나, 그것이 오후데라는 것을 알고부터는 오히려 깊은 의혹의 구름에 휩싸이지 않을 수 없었다.

"무언가 내게 용무라도 있나요?" 하고 나는 정중히 물었다.

"좀 상담할 것이 있어서요. 아아, 힘들어. 오라버니가 돌아가신 걸 나중에 알아서 서둘러 쫓아가려고 밖에 나와 보니 벌써 저만치 앞이잖아요. 그래서 서둘러 뒤를 쫓아왔지만 얄밉게도 오라버니 걸음이 빠르시네요."

그녀는 다시 괴로운 듯이 숨을 몰아쉬고,

"나중에 쓰루미 상도 온다고 하니, 잠시 그 집까지 함께 가주시죠" 하고 그녀는 이미 나와 어깨를 나란히 하고 걷기 시작했다. 나는 무슨 말인지 의아했으나 나중에 게이노스케가 온다고 하는 것으로 대략 사정을 이해할 수가 있었다. 그리고 아무래도 깊은 밤에 미인과 걷는 것이 거북하여 앞뒤를 돌아보았으나, 길가의 조선인은 별로 남에게 신경 쓰는 모습은 보이지 않고 단지 멍하니 서 있었다.

오후데는 처마에 등이 걸려 있는 어느 조용한 집 앞에 멈춰 서서 대문을 두드리고,

"문 좀 열어 주세요. 후데예요"라고 소리쳤다. 잠에서 깨어난 듯한 여자의 목소리가 안에서 들리고 문이 열리는 소리가 났다.

“정말 죄송해요” 하고 오후데는 말했다. 나는 네다섯 걸음 뒤로 물러나서 소담의 요염한 모습과는 또 다른 분위기가 있는 오후데 의 뒷모습을 바라보았다.

쪽문을 연 여자는 왼손에 촛대를 들고 있었다. 문을 열기까지 는 촛대의 빛이 얼마나 문 안의 어둠을 밝게 비추었는지 모르겠지 만 지금 밖의 달빛에 익숙해진 눈으로 그 촛대를 보니 그것은 단 지 작고 노란 불덩이에 불과했다. 여자는 그 불덩이를 손에 들고 달빛이 미치지 않는 문 안에 멈춰 서서,

“오후데 상인감요? 어서 들어오시유”라고 오사카 사투리로 말 했다. 자못 졸린 목소리였다. 오후데는 말없이 뒤로 물러나 먼저 내가 들어갈 것을 권했다. 나는 이때 이미 주저할 여유도 찾지 못 하고 네모난 검은 문 안의 어둠 속으로 몸을 집어넣었다. 이어서 오후데도 들어와 문은
다시 닫혔다.

“이따가 쓰루미 상이
오니까요, 수고스럽지만
…….” 오후데는 그녀를
돌아보았다.

“그런감요?” 여자는 아
직 코가 막힌 졸린 목소

리로 대답하고 걸려던 빗장을 그대로 놔두었다. 그리고 촛대를 들고 앞장섰다. 촛대가 좁은 복도를 나아감에 따라 그 빛은 점점 내 눈에 익숙해져 노란 불덩이로 보였던 것이 이제는 용해되어 움직이는 화염으로 변했다. 모두가 일본식 건축으로 복도의 한쪽에는 낡은 장지문이 나란히 있었으나, 막다른 방은 서양풍의 응접실 같은 곳이었다. 여자는 그 방에 우리를 안내하고,

"잠시 여기 기다려 주시라우" 하고 촛대를 둥근 테이블 위에 놓고 돌아갔다. 이때 가만히 여자의 모습을 살펴보니, 살찐 허리에 가는 띠 하나만 두른, 쉰 살이 넘은 못생긴 여자였다.

"여기 과일과 맥주 부탁해요." 오후데는 주인처럼 명령하고 나와 테이블을 사이에 두고 허름한 등나무 의자에 앉았다. 두 사람은 잠시 잠자코 촛불을 바라보았다. 침묵의 시간이 너무 길게 이어지리라고는 생각지 않았지만, 그동안에 내 머리에는 여러 생각이 주마등처럼 스쳐갔다. 우선 이 집은 무슨 집인가? 전체적인 모습은 마치아이待合⁶⁶ 같기도 하나, 그렇다고 보기에는 너무 살풍경했다. 졸린 듯이 코 막힌 소리를 내는, 가는 허리띠의 여자는 보기에도 불쾌했다. 오후데의 교태도 오늘 아침 고조 방에서 들떠 춤을 출 때는 천박한 가운데 농염하고 쓸쓸한 모습이 있어 사람의

---

66 마치아이待合 : 밀회의 찻집. 마치아이차야待合茶屋의 약어로 남녀의 밀회 장소를 제
    공하는 집. 일본에서는 역사가 오래됐다. 경성은 대좌석업貸座席業으로 1906년부터
    허가.

마음을 끈다고 느꼈으나, 이런 이상한 집에 나를 납치하고 시치미를 떼는 그녀에 대해서는 나는 오히려 깊은 의혹을 품고 다소 증오의 염까지 일으켰다. 아까 게이노스케가 나중에 온다고 말했던 것 같은데, 그것도 지금은 믿을 수 없다는 생각이 들어, 촛불이 비치는 이 자리의 풍경이 모두 마귀 소굴처럼 내 눈에 비쳤다. '손님은 의지박약하시네요'라는 오쿄의 말이 떠올랐다. 나는 왜 이런 여자와 부주의하게 이 집에 들어왔던가. 오후데와 고조의 관계는 설령 소문처럼 담백한 것이라 해도 친구의 의리도 없는 남자라는 말을 들어도 변호의 여지가 없지 않은가.

오후데도 역시 계속 침묵을 지켰다. 그렇지만 지금 그녀는 무엇을 생각하는 것일까? 그녀의 눈은 슬픔을 나타내는 것처럼 보이지 않고, 그렇다고 또 별로 기쁨에 빛나는 것처럼도 보이지 않았다. 말하자면 이런 일을 흔한 일로 생각하는 듯, 그 긴 눈썹 속의 큰 눈동자는 차분했다. 이윽고,

"왠지 처박혀 있어 그런지 아주 덥네요" 하며 그 주위를 돌아봤으나 그렇다고 해서 일어나 그 창을 열려고도 하지 않았다.

"네? 오라버니, 사실은요, 오라버니라고 말해 죄송하지만요, 이시바시 상을 오라버니라고 부르니 역시 ……" 하고 말을 걸고 그 큰 눈은 갑자기 교태를 띠고 내 얼굴을 보았다. 촛대의 불은 순간 깜박거렸다.

"그런 건 아무래도 좋지만, 도대체 무슨 상담인가?"

"그렇게 정색하고 물으시면 말하기 부담스럽잖아요. 천천히 말할게요. 그럼 오라버니라고 해도 좋죠? 기쁘네요"라고 말하고 내가 피우기 시작한 담배를 빼앗아 그대로 자기 입으로 가져갔다.

여자는 아사히 맥주와 컵 두 개를 들고 왔다. 그리고 마침 과일이 떨어져서 없다고 하며 싸구려 과자를 접시에 가득 들고 왔다.

"꽤 불경기네요." 오후데는 탄식하듯이 말하고 곧바로 맥주를 따라 내게도 권하고 자신도 마셨다.

"정말로 드릴 것도 없어서유." 여자는 여전히 졸린 목소리로 말했다. 그리고 이윽고 램프를 가져 왔으나 그것도 불경기로 빛이 흐려서,

"그런 램프보다 이 촛대가 분위기가 있어 좋아요. 그렇죠? 오라버니" 하고 오후데는 비녀로 램프의 심을 껐다. 촛불은 갑자기 밝아져 제 세상인양 크게 흔들렸다. 여자는 램프를 들고 물러갔다.

싸구려 과자를 입에 넣으니 포삭포삭 혀 위에서 부서졌다. 그 후에 마시는 맥주는 단지 맛없이 쓴 액체였다. 그렇지만 하릴없이 나는 벌컥벌컥 마셨다. 오후데는 내게 술을 따라주고는 자기 컵에 따랐다. 그 컵은 반 이상 빈 적이 많았다. 여자는 두세 개의 초와 맥주를 새로 가져 왔다.

"게이노스케도 올지 안 올지 모르겠군. 게다가 벌써 꽤 늦은 것 같으니 돌아갈까?"라고 말하고 나는 하품을 해 보였다. 오후데는

시계를 꺼내 보고,

"아직 한 시도 안 되었어요. 아무래도 뒤의 희극이 끝나는 게 한 시 반 정도겠죠. 오늘 오라버니 낮잠을 푹 주무셨잖아요. 그리 졸리시지 않잖아요" 하고 받아들이지 않았다.

"그래도 졸리니 할 수 없네."

"저도 어제, 밤을 새웠기에 낮잠을 자고 일어나 보니 아직 오라버니는 주무신다고 하잖아요. 죄송하다고 생각했지만 먼저 욕탕에 들어갔지요. 맞아, 그랬어요" 하고 생각난 듯이,

"이 반지를 오라버니가 찾아 주셨죠" 하고 애써 교태의 미소를 띠고 나를 봤다. 이때 촛불은 낮에 봤을 때보다 훨씬 젊게 그녀를 보여주었다. 이 늙은 여우가 아까부터 계속 소녀처럼 행동하며 교태를 연기하는 것을, 나는 화가 나면서도 한편으로 그 요염한 모습에 눈이 많이 끌렸다.

"어젯밤은 어디서 밤을 새웠던가?"

"역시 이 집에서요."

"누구랑?"

오후데는 웃기만 하고 대답은 하지 않았다. 그렇지만 그것은 게이노스케가 틀림없다고 생각했다. 그리고 나는 단지 두 사람의 밀회에 좋은 장난감으로 사용되는 것인가 생각되자 갑자기 괘씸하기도 하고 억누르기 어려운 다소의 질투도 느꼈다.

어느새 취해 버렸다. 일어나 변소에 가려고 할 때, 오후데는,

"변소요? 제가 안내할게요" 하고 촛대를 들고 앞장섰다.

오후데가 방문을 열자 나는 놀랐다. 보이지 않았던 달빛이 갑자기 환한 빛을 복도에 던져 주어 잠시 잊었던 밖의 정경을 떠오르게 했다. 문 밖은 널따란 마루로 되어 있고 세면장도 있고 남녀 변소도 두 개씩 있었다. 덧문이 없는 유리문은 아낌없이 달빛을 끌어들여 모든 광경을 환하게 사람 눈에 비췄다.

오후데는 촛대를 복도에 두고 내 뒤를 지나 자신도 변소에 들어갔다. 이윽고 찬 달빛을 받고, 세면대 물에 손을 씻은 내 마음은 가라앉았다. 유리문을 열고 밖을 보면, 하늘은 영롱하게 한 점의 구름도 없이 저 하늘 끝까지도 다 보였다. 요전에 어느 내지의 여행자를 만났을 때 그는 맑디맑은 조선의 하늘을 바라보고,

"어떻습니까? 이 아름다운 하늘은. 이 하늘을 버리고 내지로 돌아갈 필요가 있을까요?" 하며 그는 폐부에서 나오는 듯한 목소리로 이렇게 말했다. 이 사람은 실업가로 과거 사회의 총아였으나 어떤 일 때문에 지금은 음지의 몸이 되어 매우 불우한 처지에 있었다. 그가 내지의 하늘을 미워하고 조선의 하늘을 열애하는 마음속에는 쓸쓸한 울림이 있었다. 이때 나는 문득 이 사람의 말을 떠올리고 그것이 먼 타인의 말이 아니라는 심정으로 투명한 하늘을 지그시 바라보았다. 어디서 부는 피리소리인가, 그 쓸쓸한 소리가 때때로 불어오는 바람에 실려 간간히 들려왔다. 조선인이 거리에 앉아 피리를 부는 것은 자주 보는 광경이었다. 대충 만든

조잡한 피리를 들고 길가에 앉아 태연자약 여유롭게 연주하는 것을 보면 나는 늘 마음이 끌려 돌아보았는데, 나는 이 피리 소리에도 귀를 기울이며 잠시 나를 잊고 서 있었다. 오후데는 어느새 변소를 나와 물에 손을 씻고 손수건을 입에 머금고 귀밑의 흘러내린 머리칼을 쓸어 올렸다. 그리고 복도에는 촛대의 불이 거의 빛을 잃은 듯, 다시 원래의 노란 한 덩이의 불이 되어 쓸쓸히 우리를 기다리고 있었다.

이런 동안에 달그림자도 촛불의 빛도 오후데의 마음에는 아무런 영향을 주지 않고, 그녀는 시종 내게 교태를 보이며 사람의 마음을 끌려고 노력하는 듯했다. 그녀는 계속 내 옆에 서서 거울을 보며 얼굴과 몸매를 가다듬었다. 촛불 아래 그녀를 처음 봤을 때,

그녀의 큰 눈동자가 긴 눈썹 안에 오래된 연못처럼 조용하게 보인
것은 순간이었고, 그 후 그녀가 끊임없이 시도하는 표정은, 늘 취
하고 싶어도 취하지 못함을 슬퍼하는 나로 하여금, 나도 모르는
사이에 마음을 움직이게 할 정도의 힘을 갖고 있었으나, 지금 달
빛을 받으면서도 여전히 부끄러움을 모르는 그녀의 교태를 봤을
때, 이미 깨어 버린 내 마음은 단지 그것을 미워하고 가련하게 여
길 뿐이었다.

“예? 왜 가만히 서 계세요? 들어가시죠.” 그녀는 결국 참지 못 하
고 나를 재촉했다. 나는 별로 그것을 거부하려고도 하지 않았다.
그녀는 내가 열어 둔 문을 자신이 닫고, 앞장서서 촛대를 들었다.
문이 닫히자 복도는 다시 원래의 어둠이 되어 촛대의 빛은 불안하
게 흔들거리며 우리를 이끌었다.

응접실에 돌아와 보니, 싸구려 과자를 담은 접시와 맥주 두 병
과 컵 두 개가 공허하게 탁자 위에서 사람을 기다릴 뿐, 게이노스
케는 아직 아무런 소식이 없었다. 나는 이제 원탁을 사이에 두고
그녀를 대하는 변화 없는 상태에 싫증이 났다. 마시다 남은 맥주
를 다시 입에 댈 마음도 없었다.

곧 내 마음을 간파한 오후데는 어떻게 하면 새로운 국면을 전개
할 수 있을지 적지 않은 고심을 한 듯했다. 그곳에 코맹맹이 여자
가 얼굴을 내밀고,

“지금 심부름꾼이 이 편지를 들고 왔습니다”라고 여전히 졸린

목소리로 한 통의 편지를 오후데에게 건네고 돌아갔다. 오후데는,
"어머, 쓰루미 상한테서 왔네요" 하며 그것을 빼 보았다. 그리고
일독한 후에 편지를 내게 건넸다. 과연 그 원고의 글과 같은 게이
노스케의 서체로 이렇게 적혀 있었다.

　오후데 님.

　오늘밤 〈이웃사촌〉 연극을 끝낸 후 병원에 왔습니다. 전에 말한 바
있는 하루오 료쿠스이는 결국 위독해졌습니다. 오늘밤 가겠다고 했
지만 이런 사정으로 약속을 지키지 못하게 되었습니다. 부디 양해 바
랍니다. 대한병원에서. 게이노스케. 밤 2시

오후데는 게이노스케가 오지 않는다는 사실을 아까부터 별로
신경 쓰지 않는 것처럼 보였다. 이 편지를 봤을 때도 각별한 표정
이 얼굴에 나타나지 않았다. 단지 이 편지에 의해 새로운 국면을
전개할 수 있었던 것에 만족한 듯했다.

"하루오 료쿠스이라는 자도 배우던가?"

"글쎄요. 극단의 대표적 여자역 배우라든가 하는데 쓰루미 상
은 쭉 같은 방에서 지내며 신세를 많이 진 사람이라든가 했어요.
아, 그렇지. 이런 이야기를 쓰루미 상이 했어요" 하고 말을 꺼낸
후 잠시 주저하더니,

"벌써 하루오라는 배우는 죽었을까요?" 하고 내 얼굴을 보았다.

"아직 이 편지 내용으로는 죽었다는 것은 아니지만 이미 이렇게 말하는 사이에 죽었을지도 모르지."

"무서워요" 하고 오후데는 의자를 급히 내 옆에 붙이고 주위를 돌아보았다.

"어떤 말을 쓰루미가 했지?"

"쓰루미 상은 작가가 본업이니 거울을 갖고 있지 않아서, 그 하루오라는 사람이 놓고 간 거울을 그대로 사용한다고 해요. 그리고 하루오라는 사람의 역할은 대개 쓰루미 상이 떠맡아 한다고 하니, 얼굴 화장을 하면서도 항상 꺼림칙하여 밤에 혼자 있을 때는 왠지 거울에 비친 자기 얼굴이 하루오처럼 보여 견딜 수 없다고 해요"라고 그녀는 다시 내 옆으로 몸을 가까이 붙였다. 내가 촛농 찌끼를 불꽃 속에 떨어뜨리자 치직 소리를 내며 꺼질 듯 어둡게 된 것이 다시 확 밝아졌다. 오후데는,

"싫어요. 그런 짓 하지 마세요" 하고 목소리가 약간 떨리더니 꽉 내 손을 잡았다. 이때 이상하게도 저쪽의 어두컴컴한 벽면에 배우 얼굴로 보이는 환자 같은 얼굴이 내 눈에 비쳤다. 나는 깜짝 놀라 숨을 죽이고 잠시 그것을 응시했으나, 곧 그것은 환영에 불과한 것이 밝혀졌다.

"게이노스케가 오지 않는다고 했다면 돌아가야지" 하고 갑자기 머리의 피로를 자각한 나는 이미 무엇을 생각하는 것도 귀찮아, 단지 이제 오늘밤의 무대를 여기에서 마치는 것이 바람직하리라

생각했다.

"그래요. 그럼 인력거를 부르죠" 하고 그녀는 굳이 거부하려고 하지 않았다. 그리고,

"정말 폐를 끼쳤네요. 그래도 저는 아주 즐거웠어요"라고 말했다. 처음 내게 상담할 것이 있다고 한 그 상담은 끝내 그녀의 입에서 나오지 않고 끝났다. 나오지 않고 끝났을 뿐인가, 그것을 완전히 잊었다는 얼굴로 시치미를 떼고 있었다. 나도 굳이 그것을 물으려고 하지 않았다.

이윽고 오후데가 부른 인력거는 한 대밖에 오지 않았다. 오후데는 어떻게 할 셈인지 의아했으나 그러나 그것은 아무래도 좋았다. 나는 단지 오후데의 손에서 해방되는 것을 이때 무엇보다 기쁘게 생각했다. 밖의 달은 더욱 밝아져 가을 같은 서늘함이 피부에 스며들었다.

22

'어젯밤에는 여우에게 홀린 기분이었지만, 오늘 아침이 되어 생각해 보니, 대단한 것도 아니었군' 하고 나는 다음날 아침 무거운 머리를 감싸면서 이불 속에서 생각했다.

그처럼 방종한 여자는 그리 세상에 드물지도 않다. 시험 삼아

내가 그녀의 마법에 빠져, 그 이상으로 사건이 발전되었다면 어떠했을까? 내게는 대사건이나, 그녀에게는 너무 평범한 사건이었을지도 모른다. 그래도 의문인 것은 고조와 그녀의 관계였다. 설령 방임하여 둔다고 해도 자유롭게 외박까지 허용하는 것은 너무 심하다고 말하지 않을 수 없다. 고조는 과연 그녀의 그러한 대담한 행동을 알면서도 제재하지 않는 것일까. 아니면 전혀 모르는 것일까. 나는 그것을 고조에게 질문해야 할 것인가. 아니면 모르는 체하고 그냥 놔두어야 할 것인가. 나는 이것에 중대한 책임이 생긴 것 같아 일종의 고통을 느꼈다. 그때 오쿄가 방에 들어왔다. 그리고,

"손님도 꽤 다정다한多情多恨이시네요. 사모님이 돌아오시면 큰일 나겠어요" 하고 웃으면서 내가 벗어 놓은 옷을 개기 시작했다.

"자네는 그리고 어떻게 된 거지? 오후데만 먼저 나왔는데 자네도 같이 나왔던가?"

"저는 다음 희극을 1막만 보고 돌아갔어요. 쓰루미가 나오지 않아 재미없어졌거든요."

"모두 대단한 쓰루미 팬들이군."

"이상하기도 하죠. 손님 방에 찾아왔을 때 만나고 모두 저절로 팬이 되었던 걸요."

"그 전부터도 꽤 좋아했던 것 같은데. 그 배우의 어디가 좋은가?"

"배우 같지 않고 순수한 점이 좋아요. 이건 오후데의 말입니다

만, 저는 단지 무대에서 본 것뿐으로 다른 배우처럼 느끼하지 않아 좋아요."

"그게 느끼하지 않은 거로군. 놀랍군."

"그냥 연극을 보고 돌아온 게 뭐 어떻다고요. 손님이야말로 놀랍군요. 게다가 이시바시 상에게도 잘못하지 않았나요?" 하고 오쿄는 눈을 반짝이며 다시 냉소를 흘렸다.

그래서 나는 오쿄에게 자초지종을 이야기하고,

"지금 말한 바와 같은 사정이니 전혀 죄는 없어"라고 말했다. 오쿄는 처음에는 농담처럼 들었으나 마지막에는 과연 내 말이 거짓이 아니라는 것을 알아차린 듯,

"정말 오후데 상, 문제로군요. 그 후카가와深川라고 하는 찻집은 오후데 상이 미쓰하시三嘴 상의 첩이었을 때부터 자주 드나든 집이예요. 미쓰하시 상도 처음에는 엄하게 꾸짖었는데 나중에는 알아도 모른 척했던 것 같아요. 이시바시 상도 그것을 잘 아니 처음부터 완전히 방임했죠. 게다가 이시바시 상은 전혀 색기가 없이 단지 어떻게든 돌봐주겠다는 것 정도만 생각했겠죠. 그렇지만 이시바시 상이 어떻게 돌봐주기 전에 필시 오후데가 자신 일은 어떻게든 하겠죠. 꼭 그럴 거예요. 두고 보세요"라고 말하며 웃었다.

"미쓰하시라는 남자는 어떤 용무로 만주로 간 것이지?"

"여러 소문이 있지만, 꽤 빚도 있었던 것 같은데, 실제 어떤 용무로 간 것일까요? 어쨌든 만주에 간 것은 사실이겠지요. 하긴 잘

은 모르나 오후데 상도 이제 조선은 따분해, 만주에라도 가고 싶
다고 말한 것도 같네요.”

“그럼 미쓰하시 상 따라 가면 좋았을 텐데.”

“아마 미쓰하시 상 쪽에서 싫어하겠죠” 하고 오쿄는 웃었다.

23

그곳에 홍 상이 들어왔다. 그 낡은 양복을 입고 단정히 앉아 인
사를 했다.

“이시바시 상을 찾아왔습니다만 아침 일찍 외출했다고 해서 잠
시 들렀습니다”라고 말하고 입가의 주름을 움직이면서 흰자위 많
은 눈으로 내 얼굴을 응시했다. 나는 은근히 그날 밤의 회상담을
기다렸으나, 홍 상은 그것에 관해 아무런 말도 하지 않았다. 단지
내가,

“그젯밤에는 여러모로 신세를 졌습니다. 아주 즐거웠습니다”
라고 인사를 한 것에 대해,

“대단히 실례 많았습니다” 하고 간단히 대답만 했다. 게다가 오
늘 아침은 평소보다 특히 예의를 차리는 듯하여, 소담 집에 있던
때와 같은 격의 없는 모습은 조금도 보이려고 하지 않았다.

“편히 앉으시지요.” 나는 그 단정하게 정좌한 양복의 무릎을 펼

것을 권했다. 홍 상은,

"실례합니다"라고 말하고 책상다리를 했으나, 몸은 똑바로 세우고 양손을 바르게 무릎 위에 얹어 놓았다. 그리고 어쩌다가 이야기는 조선 귀족을 비롯한 소위 양반들의 가정 이야기로 옮겨졌다. 홍 상은 그 타락을 크게 통절히 매도하며,

"아침에도 어떤 사람이 와서 귀족에 대한 여러 분개담을 했기에 저는 이렇게 말해 주었습니다. 귀족이 된 것은 행복과 비슷하되 결코 행복이라고 할 수 없다. 그들의 자제에 누구 하나 믿음직한 이가 있던가. 그들이 가산을 탕진하고 거리를 방황하게 되는 것도 멀지 않다. 엉겁결에 작위를 받고 금전을 받았기 때문이다, 라고 말해 주었습니다. 그 남자도 그것으로 좀 마음이 풀린 듯했습니다"라고 말했다.

"귀족에 대한 분개담이란 것은 어떤 것입니까?"

"역시 아첨꾼들이 작위를 받았다고 하는 불평입니다"라고 말하고 자기 얼굴에서 누르기 어려운 비분의 빛을 보였으나 곧 교묘하게 그것을 주름의 미소 속으로 감춰 버렸다. 요전에 어떤 사람은 홍 상에 관하여 이렇게 말한 적이 있었다. 그 사람이 어느 날 조선 귀족 모씨의 집에 갔는데, 마침 홍 상이 와 있어 세 명이 여러 잡담을 한 끝에, 주인장은 홍 상에게,

"자네도 지금 같은 처지라면 안됐군. 조금만 참게. 조만간에 군수 정도는 주선해 주지"라는 듯한 의미의 말을 하자, 홍 상은 계속

머리를 조아리며 감사의 뜻을 표했다. 그렇지만 애초부터 그 신귀족 모 씨와 홍 상은 인물 간에 큰 격차가 있다. 홍 상은 한때 배일당排日黨이었거나 병합에 반대했기 때문에 지금이야말로 가난하고 실의에 찬 지위에 있지만, 상당한 학문도 있고, 꽤 대단한 능력도 가진 남자로, 웅변가로서는 조선인 중에서 제일로 꼽아도 부끄럽지 않다. 그에 반해 그 귀족은 학문도 없고 대단한 견식도 없으며 단지 경박하게도 잘도 아무개의 부하로 충성을 다했기 때문에 작위를 얻었다. 그 경박한 주인장에게 그런 말을 듣고 감사의 뜻을 표해야 하는 홍 상도 생각해 보면 불쌍하다, 라는 말을 했다. 나는 그 말을 생각해 내고 그 비분의 빛을 감춘 주름의 미소를 특히 불쌍하게 생각했다. 홍 상은 다시 말을 부드럽게 하고,

"그래서 말해 주었습니다. 귀족이 이렇다 저렇다 말하는 것은 제각기 사적인 불평이다. 아첨이라는 것도 반대당에서 본 것이고, 일본 당국자가 보면 병합의 중요한 임무를 맡은 그들의 공훈을 인정하는 게 뭐가 이상한가? 요는, 그것이 조선에 큰 문제가 아니라, 큰 문제는 천삼백만 명의 백성이 이 신정新政에 의해 황은을 입느냐 입지 못하느냐에 달려있다고."

"그래서 결론은 어떻게 되었습니까?"

"말할 것도 없습니다. 이전에는 군수가 가렴주구를 하고 그리고 다시 또 관찰사가 했습니다. 그래서 조선 농민의 집에는 창고라는 것이 없습니다. 만약 창고라는 것이 있어서 그곳에 한 가마

니라도 쌓아 두면 그것은 곧바로 군수에게 몰수되었습니다. 그러
한 악정 후에 이 신정이 펼쳐진 것이므로, 농민이 얼마나 기뻐하
는지 그것을 이루 말할 수 없습니다”라고 말하고 사람의 안색을
살폈다.

　“농민의 자제 중에 학문하는 자가 있습니까?”

　“있고말고요. 조선 사람은 관리가 된다는 것이 가장 큰 명예이
고 또한 더 없는 존경을 세상으로부터 받으니, 이전에는 분명하게
계급이 정해져서 양반이 아니면 관리가 될 수 없었습니다. 그 제
도가 무너졌으니 농민 자제의 희망은 최우선으로 관리가 되고자
하고 부모형제도 또 그것을 희망하니, 그 때문에 가산을 탕진하면
서까지 학문을 하려는 자가 많아졌습니다.”

　“일본의 유신維新[67] 후와 같군요” 하고 나는 내 어릴 때를 떠올렸
다. 사족士族은 오히려 상업과 농업을 지원하여 익숙지 않은 것에
실패하고, 상인이나 농민은 자기 자식을 관리로 만드는 것을 더
없는 영예로 생각했다. 지금의 조선은 꼭 일본의 그 시대를 방불
케 한다. 서양에서 백 년 동안 한 것을 일본은 십 년인가 이십 년에
한 것처럼, 조선에서는 또 그것을 삼 년이나 오 년에 해치울지도

67　유신維新 : 메이지 유신明治維新. 19세기 후반 막부가 쓰러지고 천황제 통일 국가를 이
　　룬 일본의 정치 사회적 변혁. 메이지 천황 원년은 1868년. 무사 계급 자체가 사라져
　　많은 무사들이 새롭게 생활의 방편을 마련해야 했다. 신정부 관리로 등용되거나,
　　농공상업으로 전직.

모른다.

"관리 이외의 사람이 되기 위해 학문을 하는 자는 없습니까?"

"지금 현재 있어도 매우 소수일 것입니다."

"만약 일본 사회와 같은 경로를 간다고 한다면 조만간에 실업을 지향하여 학문을 하는 자도 생기게 되겠지요."

"그렇겠죠" 하고 홍 상은 대답했으나 그것은 매우 차가운 대답이었다. 홍 상부터가 정치 이외로는 각별한 취미를 가지지 않은 듯했다. 홍 상은 다시 이런 이야기를 했다.

"저도 평안도 사람입니다만, 원래 평안도 사람은 기질이 강해서 실제로 요전에 나타난 자객 같은 이도 모두 평양 지방 사람입니다. 그곳의 청년이 요즘 자주 찾아와서 다소 과격한 발언을 하는 자가 있으나, 제가 이렇게 일깨워 줍니다. 지금의 만주를 잘 보라. 요즘 만주에 배일의 기운이 왕성하나, 그것은 중국이 만주를 잃게 되는 은밀한 전조가 아닌지 의심스럽다. 이렇게 배일사상을 고취할 수밖에 없게 된 것은 이미 일본 세력이 깊이 침투한 증거이다. 그리고 배일 폭동을 하면 할수록 오히려 만주의 운명을 단축시키게 된다. 그 증거는 멀리서 구할 필요가 없다. 최근의 조선을 보면 안다. 조선의 멸망을 앞당긴 것은 배일사상과 터무니없는 망동이었다. 너희가 국가의 멸망을 유감스럽게 생각하는 것은 당연하나, 천하의 대세는 어쩔 수가 없다. 너희는 이제 공론에 허송세월할 때가 아니다. 앞으로는 단지 국가 유용의 인재가 되도록 힘써야 한다. 그리고 가장 급한 것은 일본어 공부다. 너희는 일 년이라도 일 년 반이라도 일본어를 공부하고, 그리고 관립학교에 들어가 자격을 얻는 것이 좋다, 라고 이런 식으로 일깨워 주고 있습니다.”

나는 홍 상의 열띤 비분강개의 이야기를 들을 것인가 기대했으나, 결론이 단지 일본어 습득 장려라는 의외의 곳으로 봉착한 것을 아쉽게 생각했다. 그렇지만 나도 일본인의 한 사람인 이상, 홍 상이 어떤 주의를 기울여 애써 무사한 결론으로 도달한 것도 무리가 아니라고 생각했다.

“그래서 결과는 어떻게 되었습니까? 당신이 말한 것을 수긍한 사람이 많았습니까?”

“열 명 중에 다섯 명은 내 말을 듣고 실제로 일어학교에 들어간 자도 많이 있습니다.”

“일본어 보급이라는 것은 일한인 쌍방에게 좋은 것이겠지요.”

“그렇고말고요. 그래서 요즘은 세상 사람들이 그것을 깨달은 듯, 각종 야학교 등에서도 활발히 공부를 하는 듯합니다.”

“실례지만 당신 자제는 나이가 어떻게 됩니까?”

"열일곱인데 오사카부의 중학교에 집어넣었습니다. 센슈사카
이泉州堺에 아는 사람이 있어서 그곳 중학교에 보냈습니다."

"다른 자제는?"

"다른 아이들은 아직 많이 어려서 다섯 살짜리 딸과 세 살짜리
아들이 있습니다. 12년간 일본에서 방랑하며 한 번도 돌아오지 않
았으니 장남과의 차이가 꽤 벌어졌습니다"라고 말하고 홍 상은
쓸쓸히 웃었다.

24

"이시바시 상이 돌아오셨습니다. 손님 두세 분이 있습니다만,
상관치 않으시면 오시죠"라고 어린 하녀가 홍 상에게 전하러 왔
다. 홍 상은 끄덕이고 고조의 방으로 갔다.

어제 금지된 연설회가 어떤 성질의 것이었는지는 모르나, 그
이래 무언가 정세가 급히 돌아가는 듯, 고조를 중심으로 한 낭인
패의 왕래가 빈번한 듯했다. 나는 어린 하녀에게 물어 보았다.

"오쿄 상은 뭐하지?"

"이시바시 상 방에 있습니다."

"이시바시 방에는 손님이 많은가?"

"예."

"꽤 어제부터 어수선
하군."

"예. 어제 아침에는 오
후데 상이 춤도 춰서 분
위기가 좋았죠. 그리고
오후에는 손님 서너 명
이 와서 함께 외출했다
가 밤늦게 돌아오시고,

오늘 아침 일찍 또 손님이 와서 함께 나갔다가 지금 손님과 같이
돌아오셨습니다. 오쿄 상이 계속 방에 가 있으니 자세한 것은 모
르지만 뭔가 좀 분위기가 이상하네요" 하고 어른스럽게 말하고
머리를 갸웃거렸다.

"네 이름을 요전에 한 번 들었는데 잊어 버렸군. 흔한 이름이 아
니었지?"

"제 이름이요? 정말 희한한 이름이죠. 토야입니다."

"그래, 그래. 오토야 상인가. 재미있는 이름이군. 너는 바쁜 게
좋다, 한가한 게 제일 싫다고 했다지. 훌륭하군. 좋은 남편감 소개
해 줄까?"

"어머, 싫어요"라고 말하고 오토야 상은 얼굴을 붉히고 소매로
입을 가렸다.

"오토야 상, 저 밖을 지나는 장사치는 뭐라고 하는 거지? '나마코

海鼠, 해삼 사료~'[68]처럼 들리는데, 요즘 나마코가 있을 리가 있나."

"나마코가 아니에요. 다마고玉子, 계란에요."

"사료~ 라는 말은?"

"어떤 뜻인지 조선인은 모두 마지막에 '사료~'를 붙이네요. 일본에서 행상이 '이리마센카필요 없습니까'라고 하는 말과 비슷하지 않을까요?"

"그렇군." 말하고 들어 보니 또 다른 행상이 온다.

"네부카根深, 파 사료~. 마님, 파 아주 좋은 거 싸게 드릴 테니 사 시죠"라고 남산루의 뒷문 쪽에서 부르고 있다. 이들 행상은 지금까지도 자주 왔으나 오늘처럼 주의 깊게 들은 적이 없었다.

"저들은 모두 조선인인가?"

"네. 저들 둘 다 조선인입니다만 개중에는 중국인도 와요. 중국인이 외치는 소리는 말꼬리가 내려가지 않고 점점 위로 올라가서 금세 알아요. 아, 저 소리가 그 소리네요. 저 먼 곳에서 들려오는 소리가. 저자는 매일 오는 중국인입니다."

잠시 기다리고 있자 그 소리가 점점 다가왔다.

"무우, 당근, 가지. 무우, 당근, 가지. 무우, 당근, 가지 ……."

그것은 극히 서투르고 게다가 매우 쉰 소리를 높은 억양으로 거의 쉴 새 없이 외치므로, 조선인이 조사와 관계사까지 생략하지

---

68 사료~ : 사려~. 일본인은 한국어 'ㅓ'발음이 어려워 'ㅛ'로 말한다. 여보→ 요보.

않고 극히 유장하게 외치며 걷는 것과는 전혀 분위기가 달랐다.

"중국인과 조선인, 어느 쪽이 정직하지?"

"어느 쪽일까요?" 하고 오토야 상은 시큰둥하게 대답했으나, 갑자기 생각난 듯,

"조선인은 눈에 뻔히 보이는 교활한 짓을 해요. 작년 가을이었어요. 어느 조선인이 감을 팔러 왔거든요. 한 쪽 바구니는 8전이고 다른 쪽은 5전이라고 하기에, 8전짜리를 5전으로 깎아주면 사겠다고 말하자, 절대 안 된다고 하며 돌아가는 걸 붙잡지 않았는데, 골목 저쪽으로 가더니 5전짜리 감을 8전짜리 위로 옮기고서는, '마케타, 마케타깎아주지' 하며 돌아오는 것이에요. 그렇지만 죄는 없어요. 내가 안다는 걸 눈치채자, 싱글벙글 웃으면서 돌아갔던 걸요. 그리고 또 이런 일도 있었네요. 어느 조선인이 감을 팔러 온 것을 집의 젊은 직원이 장남삼아 바구니 안의 것을 하나인가 두 개 빼서 도망가니까, 조선인은 바구니를 그곳에 둔 채 열심히 젊은 직원을 쫓아갔어요. 자기가 없으면 바구니 안의 감은 어떻게 될지 생각이 미치지 않는 걸요. 꼭 어린이를 보는 것 같아요. 중국인은 그러지는 않겠죠" 하고 실례를 들며 오토야 상은 명쾌하게 대답해 주었다.

"두 사람이 뭘 사이좋게 이야기하고 있어요?" 하고 오쿄가 얼굴을 내밀고,

"손님도 저쪽에서 함께 식사하시면 어때요? 이시바시 상이 그렇게 말하시네요. 어떻게 할까요? 여기서 오토야 상의 시중을 받으며 식사하시는 게 좋나요?"

"어머, 싫어요" 하고 오토야 상은 다시 얼굴을 붉히고 소매로 입을 가렸다.

"이시바시가 그렇게 말한다면 함께 먹어도 좋지."

"그럼 그렇게 하시죠" 하고 오쿄는 서둘러 나갔다.

"오후데 상은 어떻게 되었지?" 나는 오토야 상에게 물어 보았다. 오토야 상은 깜찍한 미소를 지으며,

"어찌 되었을까요? 어제 저녁부터 아직 돌아오지 않았네요."

"뭐? 아직 돌아오지 않았나? 어디 묵고 있을까?"

"후카가와겠죠."

"후카가와가 뭔데?" 나는 모르는 체하며 물어 보았다.

"잘 아시면서. 마치아이待合예요."

"혼자서?"

"그건 몰라요." 오토야 상은 마치 자기 일처럼 얼굴을 붉히며 돌아갔다.

고조의 방에 가 보니, 늘 그렇듯 고조는 방에 책상다리를 하고 당당히 앉아 있고, 호걸웃음을 하는 동료들은 모두 난잡하게 앉아 바둑판을 둘러싸고 있었다. 그렇지만 지금 한 판이 끝난 참인 듯, 한 손님은 바둑판 위에 팔꿈치를 괴고 돌을 만지작거리면서, 방에

들어 간 나를 보고 이번에도 인사조차 하지 않았다.

"그렇게 거만하게 크게 자리 잡고 있으면 밥상이 못 들어가요. 몸 좀 작게 해 주셔" 하고 오쿄는 밥상을 들고 우뚝 선 채 큰 소리로 말하자,

"작아지라는 말은 놀랍군"[69] 하고 엎드려 있던 한 사람이 먼저 몸을 일으켜 앉았다.

"우에노 상, 당신은 바둑판 좀 치우고요."

"예, 예" 하고 바둑판에 기대 있던 손님은 명령대로 바둑판을 방 구석으로 들고 갔다.

"자, 당신도 좀 더 작아지고" 하며 고조를 뒤로 물러나게 하고,

"여기 당신들 두 분이 앉으시면 되겠네요" 하고 사람들 뒤에 예의바르게 앉아 있던 홍 상과 나의 자리를 그 옆에 만들어 주었다.

각각의 앞에는 소반이 놓이고 술병도 들어왔다.

"오쿄 상, 이제 먹어도 될까요?" 하고 한 손님은 반농담으로 묻고 잔을 들었다.

"그래, 들게나" 하고 오쿄는 새침스럽게 대답했다.

"홍 상은 일본요리와 조선요리, 어느 쪽이 좋나요?"

"어느 쪽이라고 말할 수 없습니다. 맛있는 쪽이 좋습니다. 게이샤라도 기생이라도 미인이 좋은 것과 같습니다."

---

69 작아지다 : 小さくなる. 일본어로는 개인의 존재가 위축된, 기가 죽은 모습의 표현이기도 한다.

“하하하하” 방 안의 사람들은 모두 웃었다. 지금까지 구석에 처박혀서 있는지 없는지 몰랐던 홍 상이 갑자기 담화의 중심이 되었다.

“홍 상이 반했던 게이샤는 뭐라고 하는 이름이었던가?”

홍 상은 빙긋이 웃으며 대답하지 않았다.

“그 여자가 지금 찾아온다면 소위 좌부인의 존호를 바칠 정도의 의리 있는 사람이겠지? 어떤가? 홍 상.”

“이미 작년인가 죽었다고 하니 존호를 올리더라도 추증追贈이 되어버리는군요” 하고 홍 상의 안중에는 상대 남자 따위는 없다는 말투였다.

25

경복궁은 대원군이 백성의 고혈을 짜서 재건한 궁전이라고 하는데, 지금은 폐궁이 되어 버려 주요 건물 외로는 거의 황폐되었다. 단지 그중의 경회루라고 하는 건물만은 많은 사람이 모이는 집회장으로 적당하여, 지금도 때때로 관민의 친목회장으로 활용되고 있다. 오늘도 식장은 이 누각 위에 설치되어, 누각 아래에는 기생의 무용장을 만들고, 그 주위에 많은 의자를 늘어놓았다. 내가 친구와 도착한 때는, 포구희抛球戱[70]라고 칭하는 춤이 시작되어, 많은 사람이 이를 둘러싸고 구경하고 있었다. 의자에 앉아 있

는 것은 주로 오늘의 주빈인 실업단 사람들이고, 그 밖에 금융계나 군직 인사가 많았다. 평회원은 그 의자의 뒤에 나란히 서서 사람들 어깨 위로 간신히 머리를 내밀고 있는 자도 적지 않았다. 실업단 중에는 서너 명의 부인도 섞여 있어 부인 참석자도 적지 않았다. 김성룡 부인을 비롯한 네다섯 명의 부인들과 아내가 두 번째 줄의 의자에 조신하게 앉아 있는 것을 나는 발견했다. 동시에 아내도 나를 발견한 듯 살짝 머리를 숙여 인사를 했다.

나는 아내를 발견한 눈으로 곧 다시 소담을 발견했다. 소담은 포구희 안에 섞여 있지 않았으나, 누각 옆에 막을 둘러친 기생이

---

70 포구희抛球戱 : 포구락抛毬樂. 무희가 편을 갈라 공을 포구문에 던져 넣으며 추는 유희무.

나 악사 등이 있는 대기실 같은 곳에서 나와, 장구를 치고 있는 어떤 노악사에게 무언가 귓속말을 하고 다시 원래의 자리로 돌아갔다. 다른 많은 기생이 머리에 관을 쓰고 아름답고 긴 색동 소매의 저고리를 입고 있는 것에 반해, 그녀의 복장은 그제 밤 그녀의 집에서 입었던 것 같은 순백의 저고리에 치마 색도 돋보이지 않는 수수한 색이었다. 지금 이처럼 색기를 뺀, 자못 노기老妓다운 지도 자격의 그녀를 보자, 기생조합의 부취체를 하면서 많은 기생의 맏언니로 대우받고 있다는 홍 상의 말이 떠올랐다.

잠시 후 아내가 자리에서 일어나는 것이 보였다. 나도 누각 밖으로 나와서 아내가 오는 것을 기다렸다가 둘이서 연못가를 산책했다. 정사각의 연못에는 연잎이 떠 있고 수면 위로 솟아난 꽃봉오리도 있었다. 기생 춤은 보지 않고 이 근처를 산책하는 조선인이나 군인도 많았다. 우리는 나란히 걸으면서 이런 이야기를 했다.

"아까 전화로 무언가 이상한 말을 했지?"

"아니, 매일 밤늦게 돌아오신다고 하잖아요."

"누구한테 그런 말을 들었는데?"

"그게 뭐 중요해요."

그래서 나는 숨기지 않고 자초지종을 이야기했다.

"어머, 오후데 상이라는 여자 참 대단한 여자로군요" 하고 아내는 경멸하는 투로 말했을 뿐, 더 이상 깊이 추궁하려고 들지 않았다.

"당신은 어때? 또 여러 사람들 만났나?"

"네, 오후사 상은 열심히 안내해 주지만 저는 이제 아주 지쳐버렸어요."

"이제 적당히 돌아오는 게 좋겠군."

"오늘 밤에는 또 네다섯 명의 부인들 회합이 있다고 해서 저도 어쩔 수 없이 가야 해요. 내일은 돌아가죠."

연못을 한 바퀴 돌고 경회루에 돌아와 보니, 아직 포구희는 유유히 공연되고 있었다. 이미 사람들은 매우 싫증이 나서 빨리 의식이 시작되는 것을 바라는 듯했으나 아직 실업단 단장인 모 실업가가 오지 않아서 시작이 늦어지고 있다고 어느 사람이 말하는 것이 들렸다. 문득 보니, 소담은 그 복장 채로 악사 옆에 서서 같은 복장을 한 두세 명의 기생과 함께 포구희를 보고 있었다. 그리고 춤을 추는 한 기생이 아주 서툴게 공을 던져서 그것이 떨어뜨린 것을 봤을 때, 손으로 입을 가리고 허리를 굽혀 웃으면서 뒤를 돌아보았다. 그 바람에 딱 내 시선과 부딪쳐 놀란 눈으로 나를 응시했다. 나는,

"저 여자가 소담이야"라고 아내에게 알려주었다. 아내는 아주 차가운 눈으로 소담의 머리끝에서 발끝까지 훑어보고,

"예쁜 여자네요" 하고 말했다.

"김성식은 오지 않았나?"

"왔을 텐데 아직 보이지 않네요."

"무언가 김성식과 소담의 관계에 대해 들은 게 없나?"

"저 여자가 관계가 있는 건가요?"

"그런 거 같아"라고 말하고 그젯밤 보고 들은 사실을 말했다.

"어머, 그런가요? 저 기생인가요?" 하고 아내는 만사가 이해된다는 표정을 지었다.

포구희가 싫증나서 나와 아내는 모의점模擬店[71]이 많이 들어선 솔밭을 산책했다. 모의점은 일본인 가게가 반 이상이었으나 조선인 가게도 많았다. 조선인 가게에는 남자 조선인이 호객을 하고 있었으나, 일본인 가게는 대개 게이샤가 붉은 어깨띠를 두르고 새된 소리로 손님을 부르고 있었다. 그런데 그 일본인 측의 어느 맥주 가게에서 붉은 어깨띠를 두르고 맥주를 손님에게 권하고 있는 자는 틀림없는 오후데였다. 오후데는 어떤 까닭으로 그 맥주 가게에 서서 손님을 부르고 있는 것일까? 아까 잠깐 고조 방 입구에서 만났었는데 금세 이곳에서 모의점의 여자로 변해 있는 것은 놀라지 않을 수 없었다.

그때, 큰 음향이 귀에 울리며 장내의 사람들 마음을 그쪽으로 끌어당겼다. 그것은 폭죽 소리로 식장의 개회를 알리는 신호였다. 연못가의 풀 위로 붉은 불꽃이 날아가고 노란 연기가 피어나고 뒤이어 한두 발의 소리로 그 음향은 가라앉았다. 사람들이 모

---

71 모의점模擬店 : 행사장 등에서 임시로 만든 가게.

두 경회루 위로 올라가고 있어 우리도 그쪽으로 걸음을 돌렸다. 아내는 오후데를 알아채지 못한 것 같아 나도 잠자코 있었다.

경회루 위의 식장은 사람들로 거의 가득 찼다. 회원들은 입식立食 탁자 옆에서 주객主客의 교환 연설을 듣는 것이었다. 우리는 나중에 올라갔기에 간신히 한구석의 탁자를 찾아 서 있게 되어, 중앙의 탁상에서 이어지는 연설은 잡다한 소리에 방해되어 거의 들리지 않았다. 단지 머리가 벗겨진 노신사가 의자 위에 우뚝 서 있는 것만 눈에 들어왔다. 그는 경성 민단장이라고 친구가 가르쳐 주었다. 연설은 의외로 길었다. 그렇지만 냉육冷肉[72]을 서로 먹는 게 바빠서 그것을 듣는 자는 거의 없는 듯했다.

언뜻 보니 민단장의 대머리는 어느새 보이지 않고, 얼굴이 크고 검으며 약간 등이 굽은 노신사가 다시 의자 위에 우뚝 서서 입을 움직이고 있었다. 민단장의 연설은 때때로 말꼬리만 들렸으나 이 사람의 연설은 아예 철두철미 들리지 않았다.

"누구죠?" 나는 옆 사람에게 물었다.

"실업단장인 가미바야시上林입니다." 옆 사람은 대답했다.

"저 자가 가미바야시입니까?" 하고 나는 예전부터 이름만 들었던 유명한 남자를 먼발치에서나마 응시했다. 일견 평범한 노인처

---

[72] 냉육冷肉 : 쇠고기나 돼지고기, 닭고기 따위를 쪄서 식힌 것.

럼 보였으나, 자세히 보고 있으니 어딘가 외고집통 노인처럼 눈썹을 심히 꿈틀거리고 있었다.

"글쎄, 오늘 연설에서 최근 내지 신문에서 시끄러운 총독정치 공격에 관해 의견을 개진한다고 들었습니다. 지금 그 연설을 하는 게 아닐까요?"라고 옆 사람은 말했다. 과연 잠시 후 우레 같은 박수가 들렸다. 이제 끝났는가 생각했으나 연설은 계속 이어졌다.

"아, 구로키黑木가 와 있군요." 옆 사람은 내게 속삭였다. 보니까 박차가 달린 장화를 신고 손에 채찍을 든 어떤 군인이, 튀어나올 듯 큰 눈을 뜨고 큰 입을 놀리는 어떤 프록코트 신사와 무언가 계속 말을 나누고 있었다. 그곳은 식탁을 벗어난 창가로, 그 주위에는 사람도 드물어, 전체적으로 어두컴컴한 식장 중에서는 비교적 밝게 광선이 비치고 있었다. 저 군인이 그 유명한 구로키 소장[73]인가 하고 나는 나이프를 든 손을 멈추고 그쪽을 보았다.

"오늘은 무슨 일이 있을지도 모르겠군요"라고 옆 사람은 호기심어린 눈을 크게 뜨고 소장의 행동을 주시하면서,

"총독정치를 반대하는 사람들이 오늘을 좋은 기회로 삼아 또 무언가 떠들지 않을런가" 하고 못마땅하다는 듯이 말했다. 박수는 계속 일어나며 가미바야시의 연설은 아직 이어지고 있었다.

---

[73] 구로키 소장 : 저술 시기에 해당하는 이는 아카시 모토지로明石元二郎, 1864~1919이다. 1910년 7월부터 1914년 4월까지 조선주차헌병대사령관 겸 총독부 경무총장을 지낸 후 대만 총독을 지냈다.

구로키 소장은 연설에도 박수에도 전혀 무관심하게 극히 근엄한
얼굴로 한 손으로 채찍을 치며 프록코트 신사와 이야기를 계속하
고 있었다. 회원 중에는 식사가 끝나면 용무는 끝났다는 얼굴로
계단 아래로 내려가는 자와, 언제까지나 끈질기게 식탁에 달라붙
어 포도주와 맥주, 샴페인 등 있는 술은 다 마셔대는 자가 있었다.

나는 구로키 소장과 가미바야시를 두 개의 중심으로 하여 그 근
처에 떠도는 공기를 주의 깊게 보았다. 구로키 소장은 여전히 박
차가 달린 장화로 바닥을 쿵쿵 밟고 채찍을 치고 큰 입을 벌려 말
하고 있었다. 프록코트는 어느새 보이지 않고 상대는 계속 바뀌
었지만 소장은 거의 같은 곳에 우뚝 선 채로 씩씩한 기개를 보이
며 장내를 압도하고 있었다. 만약 소장이 한 번 그 채찍을 들면 생
각지도 않은 곳에서 복병이 나타나 곧바로 우리를 포위해 버릴지
도 모른다는 연극 같은 공상도 떠올랐다.

가미바야시의 연설은 아직 많은 박수를 얻고 있었으나, 들리지
않는 것은 아까와 마찬가지로 소수의 사람 외로는 대개 질리고 피
곤해 서서히 동요하기 시작했다. 그곳에 천천히 계단을 올라 온
것은 고조였다. 가문家紋 다섯 개를 새긴 하오리[74]에 하카마를 입
은 그는 미소를 띠면서 잠시 장내를 돌아보았으나, 누군가 아는
사람을 발견한 듯 그 쪽으로 걸어갔다. 구로키 소장의 옆을 지날

---

[74] 가문 다섯 개를 새긴 하오리 : 등, 양 가슴, 양 팔에 가문을 새긴 것으로 으뜸가는 공
식 예복.

때 그가 살짝 모자에 손을 대자 소장도 가볍게 거수의 예를 했다.

아내는 우리 옆을 떠나 두세 부인과 무언가 말을 나누고 있었
다. 불과 며칠 사이에 꽤 지인이 생긴 듯, 또 그 태도도 좀 자연스
럽게 보였다.

큰 박수가 일어나고 가미바야시의 연설은 이윽고 끝났다. 가미
바야시의 긴 연설은 실업가의 입장에서 보아 총독정치를 칭송하며
내지 신문의 무익한 공격을 반박하는 의미의 것이고, 게다가 소리
가 작고 활기 없는 긴 연설이었기 때문에, 사람들은 모두 내지 신문
의 의견을 대변하는 활기 있는 반대 연설을 기다리고 있었다.

그렇지만 이것은 무익한 기대였다. 이어서 연단에 선 자는 조
선 귀족인 모씨로, 그는 실업단의 내선來鮮을 조선인 일동을 대표
하여 환영한다는 뜻을 말하고, 동시에 가미바야시의 말처럼 총독
정치를 칭송하였다. 늘어진 기분은 장내에 충만하여 회원의 과반
수는 계단 아래로 내려가, 할 수 없이 장내에 남은 사람도 그것을
듣는 자는 없었다. 구로키 소장도 어느새 모습을 감추고, 고조도
두세 명과 잡담하면서 장외로 떠났다. 단지 그 연설을 통역하는
자가 홍 상이었던 것이 내게는 하나의 흥미로운 일로, 그 낡은 프
록코트 몸을 똑바로 세우고 명석한 일본어를 억양 있는 연설 투로
낭랑하게 말하는 것은, 우리를 원융사 등에 안내한 것에 비교하면
훨씬 보람 있는 일이라고는 생각되었으나, 아무래도 연설 자체가
시시했기 때문에 조금도 돋보이지 않아 안타까웠다.

솔밭의 모의점은 아까와는 달리 대단히 혼잡스러웠다. 가는 가게마다 손님이 가득 했으나, 그래도 각기 자기 가게에 더 손님을 끌려고 게이샤들은 새된 소리를 쥐어짜며 가능한의 애교를 떨었다. 오후데의 가게는 어떤지 보니까, 하나의 큰 소나무 앞에, '아사히' '삿포로' 등의 흰색 글이 새겨진 청홍의 작은 깃발이 나부끼는 오두막 찻집의 처마가 보일 뿐으로, 프록코트나 하오리를 입은 사람들의 담으로 둘러싸여 있었다. 조선인 가게는 자연히 조선인만이 모여, 계속 일본인 손님도 부르고 있지만 대개 주저하여 들어가는 자는 없었다. 단지 그 가게의 특색은 아까 여흥장에 있던 기생들이 인파 속에서도 드물게 머리를 들이밀고 있어, 그 물색 저고리나 치마는 사람의 눈을 끌었다. 또 한 무리의 기생들은 아까 우리 부부가 한 바퀴 돈 연못의 둑을 두세 사람씩 손을 잡고 산책하고, 노악사들은 둑의 모퉁이 돌 위에 장구나 기타 악기 보퉁이를 놓은 채 긴 담뱃대를 물고 있었다. 멀리서 보고 있으니, 오래된 화첩의 그림처럼, 연못 둑 위에 우뚝 솟은 경회루의 단청 건물도 노악사들과 어울려, 지금 시대의 것으로는 보이지 않았다.

"저게 구로키 소장의 말이겠지?" 하고 한 남자는 어느 소나무 사이를 가리키며 옆 사람에게 말했다. 사람이 적은 그곳에는 고삐가 양쪽 소나무에 길게 매어진 군마 한 필이 앞다리를 버둥대며 흙을 파고 있었다.

아내는 김 부인들에게 이끌려 어느 모의점 앞에 있었다.

"이시바시는 어디 간 거지?" 나는 그 주위를 둘러보았으나 고조는 어느 초밥 가게 앞에서 손으로 초밥을 집어 먹으며 누구를 향해 크게 웃고 있었다.

고조는 내가 다가가는 것을 보고 물었다.

"자네는 민비사건의 현장을 보았는가?"

"나는 아직 못 봤네."

"그럼 가르쳐 주지."

고조는 앞장서 갔다. 둘은 오후데의 가게 앞을 지났으나 아직 손님이 만원으로, 그 모습조차 볼 수가 없었다. 고조는 그곳에 오후데가 있는 것은 모르는 듯 긴 지팡이를 휘두르며 가게 쪽은 돌아보지도 않고 지나갔다.

솔밭을 나와 황폐한 많은 궁전 터를 지나 거의 뒷산에 이른 곳에 다시 하나의 연못이 나타나고 그 연못의 뒤에도 궁전의 흔적으로 보이는 터가 있었다. 고조는 그곳에 멈춰 서서 "이 자리네"라고 말했다.

주위는 우리 둘 외로 사람의 모습은 보이지 않고, 뒤의 작은 소나무 산에는 바람이 조용히 지나가는 소리와 함께 처참한 기운이 사람을 덮쳐 오는 듯했다.

고조는 폐허의 흔적에 서서 당시의 역사를 말했다. 바람이 불어와 연못 위에 일어나는 물결이 투명한 수면에 불투명한 주름을 만드는 것을 흥미롭게 보면서 나는 이야기를 들었다. 고조는 돌

위에 걸터앉아,

　"흥망의 터 꿈과 같도다, 라고 하는데 정말 그대로군. 나중에 보면 아이 장난 같다고 생각되는 것이 당시 사람들에게는 목숨을 건 일이었고, 당시 사람들에게는 정말 식은 죽 먹기였던 일이 나중에 보면 청사에 기록될 대사업이 되기도 하네. 민비사건은 어느 쪽에 속할지 모르겠지만 이렇게 옛터에 와서 추상하면, 일종의 비극으로 생각되는가 하면, 또한 일종의 희극으로도 생각되네. 요즘 구로키 등이 하고 있는 일도 우리 입장에서 보자면 바보처럼 생각되지만, 훗날에 돌아보면 상당한 일을 한 것이 될지도 모르지. 개인의 이해득실을 잊고 생각해 보면 세상이라는 것은 재미있어, 적이라든가 아군이라든가 하는 것도 제비를 뽑아 임시로 역할을 정하는 것 같네. 구로키와 우리는 꽤 서로 으르렁대고 있지만, 이런 식으로 하며 문명의 진보라고 해야 할지 국권의 신장이라고 해야 할지, 무언가 그런 목적하에 결국 함께 미력한 힘을 다하고 있는 것일세. 말하자면, 국가라든가 문명이라든가 하는 거인은 많은 개인을 희생으로 하여 그 나아갈 길로 나아가는 것으로, 개인은 자기의 명예라든가 직책이라든가 분노라든가 적개심이라든가 하는 것에 지배되어 열심히 하는 것이, 세월이 지나 보면 아무런 것도 아닌 어떤 운명의 실에 조종당하여 각기 할당된 역할을 한 것에 불과하다는 것이지. 다소 불자의 깨달음 같지만, 이런 옛터에 오면 나는 항상 그러한 느낌이 드네. 문학자는 그런 느낌이 없나?"

"없는 것은 아니지. 우리는 옛터에 찾아올 것도 없이, 인간의 현실적인 투쟁 속에서도 아주 똑같은 느낌을 가져, 자기 자신도 객관시하여 적과 우군의 구별이 없어져 버리는 경우가 많지. 그 때문에 정치가처럼 집념 강한 싸움은 생각지도 못하지. 자네 같은 사람들에게는 그런 느낌은 전혀 없으리라 생각했는데, 지금 자네의 말을 듣고 매우 의외의 느낌을 갖게 되네. 단지 염려되는 것은, 그런 느낌을 갖게 되는 것은 이시바시 군이 노경에 들어간 것을 증명하는 것이 아닐까?"

"하하하하." 고조는 웃었다. 그때 다시 폭죽 소리가 들렸다. 식은 이윽고 끝난 듯했다.

고조가 일어나서,

"어때? 이제 아이들이 좀 퇴장했을지 모르겠네. 맥주라도 마실까?" 하고 발을 돌렸다.

솔밭의 모의점은 아직도 흥청거리고 있었다. 오후데의 맥주 가게에는 아까 정도는 아니지만 아직 사람들이 상당히 많았다.

"바보들이 또 호기심에 하찮은 짓을 하고 있군" 하고 고조는 웃었다. 그때 모의점 안에서 돌연 나타난 한 사람의 프록코트 남자가 고조를 향해,

"이시바시 상, 오늘은 오후데 상이 대활약을 해 주었습니다"라고 말하며 고마워했다.

"또 주제 없이 나서서 오히려 폐가 되지 않았나?" 하고 고조는

웃었다.

“당신들도 오늘은 이 가게 손님이에요” 하고 두 사람에게 컵을 건네고 오후데는 맥주를 따랐다. 오후데는 흐르는 땀을 소매로 닦고는 뒷머리를 위로 올려 전장을 거쳐 온 용사 같은 쾌활함을 그 아름다운 얼굴에 드러내고 있었다.

프록코트의 주인은 다시 고조를 향해,

“오늘은 오후데 상 덕분에 제 가게가 가장 번창했습니다”라고 감사의 뜻을 표했다.

“괜찮아요. 그렇게 정중한 인사 같은 거 하지 않아도 ……. 저기 보이는 사람은 홍 상이 아닌가요? 저기, 홍 상. 좀 드시죠” 하고 오후데는 컵을 내밀며 불렀다. 홍 상은 프록코트의 몸을 똑바로 세우고 입가의 주름에 미소를 띠우며 천천히 이쪽으로 다가왔다.

“어서 오세요. 제가 당신에게 특별히 권하는 거예요.” 오후데는 컵을 홍 상의 가슴께에 갖다 대듯 내밀었다.

“그렇습니까?” 홍 상은 정중히 그 컵을 받고,

“아아, 이제 충분합니다” 하고 양손으로 컵을 받드는 것처럼 들어올렸다.

“홍 상, 싫어요. 그렇게 들어 버리면 따르지 못하잖아요” 하며 오후데는 미간에 아름다운 주름을 모으고 양 어깨를 좌우로 흔들었다.

“오후데 상은 아주 열심히 일하시네요. 오늘은 맥주 가게의 마담이십니까?”라고 홍 상은 짓궂은 입가에 깊은 주름을 모으고 말했다.

"오늘은 제가 임시의 부인을 얻은 셈인데요, 아니 이미 부인 한 사람의 활동으로 가게가 번창했습니다" 하며 프록코트 주인은 머리에 손을 올리고 장사꾼 같은 애교를 말했다.

"오늘은 맥주 가게의 마담이고, 내일은 무엇이 될까요?" 하고 오후데는 가볍게 웃으면서 그곳에 다가온 일행 다섯 명의 손님에게 하나하나 컵을 내밀고,

"드시죠" 하고 요염한 단 한 마디로 곧바로 그 사람들을 포로로 만들어 버렸다. 그곳에 또 손에 이끌려서 온 것은 일군의 기생으로 그중에 소담이 섞여 있었다.

"소담이 왔네." 나는 고조에게 알려 주었다.

"아아, 소담이 왔군. 한 잔 먹이지. 홍 상, 부르게" 하고 고조는

명했다. 홍 상은 조선말로 뭐라고 말했으나 기생들은 아직 손을
서로 붙잡고 웃고 있을 뿐, 다가오지 않았다.

"오후데 상이 있어서 좀 거북한 거 같습니다" 하고 홍 상은 농담
처럼 말했다.

"답답한 기생이네요. 자, 어서 오세요. 차부소시오잡수시오" 하고
오후데는 기생들에게 손짓을 하여 컵을 내밀었다.

"고맙소(조선어)" 하고 소담은 앞장서서 다가와 그 컵을 받았다.
그리고 여자끼리는 어디에서나 그러하듯, 처음 얼굴을 마주친 때
오후데와 소담은 서로 상대의 얼굴을 유심히 보았다. 그 뒤로 산
발 머리에 중절모를 쓰고, 조선옷을 입은 일행 두 명이 이쪽을 보
지도 않고 그냥 무관심하게 지나갔다.

"저 오른쪽 사람이 김성식입니다"라고 홍 상은 눈으로 쫓으면
서 우리에게 알려주고, 다시 소담의 어깨를 치고 무언가 말했다.
소담은 모르는 체하고 동료 기생으로부터 핀헤드[75]를 받아서 그
것을 피웠다.

그것은 평범한 광경이었지만 나는 오후데와 소담을 나란히 보
는 것에 적지 않은 흥미를 느꼈다. 오후데는 손짓과 눈빛으로 소
담에게 맥주를 강요했으나, 소담도 손짓과 눈빛으로 그것을 사양
했다. 오후데의 검고 큰 눈동자와, 소담의 홑꺼풀의 조각 같은 눈

---

[75] 핀헤드 : pinhead. 미국 담배.

은, 그 가진 힘의 모든 것을 서로 던져 그곳에 중첩된 파란을 만들고 있는 것처럼 보였다. 그렇지 않아도 오후데의 큰 눈동자는 아까부터 그 부단한 활동의 틈틈이, 최대한의 의미를 사람의 마음에 쏟아 부으려고 하고 있었다. 이때, 문득 보니 저쪽 소나무 그늘에 김 부인 등 무리에 섞여서 내 아내는 쓸쓸하게 이쪽을 바라보고 있었다.

나는 다시 아내와 둘이서 사람이 없는 쪽을 산책할 기회를 만들었다.

"오후데는 이즈미야에서 만났을 뿐인데 아직 제대로 말도 한 적이 없지? 아직 가게에 있을 터이니 함께 가서 보지 않겠소?" 하고 말해 보았으나 아내는,

"초밥이나 단팥죽이라면 먹으러 가도 좋지만, 술은 질렸어요"라며 거절했다. 그리고 "오늘 밤은 소담 집인가요? 오후데 상과 함께인가요?"라고 농담처럼 말했다.

"이틀 있는 일은 사흘째도 있다고 하지만, 오늘 밤 고조는 동대문 밖의 비구니 절에 가서 달을 구경하자고 하니, 나도 홍 상과 오후데랑 함께 가기로 했소. 당신도 갈 마음이 있으면 같이 가면 어때?"라고 권해 보았다.

"예, 가서 보고 싶기는 한데, 아까 말했던 사정도 있으니 오늘밤에는 그만 두죠. 나중에 또 이야기를 듣지요"라고 쓸쓸히 말했다.

나와 오후데는 홍 상의 안내로 전차를 타고 동대문 성벽 위로 십칠야十七夜의 약간 이지러진 달을 바라보며 청량리로 향했다. 고조는 용무가 있어 한 발 늦게 나중에 온다고 했다.

동대문을 나와 청량리에 도착할 때까지의 길은 가로수처럼 심어진 좌우의 버드나무가 바람을 받아 헤엄치듯 움직이고, 그 버드나무의 밑을 흐르는 맑은 물은 바닥의 돌이 헤아려질 정도로 달빛을 받아 반짝였다.

"반딧불이 있을 듯한 곳인데 없을까?" 하고 나는 물 위를 보았다.

"저기 있어요, 오라버니." 오후데는 버드나무 사이를 가리키며 말했다. 보니 달빛이 밝아서 반딧불은 그 빛을 잃고 있었다.

"어두운 밤에 오면 여기는 반딧불이 아름다운 곳입니다." 홍 상은 말했다. 나는 경성을 한 발 나서면 이렇게 정취 있는 풍경에 접하게 되리라고는 예기하지 못했으므로, 전차가 느린 것도 개의치 않고 좌우의 경치를 천천히 흘려보냈다.

"저곳이 이번에 경원선 정거장이 될 곳이니, 조만간 개통되면 청량리는 번화가가 될 것입니다." 홍 상은 달빛 아래 오른쪽에 펼쳐진 낮은 언덕을 가리키며 말했다. 어느새 벌써 종점에 도착하여 우리 세 명은 내렸다.

저쪽에 두세 채 식당 같은 집이 있었다. 모두 조선인 집 같다고 생각하면서 다가가 보니 그중의 한 집은 '우동, 소바, 맥주, 정종' 등등 서툰 글자의 종이가 붙어 있는 일본인 찻집이었다.

"한동안 오지 않은 중에 어느새 일본인 찻집이 생겼습니다." 홍 상은 말했다. 잘 살펴보니 그 찻집에는 이미 두세 명의 일본인이 있는 듯, 키가 작은 일본 여자가 가게 앞에 서서 우리를 불렀다.

"목이 아주 마르니 차라도 마시고 가지." 나는 앞장서서 그 가게 에 들어갔다. 먼저 와 있는 손님 셋은 하나의 허술한 테이블을 둘 러싸고 우동을 먹고 있었으나, 나는 별로 그쪽에 신경을 쓰지 않 고 다른 테이블 앞에 앉았다. 그때 옆에서,

"선생님 아니십니까?" 세 명 중의 한 사람이 말을 걸더니 이어 서 다시,

"아, 오후데 상이네요" 하고 오후데를 보고 말했다. 그는 뜻밖에 도 게이노스케였다.

"오, 자넨가." 나는 그의 달라진 옷차림을 바라보았다. 그는 흰 양말에 짚신을 신고, 각반도 하지 않은 맨다리를 드러내고, 옷 뒷 자락을 걷어 올린 채였다. 다른 두 사람도 비슷한 차림이었다.

"어디로 가시는 거예요?" 오후데가 선 채로 이상하다는 듯이 눈 을 크게 떴다.

"오늘은 큰 고생을 했습니다. 하루오 료쿠스이의 송장을 따라 왔습니다."

"어머나, 세상에" 하고 오후데는 주위를 돌아보고,

“결국 살지 못했나 보네요.”

“오늘 아침 10시경에 숨을 거두었습니다. 병원에 오래 시체를 둘 수도 없어서, 시체를 인수하여 돌아갈 집도 없고 할 수 없이 화장장에 갔는데 아직 24시간이 경과하지 않았다고 받아주지 않기에 이리저리 난리친 결과 다행히 이 친구가 주선해 주어 청량리의 비구니 절에 맡기기로 했습니다”라고 동료 한 사람을 가리키며 말했다.

“그럼 이제 비구니 절까지 가는 길이에요?”

“그렇습니다. 관은 먼저 메고 갔습니다. 이곳까지 따라왔습니다만 배가 고파서 잠시 여기 들른 후 다시 따라 갈 생각입니다.”

“우리도 청량리의 비구니 절에 가서 달구경을 할 예정인데 놀랍군, 송장과 함께 달구경이라니.”

“무섭네요.” 오후데는 전율했다.

“비구니 절이라고 하지만 세 군데 정도 있으니, 그 절은 가지 않으면 됩니다.” 홍 상이 끼어들었다.

“좀 급하니 그럼 다시 거기서 뵙겠습니다.” 게이노스케는 왠지 불안한 모습으로 인사를 하고 다른 두 사람과 함께 먼저 나갔다. 오후데는 옷 뒷자락을 걷어 올린 이상한 뒷모습을 바라보았다.

한 마리의 반딧불이 달빛을 피해온 듯, 이 작은 판잣집 안으로 날아들어 집 안 위아래를 부드러운 곡선을 그리며 날았으나 이윽고 다시 밖으로 나가 버렸다.

홍 상은 게이노스케와 우리의 해후를 희한하다는 듯 방관하고 있었으나, 아무 말도 하지 않았다.

"정말 싫어요. 아무리 옆 절이라고 해도 송장이 놓여 있다고 생각하면 달구경 따위 할 마음이 생기겠어요?" 오후데는 잠시 침묵했으나 다시 탄식하듯 말했다. 그리고 게이노스케에 관해서는 아무 말도 하지 않았다.

"점점 늦어지니까 나가야 하지 않을까요?" 홍 상은 재촉했다.

밖으로 나왔다. 달은 넓은 길을 비추어 꽤 저 멀리까지 보였으나 달리 사람의 모습은 보이지 않았다. 나는 옷 뒷자락을 걸어 올리고 관을 따라 황급히 걸어가는 남자를 상상해 보았다.

홍 상은 안내자로서 앞장서서 걸었으나, 오후데는 걸핏하면 뒤처지려 했다. 그리고,

"오라버니, 그렇게 빨리 가면 싫어요" 하고 종종걸음으로 따라와서 내 옆에 붙어서 걸었다.

"아직 한참 더 가야 합니까?"

"바로 저기를 왼쪽으로 돌아가면 곧 나옵니다."

왼쪽으로 돌아간 길은 한층 널따란 대로였다.

"이곳이 민비 묘로 가는 길입니다. 이미 다른 곳으로 이장되었으므로 유해는 이곳에 없습니다" 하고 홍 상은 설명했다. 여기도 버드나무가 좌우로 가득하고 넓은 길의 반 정도는 여름풀이 무성한데 이른 가을의 벌레가 울고 있었다.

"이제 그냥 돌아가고 싶어졌어요." 오후데는 거의 내 손을 잡을 듯 가까이 붙었다.

"저곳을 오른쪽의 작은 길로 들어가면 지붕이 보일 정도로 가깝습니다." 홍 상은 뒤돌아보고 말했다. 그리고 나와 오후데가 달라붙어 있는 것을 보고, 입가의 주름에 미소를 띠웠으나 아무런 말도 하지 않았다.

나는 오후데의 이런 허물없는 태도가 어젯밤만큼 성가시지는 않았다. 그것은 옆에 홍 상이 있다고 하는 것도 하나의 의지는 되었으나 그것보다도 결국 나중에 따라올 터인 고조를 오늘밤의 주인공으로 하고 있다는 것을 강하게 생각했다.

이윽고 그 작은 길을 오른쪽으로 돌자, 그곳은 완만한 비탈길이 되어 있어, 밭 사이로 드문드문 집들도 보였다.

"이것이 순수한 조선의 농가입니다"라고 홍 상은 말했다. 대구 근방에서 본 집과 특별히 다르다고 생각되지 않았으나, 그 근방의 광경이 자못 산촌 같은 정취가 있었다. 오십여 미터 그 좁은 길을 갔을 무렵, 두세 명이 길가에 네모난 것을 내려놓고 서 있었다. 혹시나 하고 다가보니 과연 그것은 게이노스케 일행으로, 길가에 내려놓은 것은 관이었다. 관에는 흰 천이 덮여 있을 뿐으로, 달리 아무런 것도 싸여 있지 않았다. 오후데는 결국 내 손을 세게 잡고 숨을 죽이며 멈춰 섰다.

"어찌된 일입니까?" 나는 물었다.

"메고 너무 돌아다녀서 지게꾼이 지쳐버려서요. 먼저 가시죠."
게이노스케는 쓸쓸하게 웃고 길을 내주었다.

관을 직접 보니 오후데뿐만 아니라 나도 별로 좋은 기분이 아니었다. 잠시 걸어간 후에 뒤를 돌아보니 그들은 이제 막 걷기 시작하려는 듯했다.

"바로 저기입니다." 홍 상은 힘을 내라는 듯 말했다. 작은 길은 스스로 우리를 인도하여 하나의 집 앞에 닿았다. 그곳이 절인가 생각하니 그것은 청량정이라고 하는 조선요리집이었다.

"이곳에서 맥주라도 마시면서 이시바시 상을 기다리는 게 어떻습니까? 절은 바로 앞 저기이니" 하고 홍 상은 그곳의 툇마루에 앉았다. 나와 오후데도 나란히 앉았다.

덴진사마天神様[76] 같은 모자를 쓰고 수염을 기른, 청량정의 주인장 같은 남자가 나와서 허리를 굽혔다. 절에 가면 절 음식밖에 없을 터이니 이곳에서 식사라도 지어 먹는 게 어떻겠냐는 홍 상의 의견에 따라 세 명은 안으로 들어갔다. 그리고 고조가 오는 것을 이야기하고, 한 남자에게 망을 보도록 했다. 무엇을 하는 사람인지 알 수 없는 남자들이 우글우글 많이 있었으나, 그중의 한 사람

76　덴진사마天神様 : 스가와라 미치자네菅原道眞, 845~903는 충신으로 이름 높았으나 말세에 좌천되어 죽었다. 그 후 천재지변이 다발하여 천신 신앙의 대상이 되었다. 덴진사마 같은 모자는 탕건을 지칭하는 듯.

이 명령을 받고 밖으로 나갔다. 아이가 우는 소리가 들리더니 그것을 꾸짖는 모친의 탁한 소리와 때리는 손바닥 소리가 참혹하게 들렸다.

"얼마나 좋은 곳일지 생각했더니 꽤 지저분한 곳이네요" 하고 오후데는 주위를 돌아보았다. 우리가 올라간 곳은 한 칸 반 정도의 온돌로 그 옆 칸은 일본풍을 절충한 다다미 8조 정도의 방이었다. 창밖을 보고 있자, 곧 게이노스케 일행이 관을 둘러싸고 지나가는 것이 달빛에 보였다. 홍 상은 그들이 어느 절에 가는지 보고 오라고 식당 주인에게 명령했다. 그 많은 남자들 중의 한 사람이 다시 그 뒤를 따라 갔다.

"이시바시는 이곳에 요릿집이 있는 것을 알고 있습니까?"

"잘 알고말고요. 요전에 함께 온 적도 있습니다."

청량리가 어떤 곳인지 몰랐을 때는, 한 발 늦게 고조가 온다는 것은 보통 흔한 일로 아무런 의심을 할 여지가 없었다. 그러나 실제로 와 보니 전차의 종점에서 이곳까지는 꽤 먼 길이다. 게다가 우리와 게이노스케 일행 외로 지나가는 조선인도 없다. 고조니까 혼자 달빛 아래에 지팡이를 짚고 당당히 올 수도 있다고 생각하지만, 단지 왠지 그것은 불확실한 것처럼 생각되었다.

셋은 가져온 신선로에 젓가락을 처넣고 맥주를 마셨다. 어젯밤의 수상한 집을 무섭다고도 불쾌하다고도 생각하지 않던 오후데도 오늘밤의 이 집은 왠지 편안하지 못한 듯, 평소의 맑고 상큼한 모습을 볼 수가 없었다.

"어때? 좀 마시지." 나는 술을 따랐다.

"이시바시 오라버니는 어찌 된 것일까요? 너무 늦지 않나요?"
오후데는 하소연하듯이 말했다. 그때 관을 따라 비구니 절에 갔
던 남자는 돌아와서 무언가 홍 상에게 보고했다. 홍 상은 우리에
게 다음과 같이 전했다.

"그 사람들은 절 세 개 중에 가장 안쪽 절로 갔다고 합니다. 그
곳이 가장 크고 깨끗한 곳이고 별도로 방도 있는데 어떻게 할까
요? 다른 절이 좋을까요?"

"다른 절이 좋죠." 오후데는 거의 울듯이 말했다.

"너무 더럽지만 않다면 다른 절이 좋지 않을까요?" 나도 오후데
의 말을 거스르지 않았다. 홍 상의 지시를 받고 그 남자는 다시 절
쪽으로 갔다.

밖에 서서 고조가 오는 것을 지켜보고 있는 남자로부터는 아무
소식이 없었다. 홍 상도 다소 의혹을 품기 시작한 듯, 그곳에 있던
나막신을 걸치고 프록코트 차림의 긴 몸을 움직여 터벅터벅 밖의
달빛 아래로 나갔다. 나는 고조를 생각하기보다도 오히려 이 산
촌, 오늘밤의 색다른 광경에 강하게 마음이 끌렸다.

비구니 절이 어딘지 확실히 모르지만 어쨌든 아까 남자의 왕복
시간으로 생각해 보아도 그리 먼 곳은 아닐 것이다. 떠돌이 배우

의 사체가 중유中有[77]를 헤매고, 두세 명의 동료 배우에게 호송되어 그 절에서 하룻밤을 보낸다는 것도 마음이 끌리는 사건이지만, 남자를 남자라고 생각지 않고, 세상을 세상이라고도 생각지 않는 닳고 닳은 여자가, 그 하나의 사체를 무서워하여 어딘가 침착하지 못한 모습을 보이는 것도 또한 흥미 있는 일이었다.

"멋진 달이군. 점점 달빛이 창으로 들어오는군" 하고 나는 그 달을 보았다. 어느새 내 왼쪽 어깨와 오후데의 오른쪽 소맷자락 위로 밝은 빛이 비치고 있었다.

---

77 중유中有 : 사람이 죽어서 다시 태어날 때까지의 사이(49일간).

"정말로 멋진 달이네요. 그래도 왠지 오싹하고 불안한 밤이네요" 하고 오후데는 귀를 기울였다. 무언가 소리가 났던 것은 홍 상이 나막신을 끌고 걷는 소리였다. 이쪽으로 돌아오는가 생각했더니 그 소리는 조금씩 멀어지는 듯했다.

"불안한 것도 있겠지만, 게이노스케가 그리 머지않은 절에 있다고 생각하면 든든한 점도 있겠지." 나는 웃으며 말했다.

"그러네요. 그건 다소 의지가 되네요." 오후데는 놀리는 듯이 말하고 내 손을 잡고,

"게다가 오라버니도 있고 ……" 하고는 귀를 기울이고,

"저 소리는 뭐죠?"

"무슨 소리일까? 먼 소나무 산에서 바람이 지나가는 소리겠지."

"저건 무슨 소리?"

둘은 불현듯 하하하하 웃었다. 그것은 부엌이라고 생각되는 쪽에서 나는 훌쩍이며 우는 소리였다. 이어서 다시 여자가 쉰 목소리로 무언가 꾸짖는 소리가 들리고, 빠른 말로 떠드는 두세 명의 남자들 소리도 들렸다. 주인장은 식탁을 들고 와 그 위에 신선로를 얹었다. 덴진 수염을 기른 주인장이 우뚝 선 채로 무언가 말했는데 홍 상이 없어서 말이 전혀 통하지 않았다. 그는 허리를 굽히고 맥주병을 들여다보고 혼자 무언가 알겠다는 표정을 지으며 밖으로 나갔다.

잠시 후, 홍 상은 다시 비구니 절에 간 남자와 함께 돌아왔다.

"이시바시 상은 도대체 무슨 일이죠. 그림자도 보이지 않네요 ……" 하고 시계를 꺼내 보고,

"벌써 아홉 시가 가깝습니다. 비구니 절에서도 기다리니 어서 식사를 하고 거기에 가서 기다리도록 할까요?" 하고 분별 있게 말했다.

"비구니 절은 어디로 정했나요?"

"가장 앞쪽의 절로 정했다고 합니다."

"그럼 송장과는 꽤 떨어져 있으니 오후데 상도 무서울 것은 없겠지?" 하고 나는 웃었다.

"좋아요. 이미 저는 체념했으니 어디라도 가죠. 이시바시 오라버니 안 와도 상관없어요. 그 대신 마시고 취하자고요" 하고 신선로에 젓가락을 넣어 은행을 골라 집어 먹었다.

주인장은 맥주를 더 가져 왔다. 점점 깊이 비치는 달빛을 받으며 세 사람은 테이블을 둘러싸고 마셨다. 우리나라의 왕조 시대의 이야기를 읽으면, 교토의 대신이 서산이라든가 북산이라는 곳에 놀러 갔을 때의 글은 자못 정취가 깊어, 마치 보지도 듣지도 못한 이향異鄕에 유배를 온 듯한 쓸쓸함이 적혀 있는데, 그 정도는 아니라도 오늘 밤의 정경은 왠지 내 마음을 움직여 그 이야기의 장면을 생각게 했다. 디딜방아 소리가 더쿵더쿵 들리는 대신에, 여자의 의미 모를 쉰 목소리만 들려왔다.

밖에서 망을 보는 남자는 시간이 지나도 소식이 없었다. 이쪽에서 무어라도 말하지 않는 한, 내일 아침까지라도 망을 보고 있을 것이라고 생각하니 우스웠다. 그런 것을 화제로 하여 웃거나 하면서 신선로가 비워질 때까지 세 사람은 함께 마셨다. 그곳에 주인장은 따뜻한 김이 오르는 밥을 큰 사발에 넣어 들고 왔다.

요릿집을 나올 때까지 고조는 끝내 오지 않았다. 밖에 나가 보니 망을 보는 남자는 길 한가운데에 쭈그리고 앉아 긴 담뱃대를 물고 있었다. 그리고 홍 상이 백동전 하나를 건네자 비로소 일어나서 머리를 숙였다.

그곳에서 좀 급한 비탈길로 오십여 미터도 가지 않은 곳에 한쪽이 계곡으로 되어 있는 곳에 인가가 있었다. 일견 농가와 별로 다르지 않은 초라한 집이었으나 홍 상은,

"이곳입니다"라고 말하고 멈춰 섰다. 나는 이것이 절인가 좀 놀라, 그 낮은 처마와 낮은 문을 보았다. 그렇지만 조선의 절은 거의 요릿집과 같은 곳으로, 양반 등은 기생을 데리고 자러 간다는 말을 들은 것이 생각나서, 어쩌면 농염한 젊은 비구니가 이 문에서 나올지도 모르겠다고 반쯤 호기심에 휩싸여 기다리는데, 이윽고 문을 여는 소리가 나더니 나타난 이는 일견 열두세 살의 남자인가 의심되는, 머리가 짧고 흰 옷을 입은 나이든 비구니였다. 달빛에 잘 보니 나이가 들어 작아진 듯한 눈을 슴벅이며 무언가 말했다. 홍 상이 간단히 대답하자 비구니는 우리에게 들어오라는 손짓을 했다.

문 안에는 두세 평 정도의 공터가 있고, 그 공터를 건너 한 칸 반 정도의 좁은 방이 마주하고 있었다. 노 비구니는 앞장서서 우리를 한 방으로 안내했다.

"이런 곳인가요?" 나는 뜰에 선 채로 그 좁은 방을 들여다보았다.

"저는 이 절은 처음입니다만 어디라도 대동소이합니다." 홍 상은 별로 놀란 모습도 없이 침착하게 말했다.

"전 벌써 취했어요. 어디라도 좋아요. 빨리 자죠." 오후데는 낮부터의 피로가 일시에 몰려온 듯, 자기 몸을 주체하지 못하고 털썩 툇마루에 앉아 양손으로 뒷머리를 쓸어 올렸다.

오후데뿐 아니라 나도 꽤 취했다. 이제 달구경이 문제가 아니라 어쨌든 오늘밤을 이곳에서 지내고 날이 밝는 것을 기다리는 수밖에 없었다.

"빈대는 없나요?" 나는 방으로 오르면서 그 주위를 돌아보았다.

"괜찮을 것입니다." 홍 상은 담담하게 대답했다. 바닥은 온돌로 되어 있지만 아무것도 때지 않았다. 무언가 깔 것은 없는지 묻자 그곳에 있는 돗자리를 깔라고 노 비구니는 대답했다. 그리고 베개는 목침이었으나 그것도 소담 집의 목침과는 달리 천연 나무토막을 조금 파낸 것이었다.

"그런 베개의 틈 같은 곳에 빈대가 있습니다." 홍 상은 말했다. 노 비구니는 툇마루 밑에 큰 사발 같은 것을 놓고, 그 안에 마른 풀을 넣고 불을 붙였다. 온돌에 불을 넣는가 생각했으나 그게 아니라 모깃불을 놓은 것이었다. 노 비구니는 부채로 그 연기를 좁은 방 안으로 보내므로, 호흡을 하는 것조차 괴로울 정도였다.

"놀랐네요. 우리를 여우로 착각한 거 아니에요?" 오후데는 한심하다는 듯이 말하고 밖으로 난 작은 창 쪽으로 피했다.

"어머, 쓰루미 상이 아닌가요?" 그때 오후데는 창에서 밖을 보고 외쳤다. 그에 응하는 남자의 대답이 들리고 곧 문으로 들어온 것은 게이노스케였다.

한차례 모깃불을 피운 후, 노 비구니는 밖의 창도 툇마루 쪽의 문도 닫으라고 말했다. 홍 상은 노 비구니의 명령대로 둘 다 닫아 버렸다. 게이노스케도 안에 갇힌 사람이 되었다.

"자네 쪽은 어떻게 되었나?" 하고 같은 재난을 당한 자가 서로 안부를 묻는 기분으로 나는 물었다. 게이노스케는 주위를 둘러보고,

"여기는 청결한 듯합니다. 우리 쪽 절은 아주 더럽고, 게다가 관을 둔 옆에 세 명이 누우니 비좁습니다. 너무 답답해서 이쪽으로 가볼까 해서 밖을 지나가던 참이었습니다"라고 대답했다.

"그럼 여기서 묵고 가도 돼요." 오후데는 농담처럼 말하고,

"오늘 당신 연극은 어떻게 되었어요?"

"저는 하루오 대신에 했을 뿐이니까 오늘은 다른 자가 대신하고 있을 겁니다."

"그래도 당신 말고 배우다운 배우는 없지 않아요?"

"농담하지 마세요." 게이노스케는 진심으로 부끄럽다는 듯이

말했다.

　홍 상의 명령에 따라, 노 비구니는 약주라고 하는 조선술을 가져 왔다. 그것을 다시 넷이서 마셨다.

　연기 자욱한 무더운 방 안에 네 명은 단지 취하는 것 말고는 목적이 없는 사람처럼 마셨다. 아까는 거의 쓰러져 잘 듯했던 오후데는 한바탕 게이노스케를 붙잡고 야한 농담을 하면서 술 맛도 모르는 듯 마셨다. 게이노스케는 또한 어젯밤 이래의 피로를 술로 회복시키려는 듯, 많이 못 마시는 입에 술을 계속 들이부었다.

　어느새 모두 만취되어 쓰러져 자 버렸다. 게이노스케가 "저는 돌아가겠습니다"라고 술주정하듯 말한 것도, 오후데가 "팔베개를 해 드릴게"라며 흰 팔을 내뻗고 헤프게 웃던 것도 귀에 들린 듯했

으나, 나는 깊이 빠져드는 기분으로 자 버렸다. 맥주에 더해진 약
주의 취기는 불덩이처럼 온몸을 휘돌아 아무런 의식도 없이 잤다.

잠결에 가렵다고 느껴 나는 오른손을 박박 긁었다. 희미하게
눈을 뜨고 프록코트 차림 그대로 누워서 입을 벌리고 자는 홍 상
을 언뜻 보았으나, 이미 머리를 움직여 그 이상을 볼 힘도 없었다.

다음날 아침 깨어났을 때, 이미 아무도 방 안에 없었다. 어젯밤
의 달빛보다는 약간 밝은가 생각될 정도로, 짧은 밤이 새기 시작
하는 무렵인 듯했다. 쿡쿡 쑤시는 머리를 일으켜 나도 밖에 나가
보았다.

어젯밤은 잘 보이지 않았지만 오늘 아침에 보니, 이 집에 비해
서는 큰 마당이 있고 그곳에 세 개 정도의 아궁이와 처마에 닿을
듯이 쌓인 장작이 있었다. 그리고 그곳에 연기를 피우며 밥을 짓
고 있는 이는 어젯밤의 노 비구니와 같은 복장을 하고 발에는 짚
신을 신고 있었으나 쉰 살 정도로 보이는 비구니였다.

밖에 나가 보니 방에서 생각한 정도가 아니라, 이미 밤은 봉우
리의 소나무 사이로 사라지고 없었다. 지저분한 붉은 저고리를
입은 열두세 살 아이와, 같은 차림의 열 살 정도의 아이가 머리에
물 항아리를 이고 눈앞의 작은 길을 올라 왔다. 바라보니 약간 내
려간 곳에 하나의 우물 같은 것이 있어, 그 근처에 홍 상과 오후데
와 게이노스케가 서 있었다. 나는 게이노스케는 이미 잊고 있었
다. 그도 어젯밤 우리와 함께 취해 쓰러졌다는 것이 그를 보고서

야 비로소 생각났다. 그리고 오후데가 팔베개를 어쩌고 했던 말
도 생각났다. 게이노스케는 지금 오후데로부터 손수건을 빌려 얼
굴을 닦고 있었다.

'뭐 때문에 어젯밤 그렇게 약주를 마셨던가' 생각하면, 그것은
마치 여우에 홀린 느낌이었다. 그래도 서늘한 아침 바람은 머리
의 아픔을 가볍게 해주고, 산사 같은 주위의 경치는 어수선했던
마음을 가라앉혔다. 우물에서 십여 미터 내려간 계곡에 한 채의
오두막집이 있어, 그곳에 흰옷을 입은 두 사람이 절구를 찧고 있
었다. 잘 보니 두 사람 모두 비구니로, 한 사람은 스물 정도의 못
생긴 젊은 비구니였다. 둔탁한 절구 소리가 산촌 새벽의 기분을
유감없이 나타내어, 달밤에 울리는 디딜방아 소리보다 오히려 더

애틋하게 느껴졌다.

두 아이는 빈 항아리를 머리에 이고 아까 올라온 좁은 길을 이번에는 타박타박 내려갔다. 짧은 머리이므로 일본 아이에게 익숙한 눈은 문득 그 아이들을 남자라고 생각했으나, 잘 보니 어딘가 부드러운 면이 있어 틀림없이 여자 아이였다. 나는 그 뒤를 따라 좁은 길을 내려갔다.

이쪽으로 올라오고 있던 홍 상과 나는 도중에 만났다.

"어젯밤 푹 주무셨습니까?" 홍 상은 위문하듯 말했다.

"괴로워 괴로워, 하면서도 정신없이 잤습니다"라고 대답했다. 홍 상은 약간 얼굴을 들고,

"이곳을 컬러로 이렇게 물렸습니다" 하고 튀어 나온 울대 양쪽의 긁혀서 빨갛게 된 부분을 보여 주었다. 나도 모르게 웃음이 터졌다.

우물가에 가보니 오후데도 게이노스케도 나를 맞이해 미소를 지었다.

오후데는 고개를 좀 숙이고 머리 뒤의 모양을 다듬으면서,

"이시바시 오라버니, 결국 안 왔네요. 못된 사람이에요" 하고 나를 보고 꾸짖듯이 말했다.

"어젯밤은 저쪽은 비좁아서 못잘 거라고 생각했습니다. 덕분에 완전히 원기를 회복했습니다"라고 말하고 게이노스케는 크게 숨을 쉬고 체조를 하듯 양팔을 뒤로 뻗었다.

어린 두 명의 비구니는 머리 위의 항아리를 우물가에 내리고 둥근 박을 반으로 쪼갠 것으로 고인 물을 퍼서 항아리에 담았다. 물속에 빠져 있던 검은 개구리는 옆의 돌로 기어오르려고 하다 떨어지고는 긴 다리를 물속에서 뻗고 떠 있었다. 어린 비구니는 그것에 개의치 않고 그 물을 퍼서 항아리에 담았다. 그리고 두 항아리가 가득 차자, 꽤 무게가 있는 것을 그들은 솜씨 좋게 머리에 이고, 그 물을 한 방울도 흘리지 않게 직립 자세를 유지하고 앞의 좁은 길을 올라갔다. 이윽고 나이가 많은 쪽은 우리가 묵은 절의 문으로 들어가고, 나이 어린 쪽은 옆의 문으로 들어갔다.

"자네가 묵고 있는 절은 저곳은 아니지?" 나와 함께 어린 비구니의 행동을 바라보던 게이노스케에게 말했다.

"예, 하나 더 옆 쪽 문입니다. 저 가운데 문의 절에는 어젯밤 우리가 왔을 때, 철금鐵琴 소리 같은 것이 났습니다. 아마 한인 손님이 묵고 있는 것이겠지요"라고 게이노스케는 대답했다.

오후데는 그 오두막집에서 두 비구니가 절구를 찧고 있는 것을 보고 있었으나,

"저기는 무엇을 찧고 있나요?" 하고 내 옆에 달라붙어서 물었다.

"쌀이겠지."

"하지만 일본에서는 발로 밟아 찧잖아요. 조선에서는 손으로 찧나요?"

"그것은 어떤지 모르지만, 저런 흰 것은 쌀 말고 달리 없잖나."

이런 이야기를 하면서 나는 그 둔탁하고 올빼미의 저음으로 중얼거리는 듯한 사람의 마음을 가라앉히는 절구 소리에 귀를 기울였다.

그때 문득 보니, 그 가운데 절 문에서 조선인 남녀가 모습을 나타내고 이쪽을 보았다. 한 사람은 분명 기생이 틀림없어 보통 여자보다도 화려하게 보였다.

"쓰루미 군, 자네가 말한 대로 저들이 어젯밤 묵었군" 하고 말한 후 나는 그쪽을 가리켰다.

"아아, 그렇군요. 저들이군요. 요즘은 더워서 별로 저런 손님이 없는 듯합니다만, 봄이나 가을이 되면 저런 동반 손님뿐이라고 합니다." 게이노스케는 세 채의 절을 보며 말했다.

"그렇다면 우리 같은 사람이 오거나 관을 메고 오는 것은 아주 이례적이로군."

"그렇고말고요. 선생님 일행은 어쨌든 간에 관은 아주 드물죠. 절인데 관이 이례적이라는 것도 이상한 이야기입니다만."[78]

우리는 그런 말을 나누고 천천히 언덕길을 되돌아갔다. 오후데도 길가의 풀잎을 하나 따서 그것을 조금씩 뜯어 버리면서 우리 뒤를 따라 왔다. 그때 그들 남녀 손님도 천천히 문을 떠나 작은 길을 내려오기 시작했으나, 다가온 때 나는 불현듯 외쳤다.

---

[78] 절인데 관이 이례적 …… 입니다만 : 일본은 장례식을 불교식으로 치루고 묘도 절에 부속된 경우가 많다.

“소담!” 그리고 남자 쪽을 보니 이 또한 어제 솔밭 모의점 앞을 지나갔기에 본 기억이 있는 김성식이었다.

“그 기생이네!” 오후데도 뒤에서 외쳤다. 소담 쪽도 눈치 챈 듯 무언가 말하고 잠시 멈춰 서서 얼굴을 붉혔으나 무슨 말인지 나는 알지 못했다. 김성식은 모르는 체를 하고 우리를 지나갔다.

게이노스케는 자신의 절 쪽으로 혼자 돌아갔다. 홍 상은 프록코트 채로 누워서 낮은 천장을 바라보고 있었다.

“홍 상, 기연입니다. 옆 절에 소담과 김성식이 와 있더군요.”

“그렇습니까?” 홍 상은 일어나면서 담담하게 대답했다.

아침밥은 짚신을 신은 쉰 살 정도의 비구니가 만든 음식이었다. 홍 상은,

“각별히 맛있는 것도 아닙니다”라고 말하며 이것저것 젓가락을 댔다. 모두 누린내가 나서 먹을 만한 것이 없었으므로 나도 오후데도 밥만 먹었다. 보니까 뜰 건너편 방에서는 어젯밤의 여든 정도의 노 비구니와, 물을 긷던 어린 비구니가 마주 앉아 아침밥을 먹고 있었다. 노 비구니는 작은 눈을 슴벅거리면서 아무 걱정도 없는 사람처럼 유연하게 큰 숟가락을 움직이고 있었다. 그리고 때때로 아이 비구니와 무언가 말하는 듯했다. 여기서는 홍 상이 비참한 입을 움직이면서 맛없게 먹고 있어, 그것이 자연히 극단적인 대조를 이루어 흥미롭게 보였다.

"홍 상, 돌아갑시다." 나는 젓가락을 놓고 말했다.

"그러시죠. 이시바시 상은 어떻게 되었을까요?"라고 말하고 홍 상은 시계를 보더니 "벌써 여덟 시가 지났습니다"라고 말했다.

"자, 돌아갑시다." 나는 곧바로 일어났다.

비구니는 숙박료 같은 것을 요구하지 않았다. 생각해 보면 이불도 불도 아무 것도 없었다. 단지 몸을 뉘였다고 하는 것에 불과했다. 숙박료의 청구를 하지 않는 것도 재미있다고 생각하면서 식대에 다소의 성의를 더해 건넸다. 두 비구니는 거지가 손을 모으는 것처럼 합장하고, "많이 많이 고맙습니다(조선어)"라든가 말했다. 여승은 천민이나 거지보다 하등한 신분이라는 말이 생각났다.

세 사람 모두 피곤해서 무언가 화 난 사람처럼 묵묵히 밖으로 나갔다. 무언가 한 마디 게이노스케에게 말하고 돌아가려고도 생각했으나 그것도 그만 두었다.

문득 보니, 두 비구니가 절구로 쌀을 찧고 있는 곳보다도 꽤 아래쪽에서 계곡을 따라 소담과 김성식은 터벅터벅 돌아가고 있었다. 우리 일행이 보였을 때 그들 두 사람은 옆길로 빠졌다.

청량정에 들러 보았으나 어제 망을 봤던 남자는 고조가 끝내 오지 않았다고 대답했다. 그 남자는 열두 시까지 밖에 쭈그리고 앉아 있었다고 했다.

민비 묘행 길인 넓은 도로로 나오기 전이었다. 허름한 밀짚모자를 쓴 장사치 같은 일본인 한 사람이 다가왔다. 그리고 그가 이

상하게도 홍 상과 아는 사이인 듯, 둘이 대화를 했다. 나와 오후데
는 십여 미터 지나가 기다리고 있었으나, 홍 상은 아직 말을 하고
있었다. 홍 상과 대화를 하면서 그 남자는 예리한 눈을 반짝이며
우리 쪽을 보았다.

'탐정이군.' 나는 곧 알아챘다. 그리고 불쾌한 느낌을 억누를 수
가 없었다.

"저 남자가 누구인지 알겠나?" 나는 오후데에게 물어 보았다.

"탐정이겠죠." 오후데는 태연하게 대답하고, "꽤 힘든 장사네
요" 하고 냉소하듯 말했다.

27

남산루에 돌아가 보니 고조는 어젯밤부터 돌아오지 않았다고
했다.

"당신들과 함께 있지 않았나요?" 오쿄는 의아스러운 얼굴을 했
다. 일단 남산루까지 온 홍 상은,

"그럼 나중에 다시 뵙겠습니다"라고 말하고 돌아갔다.

"우에노 상도 오늘 아침 와서 아무 말도 없었는데, 이상하네요."
오쿄는 여전히 고조의 행방을 의심스러워했다.

나는 오후데와 함께 고조의 방에 가 보았다. 오늘 아침은 아직

청소도 하지 않은 듯, 어제 그대로 흐트러져 있었다.

"아아 피곤해. 언니, 어젯밤은 아주 생고생 했어." 오후데는 어젯밤의 개략을 설명했다.

"그래도 절에서 혼숙이라니 참 멋지네." 오쿄는 웃었다.

나는 그런 말보다도 고조의 방의 모양이 왠지 신경 쓰였다. 물에 빠졌다든가 기차에 치였다든가 하는 변사인의 방에 들어갔을 때, 모든 세간이 정돈되지 않고 지금까지 계속해 온 그의 생활이 툭 하고 중단된 듯한 형태가 묘하게 사람을 마음을 흔드는 것인데, 마치 그런 느낌을 일으켰다. 고조는 죽지는 않았을 것이다. 그렇지만 이미 영원히 이 방에는 돌아오지 못할 사람처럼 생각되었다.

"아아, 졸려." 오후데는 오쿄의 어깨에 양쪽 소맷자락을 올리고 그 위에 얼굴을 대고 눈을 감았다. 그것이 오쿄에 비해 자못 여동생처럼 보였다.

"정말 못 말리는 천덕꾸러기네. 밤새 놀고 돌아와서는 졸린다고 하니." 오쿄는 다시 언니처럼 꾸짖는 말을 하고, "손님도 이제는 자제하세요. 오늘 아침에도 사모님한테 전화가 걸려 왔어요" 하고 나에게도 나무라는 듯이 말했다.

"오라버니, 졸리지 않아요?" 오후데는 눈을 작게 뜨고 말했다.

"졸리지. 나도 좀 잘까?"라고 말하고 내 방에 돌아가 오쿄가 오는 것을 기다리지 않고 스스로 이불을 꺼내 깔고 벌러덩 누워 버렸다. 어젯밤 돗자리 하나로 오체가 아픈 후에 이불의 푹신함은 깊이 피부에 느껴졌다.

"어머, 벌써 주무시나요?" 이불을 깔러 온 오쿄가 입구에 서서 혼잣말을 한 것은 귀에 들어왔으나 그 후의 일은 몰랐다.

사흘의 피로가 일시에 몰려오는 듯, 몸을 뒤척인 것은 느끼면서도 언제까지나 계속 잠에서 깨지 않았다.

아내는 이 날 숙소로 돌아왔다.

28

그 후 며칠 동안 나는 여전히 경성에 체류하고 있었으나, 고조는 끝내 돌아오지 않았다.

오토야 등은,

"어떻게 된 걸까요?" 하고 때때로 의심스럽게 말했으나 오쿄는 그것에 대해서는 아무 말도 하지 않았다. 오후데는,

"저는 버림받은 것이네요" 하고 농담처럼 일부러 토라진 얼굴을 하였을 뿐, 이 말도 많이 하지는 않았다. 방은 아직도 원래의 상태 그대로였다.

고조의 실종은 자연히 오후데를 내 방에 들이게 하는 기회를 많이 만들었으나 아내는 싫은 얼굴을 하기는커녕, 즐겨 오후데와 말을 나눴다.

"당신 춤이 보고 싶군요."

"예, 마구 으스대며 보여드릴게요"라며 이런 농담을 나누며 웃기도 했다.

게이노스케는 어느 날 찾아와서 자신의 초고를 가지고 갔다. 그가 돌아갈 때에 오쿄는 맥주병을 들고 손님방에 가는 참이었는데 멈춰 서서,

"오늘밤에 보러 갈게요" 하고 작은 소리로 게이노스케에게 속삭이고 잠시 활짝 웃었다. 게이노스케는,

"네, 모쪼록" 하고 머리를 숙였다. 그때, 오후데는 여관의 불 없는 화로 옆에 다른 하녀들과 둥글게 앉아 있었으나 게이노스케 쪽으로는 눈도 주지 않고 극히 거만하게 모르는 체하고 있었다.

그것은 다른 하녀 앞이라 꺼린다는 것보다는 안중에 게이노스케 모습은 없다는 기색이었다.

고조가 없어졌다는 것은 당연히 오후데의 신상에 어떤 변화를 초래해야 함에도 불구하고, 오후데는 의연히 방약무인하게 행동했다. 여관의 주인도 각별히 전과 다를 바 없이 그녀가 하는 대로 놔두고 있었다.

어느 날 홍 상이 왔다. 요즘 이가 아파서 아주 고생했다고 하며 홀쭉한 볼의 한쪽이 좀 부어 있었다.

"저, 이삼일 중에 평양으로 갈 생각입니다."

"오래 체재합니까?"

"그렇습니다. 아마 이주일 정도 생각합니다."

"그럼 저도 이제 경성을 떠나려고 생각하고 있었으니 어쩌면 다시 평양에서 만날지도 모르겠군요."

"숙소는 어디로 하시렵니까?"

"평양에 가면 마쓰야松屋에 가라고, 전에 이시바시 등이 말한 적이 있으니 그곳에 갈까 생각합니다."

"그럼 제가 마쓰야에 들르도록 하지요." 홍 상은 이런 이야기를 하고 돌아갔다.

경성은 아쉽기도 했다. 그렇지만 하루라도 빨리 이곳을 떠나고 싶은 마음도 있었다. 우리 부부가 남대문에서 사람들의 전송을 받는 몸이 된 것은 홍 상이 떠나고 나서 이틀째였다. 고조가 방을 어지러 놓은 상태로 종적을 감춘 정도는 아니지만, 오후데를 게이노스케를 소담을 김성식을 모두 그대로 놔두고 출발하는 것에는 어수선한 기분이 들었다.

장식 없는 실용 일방의, 그 자체가 하나의 무기처럼 커다란 기차는 우리를 태우고 다시 북으로 북으로 달려갔다. 정거장에 닿을 때마다 오 분간의 정차 시간에 나도 아내도 반드시 플랫폼에 내려서 걸었다. 원근의 벗겨진 산들에서 상상 외의 찬바람이 불어와, 차 안의 찌는 듯한 더위에 지친 두 사람을 소생시켰다. 플랫폼을 걸어 삼등실의 창에서 무심코 안을 보았을 때에 어딘가 본 적이 있는 삼인 가족이 있었다. 이윽고 그들은 분명 시모노세키

정거장에서 매표원에게 핀잔을 들었던 노인 부부와 딸이라는 것
이 생각났다.

"분명 시모노세키에서 뵈었죠, 어디로 가십니까?" 나는 물어 보
았다.

"만주로." 노인은 대답했다. 통이 큰 떨림을 띤 목소리였다. 자
세히 들어 보니 수원에 차남이 있어 그곳에 지금까지 체재하고 있
었으나, 봉천에 있는 장남 집으로 가는 참이라고 했다. 눈초리가
위로 올라가고 입이 큰 딸은 복숭아 껍질을 이빨로 벗겨 창밖으로
내뱉고 있었다.

29

기차가 평양에 닿은 것은 오후 세 시가 지나서였다. 뜨거운 햇
빛이 비치는 망막한 공터가 곧 정거장 앞에 펼쳐졌다. 마중 나와
준 마쓰야의 지배인은,

"이제 한 시간만 지나면 시원해집니다"라고 말하며 매우 붙임
성 있게 두 손을 비볐다.

"이 상태라면 대낮에는 경성보다 덥겠군" 하고 나는 아직 거리
의 모습을 갖추지 않은, 후끈후끈한 햇빛이 비치는 그 공터를 바
라보았다.

“정말이네요. 게다가 마치 들판 같지 않나요? 어디가 시내죠?”
아내는 불안스럽게 말했다. 이것을 서서 듣고 있던 지배인은,

“신시가는 여기서 이백 미터 정도이지만 인력거로 가면 금방입
니다. 그런데 짐은요?” 하고 다시 손을 비볐다. 이 지배인이 쓴 모
자에는 빨간 띠에 흰색으로 ‘마쓰야 호텔’이라는 글자가 보였다.
그 모자 아래로 먼지에 더러워진 땀이 흐르는 것을 흰 바지의 주
머니에서 꺼낸 손수건으로 닦고 웃는 얼굴을 했다. 내가 두 장의
기차표를 건네자 지배인은 그것을 공손히 받아 수하물 찾는 곳으
로 갔다.

“싹싹한 지배인이군요” 하고 아내는 미소 지었다. 마쓰야는 조
선에서 가장 훌륭한 여관이라는 평판을 경성에서 들은 적이 있었
다. 남산루와 같은 것이 식민지 여관의 특색인가 생각했으나 지
배인의 모습부터가 전혀 달랐다.

지배인이 짐을 찾아 주는 동안, 우리 둘은 그늘에 우뚝 선 채로
단지 멍하니 타는 듯한 햇빛을 보고 있었다. 어디까지가 정거장
의 구내이고 어디부터가 밭인지 초원인지 구별이 되지 않고 단지
전체적으로 널따란 공터처럼 보였다. 그리고 정거장을 좀 벗어난
곳에 광차鑛車[79]라도 움직일 듯한 좁은 두 줄의 레일이 깔려 있어,
그곳에 과거 아타미철도熱海鐵道에서 본 것과 같은 인차人車[80]가 네

---

79 광차鑛車 : トロッコ도롯코, truck. 광산에서 석탄을 나르는 데 사용하는 소형 무개화차.
80 인차人車 : 인력으로 미는 소형 차량. 일본에서는 시즈오카현 아타미시에 1900〜

다섯 량 늘어서 있었다. 지금 정거장을 나온 사람들이 대부분 이 상자에 타자, 땀과 먼지로 얼룩진 흰옷의 선인鮮人 두 사람이 상자 뒤를 손으로 밀며 달리기 시작했다. 선인이 달린 후에 모래먼지가 피어올라 그 상자는 곧 멀어졌다. 그 다음 상자도 정원의 손님이 타면 똑같이 발차했다.

지배인은 찾은 짐을 곧바로 한 지게꾼에게 지우고 우리 앞으로 돌아와,

"많이 기다리게 해서 죄송합니다. 짐은 버드나무 고리짝 하나와 가방 하나죠? 확실하게 저희 지게에 실었습니다"라고 말하고

1920년에 존재했다.

두 대의 인력거를 우리 앞에 댔다. 두 대의 인력거 모두 보라색 바탕에 마쓰야松屋의 흰색 두 글자를 쓴 깃발이 나부끼고 있었다.

모자를 벗고 군대식으로 허리를 굽힌 지배인을 남겨 두고, 두 대의 인력거는 뜨거운 햇빛 아래를 달려갔다. 경성의 시가에서는 아직 느끼지 못했던 더위로, 기름 같은 땀이 자연히 피부에서 배어 나왔다. 차부는 마쓰야 이름이 새겨진 상의를 입고 발에는 조리를 신고 있었으나 조리 뒤축이 딱딱 하고 튀어오를 때마다 가벼운 모래먼지가 장딴지 근처까지 피어올랐다.

'이것이 대륙적인 더위라고 해야 하나' 하고 혼자 생각했다. 경성의 남대문 정거장을 내려서 좁고 번잡하며 서늘한 밤거리를 덜컹덜컹 달렸던 때와는 꽤 달랐다. 거리는 어디까지 가도 단지 넓기만 했다. 한쪽에 드문드문 초라한 일본집이 있었으나, 그것들은 대개 싸구려 여인숙 같았다. 우리 인력거 뒤로 또 한 대의 인차가 왔으나, 뒤를 밀고 있는 선인이 힘이 빠져 차량 뒤에 뛰어올라 타력으로 느리게 움직일 때가 되면 곧 우리 인격거보다도 뒤로 처졌다.

잠시 가고 나서 옆길로 틀자, 이곳은 먼지가 일어나지 않는 대신에 큰 자갈이 거리 전체에 깔려 있는데 그 위를 차부는 마구 끌고 갔다.

"아주 험한 길이네"라고 말하자,

"요전에 정무총장政務總長[81]이 오셨을 때, 수선을 위해 간 것입

니다. 그래도 이것으로 꽤 잘된 것입니다." 차부는 호흡을 헐떡이
면서 말했다. 길가에는 조선가옥과 일본가옥이 드문드문 섞여 있
었다. 두세 채의 조선가옥 앞에는 고인 빗물인가 생각되는 흐린
웅덩이가 있고, 그곳에는 조선 여자가 옷을 두들기며 세탁을 하고
벌거벗은 아이가 헤엄치고 있었다.

　잠시 후 인력거는 이윽고 마쓰야에 도착했다. 곧 현관 앞에 서
너 명의 젊은 하녀가 나타나 나란히 서서 인사를 했다. 그리고 그
중의 한 명이 모자와 우산을 받아들고 앞장섰다.
　안내된 방은 10조와 6조의 두 방을 튼 널따란 이층 객실이었다.
"매우 번창하군요" 하고 아내는 말했다. 과연 어느 방에도 손님
이 있는 듯, 거의 만원인가 생각될 정도였다. 어떤 사람이 묵고 있
을지 나는 복도를 사이에 둔 건너편 방을 슬쩍 엿보았다. 목덜미
에 살이 찌고 유카타浴衣를 입고 저쪽을 향해 앉은 사람과, 계속
빤히 우리 쪽을 보는 오십 정도의 아담한 사람이 눈에 들어왔다.
하녀는 "어서 오세요"라고 다시 얌전히 인사를 하고 차를 따라 주
었다. 서늘한 바람이 어디선가 불어왔다. 나는 유카타로 갈아입
고 큰 방석 위에 책상다리를 하고 사방침에 팔꿈치를 기대었을 때

81　정무총장政務總長 : 정무총감政務總監을 가리키는 듯. 조선총독부 총독 바로 밑의 직
　　책. 군사권을 제외한 행정, 입법, 사법 총괄의 제2인자. 초대 정무총감은 야마가타
　　이사부로山縣伊三郞, 1858~1927로 1910~1919년 재직.

다시 원기를 회복한 듯했다.

"욕탕을 보고 오겠습니다." 하녀는 다시 목례를 하고 물러났다. 잠시 후 여관의 안주인이 인사하러 왔다.

"이 방은 아침 해가 좀 비쳐서 어떨까 생각합니다만, 뭐하시면 내일 아침에 비는 방이 있으니 바꿔 드리겠습니다. 하녀들은 정말로 부족한 사람뿐입니다만 모쪼록 이해해 주시기 바라며 ……" 하고 안주인다운 태도를 지키면서 정중하게 인사를 하고,

"이 분이 어제 오셔서 혹시 용무가 있으시면 이 명함에 적힌 곳으로 전화를 걸어달라고 했습니다"라고 말하고 한 장의 명함을 건네주고 뒤의 복도에서 무릎을 꿇고 기다리는 하녀를 되돌아보고,

"아, 그래?"라고 말하고 다시 우리 쪽을 향해,

"그럼 욕탕에 드시죠. 안내하겠습니다" 하고 다시 머리를 숙이고 물러갔다. 명함을 보니 그것은 홍 상이었다.

두 사람 모두 욕탕에서 나왔을 때는 이미 천지가 변한 듯 서늘했다. 난간에 기대 밖을 바라보니 이 근방에도 아직 공터가 많아 확실하게 십자로 도로가 만들어져 있기는 하나 풀이 나 있을 뿐 건물은 들어서지 않았다. 밥상을 들고 온 하녀에게,

"이 근방은 신시가지 안이겠지?"라고 물어 보았다. 하녀는,

"그렇습니다. 자세히는 모르지만, 대동문 거리에서 이쪽이 모두 신시가지라고 합니다"라고 대답하고,

"술은 어떻게 하시겠습니까?"라고 물었다.

"당신 드시겠죠?" 하고 아내는 묻고,

"네 잘 부탁해요" 하고 하녀에게 전하고,

"전체의 모습이 남산루와 완전히 다르네요." 하녀가 나간 후 아내는 말했다. 나는 여전히 난간에 기대어,

"그렇군. 게다가 주위의 경치도 완전히 경성과 다르지 않는가"라고 대답하고 이 광야처럼 광막한 신시가지를 바라보았다. 구시가지에 가까운 쪽이라고 생각되는 곳에는 이 근방과 달리 꽤 집이 있을 것으로 상상되었으나, 그래도 경성과 같은 번화한 모습은 보이지 않았다. 그리고 완만한 선을 그린 하나의 구릉이 그 뒤를 지나 왼쪽으로 뻗어 있었다. 술병을 가져 온 하녀에게 물어 보았다.

"아가씨, 저 언덕은 뭐라 하지?"

"저곳은 모란대牡丹臺라고 합니다."

술을 마시면서 하녀에게 이름을 물었다. 하녀는 웃으면서 대답하지 않았다. 고향을 물어도 대답하지 않았다. 나이도 물론 대답하지 않았다. 단지 얌전하게 웃고 있을 뿐이었다. 이 밤 나는 그리 많이는 마시지 않았다. 아내에게도 두세 잔 권하고 나도 일고여덟 잔 기울였을 뿐이다.

30

다음날 아침 홍 상에게 어젯밤 도착했다는 내용을 전화로 보고하자, 홍 상은 근처에 올 용무가 있으니 조만간 들르겠다고 대답했다.

변소 앞의 램프 방에서 램프 청소를 하고 있는 남자를 보자, 어제 아내 인력거를 끈 남자가 틀림없었다. 머리를 짧게 깎고 있으나 별로 말을 하지 않고 싱글벙글 웃고 있었다. 그리고 한 하녀가,

"사시키"라고 부르자 큰 소리로,

"예" 하고 대답하고 쿵쿵 복도를 걸어 부엌 쪽으로 갔다.

아침 식사 때의 하녀는 어제와는 다른 여자였다. 어제의 하녀는 이불을 개어 넣거나 청소를 했는데 아침 식사의 시중은 다른 사람이었다. 이 여자는 어제의 하녀와 비교하면 나이가 좀 들었다.

"지금 변소에 갔을 때 봤는데, 램프 청소를 하는 남자는 어제 인력거를 끈 남자더군" 하고 나는 하녀에게 물어 보았다. 하녀는 웃으면서,

"그렇습니다."

"사사키라는 자로군."

"잘 알고 계시네요." 하녀는 시중 쟁반을 무릎 위에 놓은 채 웃음을 참으려고 애썼다.

"인력거를 끈 남자라니 당신 인력거 말이에요?" 아내는 끼어들

었다.

"아니 당신 쪽 말이야."

"그 남자 일본인이던가요? 나는 조선인이라고 생각했는데."

"사모님, 조선인입니다."

"그런데 이름이 사사키입니까?"

"언제부터인지 모두 사사키 사사키 부르자 본인도 대답을 하더라고요." 하녀는 다시 재미있다는 듯이 웃었다.

"이 집에 조선인이 많은가?"

"그 남자 말고 산스케라는 요리사가 있습니다."

"그러면 이 요리도 조선인이 만들었겠군."

"그렇습니다."

"어젯밤 먹은 양식도 아주 맛있었는데."

"처음에 일본인 요리사가 삼 년 정도 있었고 그동안에 계속 함께 있으며 잘 배웠던 것 같습니다. 조선인은 꽤 재주가 좋습니다." 이 하녀는 어젯밤의 하녀보다 말을 잘 했다. 어젯밤의 하녀 이름이 오하나お花이고 이 하녀 이름이 오케이お桂라는 것도 이 하녀의 입을 통해 들었다. 그렇지만 남산루의 오쿄 등과는 완전히 모습이 달라 어딘가 수수했다. 안주인도 이 두 하녀도 모두 신슈信州[82] 사람으로, 특히 오케이는 안주인과 친척 비슷한 사람으로, 마쓰

---

82 신슈信州 : 현재의 나가노현. 1998년 동계올림픽 개최지. 대규모 산악 지대.

야 창업 때부터 있었다고 했다.

오케이가 나간 후 아내와 나는 왠지 차분히 늘어진 기분으로 이런 말을 나누기 시작했다.

"좋은 여관이네요."

"음, 좋은 곳이로군. 여기서 며칠간 머물며 천천히 평양을 구경하지."

"예, 그렇게 하죠. 그래도 삭막한 거리와 대낮의 더위는 질리네요. 어제는 저 죽는 줄 알았어요."

"그렇지만 아침저녁은 경성보다도 서늘하지 않나? 낮에는 낮잠을 자고 아침 일찍 그리고 밤늦게 돌아다니는 거야."

"이곳은 볼 게 뭐가 있어요?"

"조선의 교토라고 하는 평판이지. 신시가지는 살풍경하지만, 아마 구시가지 쪽에 좋은 건물 같은 게 있겠지. 홍 상이 오면 천천히 물어보지."

"예."

복도에는 한 하녀가 무언가 조선말을 섞어 말하고 있었다. 무언가 '치-바리'라든가 '좃소'라든가 자주 듣던 조선어에 일본어를 섞어 말했다. 그래도 상대는 알아듣는 듯, 네에 네에 대답했다. 그 상대라는 자는 사사키 군 같았다.

그때 오하나 상이 홍 상이 온 것을 알리러 왔다.

홍 상은 변함없이 프록코트를 입고 있었다.

"그제 찾아오셨다면서요?" 나는 인사했다.

"매일처럼 근처까지 오는 길에 들렀습니다."

"근처라고 하시면?"

"대의사代議士[83]로 변호사인 마쓰다松田 상의 사무실입니다. 여기에서 보이는 곳입니다." 홍 상은 정좌한 채 몸을 틀어 밖을 보았다. 대개 공터인 가운데, 한 지붕 아래 세 개의 칸막이로 나뉜 판잣집이 멀지 않은 곳에 세워져 있었다. "저 세 채 중의 한가운데 집입니다."

"에? 저 판잣집에 변호사 사무소가 있습니까?"

"그렇습니다"라고 말하고 홍 상은 웃었다.

"마쓰다는 저도 알고 있는 사람인데. 그러면 당신은 소송사건으로 이곳에 오셨습니까?"

"그렇습니다."

"그럼 바쁘시겠네요. 좀 한가하시면 다시 이곳의 안내를 부탁하려고 생각했습니다만."

"좋고말고요. 소송사건은 영 쉽사리 진척되지 않으니 언제라도 안내해 드리죠."

그리고 간단히 이시바시와 오후데의 소문 등을 이야기하고 어

---

83 대의사代議士 : 국회의원(중의원 의원의 속칭).

쨌든 오늘 오후 다섯 시 전부터 모란대로 안내하겠다고 말하고 홍 상은 돌아갔다. 돌아갈 때 다시 한 번 마쓰다 사무소에 들른다고 말했으므로, 아내와 둘이서 창가에서 내려다보니 과연 홍 상은 그 모습으로 세 칸 판잣집의 가운데 집의 문을 열고 들어갔다.

"마쓰다 상이라는 자는 마쓰다 하루코 상의 부친을 말하는가요?"

"그렇지."

"에? 이런 곳에서 변호사를 하고 있나요?"

"판잣집 사무소는 웃기는군."

"그럼 요즘은 따님 쪽이 더 유명하네요."

"그렇지. 그래도 자식 사랑이 끔찍한 남자니까. 저 판잣집에서 조선인을 상대로 돈을 벌고 있는 것을 딸에게 보여주고 싶군."

이런 이야기를 하면서 보는 둥 마는 둥 마쓰다 사무소 쪽을 보고 있었다. 이층이라고 해도 낮은 철격자 창이 하나 붙어 있을 뿐으로 그곳에는 발이 쳐져 있었다. 옆 집 이층에서는 철격자의 가운데에 화분 하나가 놓여 있고 웃통을 벗은 사람이 움직이는 것이 잘 보였으나, 마쓰다의 이층은 발이 쳐져 있기 때문에 단지 무언가 희미하게 보일 뿐이었다. 거리에는 햇빛의 위력이 점점 더해져 부채를 부치며 지나가는 흰옷의 조선인도 드물어졌다. 나는 마쓰다가 있는 이층의 더위를 상상했다.

마쓰야의 문 안에서 두 대의 인력거가 나왔다. 차부는 어제 우리를 끈 두 사람이었다. 사사키는 모자도 쓰지 않고 여전히 싱글벙글 하면서 염천 아래를 달려갔다. 안주인을 비롯하여 오케이, 오하나, 기타 하녀도 일제히 문 앞에 나와 배웅을 했다.

이윽고 내 방에 온 오케이에게 물어 보았다.

"지금 떠난 손님은 누군가?"

"앞의 분이 요시다吉田 공학박사이고, 뒤의 분이 후루카와광업古河鑛業[84]의 다카미네高峯 상입니다."

"뭐 하러 왔지?"

---

84 후루카와광업古河鑛業 : 1875～현재. 후루카와 이치베古河市兵衛, 1832~1902 창업. 지금의 후루카와 기계금속(주). 착암기 등 토목광산용 기계의 세계적 메이커. 후지전기, 후지쓰와 함께 후루카와 그룹의 중추 회사. 2005년 그룹은 지주회사 체제로 바뀌어 지주회사인 후루카와기계금속을 중심으로 자회사 46사, 관련회사 17사로 구성되었다.

"아무래도 이 근처 광산을 보러 오셨겠죠. 사오일 안에 다시 돌아올 것입니다."

"오, 무슨 광산? 구리인가, 쇠인가?"

"금광이라고 합니다."

그날 오후 건너편 방의 손님 둘 다 서쪽 해를 피해 복도 가까이 앉아 있다가, 내가 목례를 한 것이 인연이 되어 두세 마디 담화를 나누었다.

"꽤 오래 머물고 있습니까?"

"저희는 벌써 한 달 정도 머물고 있습니다." 목덜미에 살이 찐 남자가 대답했다. 멋진 팔자수염을 기른 마흔 가까운 손님이었다. 다른 키 작은 손님은 쉰 전후로 수염이 적었다. 그는 대답하지 않았다.

"평양은 꽤 덥군요."

"어제부터 더 심해졌습니다. 손님은 관광이십니까?"

"그렇습니다. 그냥 관광으로 왔습니다."

단지 이것만의 담화였으나 이것이 계기가 되어 홍 상이 올 때까지 다시 한 번 이야기를 할 기회가 있었다. 그때는 듬성한 수염의 작은 남자가 말을 많이 했다.

요시다 공학박사가 와 있다는 것이 화제가 되어 광산 이야기로 옮아가, 작은 남자는 이렇게 말했다.

"평안남도, 황해도, 강원도는 전 지역이 광산이라고 합디다. 이번에 요시다 상이 온 것도 황주 근방에 큰 금광이 있는 것을 총독부가 후루카와에게 맡길 생각인 듯합니다. 도저히 보통 사람은 감당할 수 없을 정도의 대규모라고 하니까요.”

“당신들도 광산에 관계하십니까?”

“아니요 …….” 작은 남자는 웃으며 부정했다.

“어쨌든 조선 정부 시대에는 외국에 금은 등이 유출되는 것을 막으려고 채굴을 금했다고 하니까요. 기요마사淸正나 유키나가行長가 밟은 땅 밑이 모두 금광이나 석탄광산이라니 재미있지 않습니까?” 살찐 남자가 쾌활하게 말하며 웃었다.

“산림 쪽도 철도에 연한 곳은 민둥산뿐입니다만, 십 리 정도 내지로 들어가면 곧 울창한 삼림이 나옵니다. 벌림 사업도 이제부터죠.” 작은 남자는 다시 말했다.

“조선이라고 하는 나라는 오래된 나라로 이미 완전히 황폐한 찌꺼기 같은 나라라고 생각했으나 한편 이런 방면은 전혀 손이 닿지 않았죠. 오래된 나라지만 새 나라라고도 할 수 있죠.” 나도 맞장구를 쳤다.

그리고 그날은 나도 아내도 낮잠을 자고 욕탕에 들어가 약간 시원해졌으므로 다시 힘을 솟아나는 것을 느끼고 있을 때, 홍 상이 예정 시간보다도 일찍 왔다. 건넛방의 두 손님도 우리와 동시에 낮잠을 잔 듯했으나, 지금은 두 사람 모두 깨서 이들도 시원한 기운을 얻어 서쪽 해를 피해 복도 가까이 진을 치고 말을 나누고 있었다. 이때 들어온 홍 상의 마른 얼굴이 어떤 일인지 더 눈에 띄게 수척하게 내 눈에 비쳤다. 그렇지만 그 빈틈없는 눈매와 자국 있는 입가는 여전히 사람의 주의를 끄는 듯, 건넛방 두 손님은 수상하게 쳐다보았다.

서둘러 저녁밥을 마치고 세 대의 인력거를 불렀다. 밖에 나와 보니 아직 해는 높았으나 그래도 어제 숙소에 도착한 시각보다는 약간 늦어 견디기 어려울 정도의 햇살은 아니었다.

인력거는 정거장과 반대편으로 달려갔다. 거의 한 달이나 비가 내리지 않았다고 하여, 돌이 깔리지 않은 이 근방의 길은 인력거 바퀴가 깊게 빠질 정도의 진흙이 바싹 말라 있었다. 세 대의 인력거는 그 자신의 모습을 감출 정도의 흙먼지를 피우며 달렸다.

한동안 일본가옥이 드문드문 서 있는 곳을 달린 후, 조선인 거리로 들어갔다. 아마 구시가지인 듯했다. 조선 거리는 경성에서 본 것처럼 지저분했지만, 이윽고 그 거리를 지나 다른 거리로 들어가자, 그곳은 경성에서 본 적이 없을 정도의 번화한 거리로, 지나는 사람들도 많았다.

31

번화한 거리에는 양쪽 다 상점이 처마를 나란히 하고, 각 점포의 안팎은 물론이고 거리의 중앙까지 사람들이 가득해 홍청거렸다. 특히 각자의 입에서 나오는 말이 의미는 모르지만 날카롭게 울려서, 과거 홍 상이 평안남북도는 장사壯士를 많이 배출했다고 한 말이 떠올랐다. 나를 태우고 선두를 나아가고 있는 일본인 차부가 그들에게 소리치며 길을 열 때, 담뱃대를 문 채로 힐끗 사람을 보는 남자의 눈은 왠지 무서웠다.

새끼를 짜서 만든 용기 안에 네다섯 종류의 쌀이 쌓여 있고, 그 안에는 다리를 벌리고 쭈그리고 앉아 긴 담뱃대를 물고 멍하니 사람들을 보는 남자가 있는가 하면, 밖의 낮은 문틀을 한 손으로 쳐 올리는 듯 대고, 또 한 손으로 담뱃대를 사람이라도 칠 듯한 모습으로 쥐고 있는 자도 있다. 쌀집의 옆에는 주막이 있어, 얼굴을 붉게 물들인 남자 서너 명이 거리를 보면서 흰 이를 드러내고 담소하고 있는가 하면, 그 옆에는 금은세공물 같은 가게가 있어 두 사람의 직공이 열심히 줄질을 하고 있고, 그곳에 비단 상의를 입은 양반 같은 남자가 가만히 그것을 보고 있었다. 그때, 내 차부가 "아부나잇조심해!" 하고 아이를 업은 여자를 일본어로 꾸짖듯이 말하며 세게 한쪽으로 밀어젖히자, 그녀는 비틀비틀 거의 쓰러지려고 하다가 간신히 자세를 바로 잡고 입속으로 투덜투덜 무언가 불평을 했으나 주위에 있는 많은 조선인은 아무 말도 하지 않았다. 나는 차부가 사나운 소리를 지르며 그들을 꾸짖을 때마다 왠지 마음이 불편했다. '한단邯鄲[85]의 도시'라든가, '한단의 소년'이라든가 하는 말이 머리를 왕래하고, 협기 있는 평양 사람들이 일단 무언가에 분노하여 우리를 포위한다면 잠시도 버티지 못하리라는 기분이 들어, 내 뒤에 따라오는 두 대의 인력거 소리도 믿음직스럽게도 들리고 불안스럽게도 들렸으나 일단 아무 일도 없이 나아갔다.

늘어선 상점을 보며 지나가다가, 급작스레 보면 놓칠지 모를 작은 가게였지만, 조선인 가게들 사이에 일본인 가게가 하나 문득 보였다. 깜빡할 사이에 인력거는 지나갔으므로 가게에 늘어놓고 파는 물건이 무엇이었는지는 거의 분별할 틈이 없었으나, 역시 조선인을 상대로 조선 잡화를 팔고 있는 듯했다. 만약 밖에 놀고 있는 아이가 일본 게다를 신고 일본 옷을 입고 있지 않았다면, 늘어선 다른 조선인 가게처럼 보여 그냥 지나쳤을지도 몰랐다. 이것과 아주 비슷한 광경은 경성에서도 때때로 보았으나, 그래도 이곳처럼 우리 외로 한 사람의 일본인도 없는 거리에 일본인 가게가 있는 것을 본 것은 이때가 처음이었다. 영양이 부족해 보이는 가족 세 명의 얼굴도 이 경우 왠지 미덥게 생각되어 계속 뒤돌아보았다.

잠시 가는 도중에 부부라고 생각되는 서양인이 당나귀 정도의 작은 조선 말을 타고 우리를 추월해 갔다. 그 남자의 얼굴도 여자의 얼굴도 잠깐 본 눈에는 천박하게 보이고 옷차림도 초라하게 보

85　한단邯鄲 : 중국 하북성 남부의 도시. 전국 시대 조趙나라의 도읍으로 교통의 요충지이다. 한단지보邯鄲之步 : 어느 소년이 한단에 가서 걸음걸이를 배우려고 노력했으나 배우지 못하고 자신의 걸음걸이도 잊어버렸다는 고사.

였다. 그렇지만 우리 세 대의 인력거조차 돋보이는 이 거리에, 이방인 부부의 말 탄 모습은 시장 사람들의 눈을 번쩍 뜨이게 했다.

이곳은 길게 뻗은 거리였으나 그것이 다 끝나면 다시 쓸쓸한 거리가 되어 이윽고 눈앞에는 하나의 구릉이 나타났다. 구릉은 왼쪽으로 낮고 길게 뻗고, 오른쪽으로는 약간 높이 널따랗게 펼쳐져 있었다. 차부는 가파른 비탈길을 힘차게 이백여 미터나 달려 올라가서, 이윽고 그곳에 손잡이를 내렸다.

"이것이 벌써 모란대인가요?" 나는 물었다.

"그렇습니다. 모란대의 일부입니다." 홍 상은 대답하고 앞장섰다. 아내의 비단 양산은 빛나는 햇빛을 반사하면서 나무가 없는 붉은 흙의 산길을 올라갔다.

우리는 단지 완만한 언덕을 올라가고 있다고 생각하는 동안, 한쪽이 몇 십 자나 되는 높이의 절벽으로 되어 있어 그 위에 서면 일망수리—一望數里 펼쳐진 평야를 바라볼 수가 있었다. 홍 상은 그 절벽 위에서 내려다보면서,

"이것을 보십시오. 생각 없는 인간들 때문에 참 골치 아픕니다. 곳곳에 남겨져 있듯 이곳은 전부가 성벽으로 훌륭한 돌담이 있던 것을 서양인과 일본인과 양반 등이 그 돌 하나를 1전이나 2전에 사니까, '지게'들은 모두 다투어 이 돌을 훔쳤습니다. 난공불락이라고 불린 성터도 돌담도 부서졌기 때문에 결국 자취도 볼 수 없

게 되어 버렸습니다" 하고 분연히 탄식하듯 말했다.

햇살의 힘이 약해지자, 더위가 물러나는 것도 황급하게 빠르다. 자못 옛 전장戰場 같은 주위의 경치를 나는 주의 깊게 보면서 절벽 위를 걸어서 점차 넓어지는 언덕 쪽으로 갔다.

문득 보니, 가는 길의 저쪽 허물어진 돌담 위에 하오리를 입은 일본인 한 사람이 저녁 해를 손으로 가리면서 이쪽을 보고 있었다. 우리는 인력거를 언덕 기슭에 놓고 이곳에 올 때까지의 수백 미터 동안 일본인은 물론 조선인도 만나지 못했다. ―단지 절벽 밑의 평야 일부분에 모범농장이 있어 그곳을 출입하는 일본인과 조선인을 작게 내려 봤을 뿐이다. ―그곳에서 돌연 이 일본인을 본 것은 텅 빈 골짜기의 반가운 발소리와 같았다. 그리고 다가가 보니 그는 홍 상의 지인이었다.

"양반 같은 걸음을 하는 게 자네 같다고 생각했네." 그 사람은 무거운 입을 열고 홍 상의 마르고 차가운 듯한 손을 잡았다.

"어째서 자네는 이 근처를 돌아다니고 있는가." 홍 상도 손을 잡으면서 친근하게 물었다.

홍 상은 한두 마디 그 사람과 말을 나눈 끝에,

"마침 적당한 사람을 만났습니다" 하며 그 사람을 우리 부부에게 소개했다. 그는 『조선신문』의 평양지국장이었다. "오우치大內 군은 전쟁통이니까 저보다도 적임자입니다. 자네 잘하는 설명을 하나 해 주게." 홍 상은 반농담식으로 말했다. 지국장은 입가에 미소를 띠울 뿐 분명한 대답을 삼가고 앞장섰다.

홍 상과 지국장은 무언가 대화하면서 성벽 터를 따라 걸었다. 그 이야기는 주로 이곳의 민단장 선거에 관한 소문인 듯했다. 나는 아내와 함께 잠자코 그 뒤를 따르면서 비로소 옛 전장을 찾은 나와, 이곳에서 민단장 선거담을 하는 그들 두 명의 차이를 생각했다.

잠시 갔을 때 지국장은 멈춰 서서 오른손으로 이 근처에 드문 하나의 밀림을 가리키고,

"저것이 기자릉箕子陵입니다"라고 말했다.

무너진 성벽에 약간 구태를 남기고 있다고 생각되는 곳으로 나오니 하나의 성문이 솟아 있었다. 지붕의 기와는 군데군데 파손되어 기둥 등의 목재에는 벌집처럼 구멍이 뚫려 있었다.

"이것이 모두 탄흔입니다." 지국장은 다시 설명하고 직접 탄흔의 하나를 만져 보았다. 지국장이 굵고 짧은 손가락을 집어넣어도 남음이 있을 정도의 큰 구멍이었다. 우리는 성문 위를 돌담에서 돌담으로 통과하고 있었는데, 이 성문의 아래에 이르러 돌담의 가운데에 아치형으로 구멍이 있고, 그곳을 두 사람의 한인이 무언가를 등에 지고 지나갔다. 지나간 후 성문을 돌아보니 '칠성문七星門'이라는 현판이 걸려 있었다.

"어떤 식으로 청병淸兵은 공격해 왔습니까?" 나는 근처의 지형을 바라보면서 물어 보았으나 지국장은 그것에는 대답하지 않고 계속 척척 앞으로 나갔다. 아까 멀리서 바라본 기자릉은 곧 발아

래에 보이게 되어, 노송이 가득한 가운데 꽤 큰 전당이 보일 듯 말 듯했다. 홍 상은 일체의 설명을 남에게 맡기고 자신은 모르는 사람처럼 마르고 긴 몸을 수직으로 세우고 약간 우리 열을 벗어나 터벅터벅 걸었다. 갑자기 더위가 사라진 저녁 무렵의 해는 쓸쓸하게 그의 옆얼굴을 비치고, 항상 그리 심하게는 보이지 않는 패인 볼이 광선의 상태로 현저하게 눈에 띄었다. 아내 또한 비단 양산으로 저녁 해를 피하며 묵묵히 나를 따라 왔다.

지국장은 다시 하나의 누문樓門이 보이는, 지금까지 온 언덕 중에서 가장 높다고 생각되는 곳에 와서 멈춰 섰다. 나도 아내도 홍상도 역시 멈춰 서서 그의 주위에 섰다. 세 명의 눈은 지국장이 입을 열기 전에 먼저 가리킨 하나의 방향으로 향했다.

"다치미 지대立見枝隊는 이 방면에서 왔습니다. 그렇습니다. 저 작은 산을 넘어, 그리고 이쪽으로 이어진 저 좁은 길을 돌격해 왔습니다. 하라다 주키치原田重吉의 현무문玄武門[86]이라는 것은 바로 이 아래입니다만, 이미 다치미 지대가 이 성벽에 육박한 때에는, 청병도 이미 다른 각지대의 습격을 견디지 못해 퇴각하기 시작했다고 합니다. 그래서 청병은 저 길로 도망갔습니다. 저기, 저 멀리까지 이어진 저 일직선의 길입니다. 그것을 저 양쪽 산에 숨어 있

---

86 하라다 주키치의 현무문 : 일등병 하라다는 현무문에 폭약을 설치한 후에 돌아오지 않고 갑자기 용기백배하여 혼자 청군 진영에 뛰어들어 용맹을 떨쳤다. 훈장도 받으며 유명해진 그는 제대 후에 연예인이 되었으나 술과 색에 빠져 쇠락했다고 한다.

던 일본군이 내습했으니 어쩔 도리가 없죠. 그 유명한 백마대白馬 隊[87]는 이곳에서 거의 전멸해 버렸으므로 말의 사체만으로 길을 메워서, 멀리서 보면 마치 흰 모포를 깐 것 같았다고 합니다"라고 말하고 지국장은 유쾌한 듯이 웃었다. 눈앞에 널리 펼쳐진 경치 는 마치 파노라마를 보는 것 같아, 단지 그곳과 이곳에 백마대나 다치미 지대가 그려져 있지 않을 뿐의 차이였다. 백마대가 전멸 했다고 하는 일직선의 긴 길에는 시야가 미치는 한, 사람 모습 하 나 찾아볼 수 없었다.

"실로 멋진 옛 전장입니다."

과거 세키가하라[88]나 오케하자마[89] 등이 생각 외로 소규모였던 것에 실망한 적이 있는 나는, 이 웅대한 광경에 압도되어 불현듯 감탄했다.

"저도 그렇게 생각합니다. 옛 전장이라 해도 실제 가 보면 실망 하는 수가 많습니다만, 여기는 정말로 옛 전장 같은 기분이 드는 곳입니다." 지금까지 잠자코 있던 홍 상도 입을 열었다.

"홍 상은 서양의 옛 전장도 많이 봤겠죠?"

87　백마대 : 청군의 친위 기병대.
88　세키가하라關ヶ原 : 기후현 후와군 위치. 1600년 10월 21일. 도쿠가와 이에야스의 동 군과 도요토미 히데요시 가신파의 서군이 전투를 벌인 곳. 동군의 승리로 도쿠가와 이에야스의 패권이 결정.
89　오케하자마桶狹間 : 지금의 나고야시와 도요아카시에 걸친 지역. 1560년 오다 노부 나가가 소수의 군대로 이마가와를 퇴각시킨 유명한 싸움터.

"많이 보지 않았으나, 워털루 등은 좀 보러 갔습니다. 시시한 곳입니다."

홍 상은 아무렇지도 않게 말했다.

"그리고 저것이 모란대입니다."

지국장은 전면에 우뚝 솟은 삼각형의 봉우리를 가리켰다.

"그럼 이 근처는 모란대 안에 포함되지 않습니까?"

나는 내가 서 있는 지점을 돌아보면서 물었다.

"그렇습니다. 이 근처는 을밀대乙密臺라고 합니다. 저기까지 가서 보죠."

지국장은 다시 앞장서서 갔다. 아까의 장소에서 사오십 미터 나아가 하나의 누문에 이르러 그곳에 서자, 북서의 전망은 약간 부족한 대신에 동방의 전경은 새롭게 눈앞에 펼쳐졌다. 누문의 탄흔은 칠성문에 비해 훨씬 심하여 지붕의 용마루 등도 참혹하게 붕괴되어 있었다.

"저 강은?" 나는 비로소 전면에 전개된 넓은 강을 보고 놀라서 물었다.

"저것은 대동강입니다." 지국장은 대답했다.

"어머나, 정말 좋은 경치이네요."

아내는 양산을 접어 지팡이로 짚고 탄흔 투성이인 누문의 기둥에 한손을 대고 거의 발아래를 흐르는 것 같은 폭 넓은 강을 내려다보았다. 저녁 해는 이미 희미한 밝은 색을 띠고 있을 뿐, 더위는 완전히 자취가 끊어지고 바람은 을밀대 위의 네 명에게 불어왔다.

"절경이군요."

나는 이미 옛 전장이라는 것은 잊어버리고 하늘이 만든 자연의 명승지로서 이 강과 이 구릉을 함께 생각했다.

"저 건물은 뭐죠?"

아내는 모란대 아래의 나무 사이로 언뜻언뜻 보이는 오래된 건물을 가리켰다.

"저것은 영명사永明寺라고 하는 오래된 절로, 저 대동강을 면한 곳에서 약간 떨어진 하나의 건물은 부벽루浮碧樓라고 하여 문인 묵객이 자주 놀러 오는 곳입니다. 저곳으로 내려가 보시죠."

지국장은 다시 앞장섰다. 홍 상은 다시 침묵으로 돌아가 우리와 함께 걸어갈 뿐이었다. 그곳을 터벅터벅 내려가자 돌담 안에 또 하나의 아치형 통로가 있었다.

"이것이 바로 현무문입니다. 작은 문입니다." 지국장은 말하며 웃었다.

"어머, 그 유명한 현무문이라는 게 바로 이것인가요?" 하고 아내는 양산을 들어 높이를 재려고 했다. 양산 꼭지는 아치형 천정에 바로 닿았다. 나는 청일전쟁 당시, 가부키좌歌舞伎座[90]에서 선대 기쿠고로菊五郎[91]가 하라다 주키치를 연기했던 것이 생각났다. 그

---

90 가부키좌歌舞伎座 : 1889년 도쿄 긴자에 개관한 가부키 전용 극장.
91 기쿠고로菊五郎 : 오노에 기쿠고로尾上菊五郎. 가부키 배우. 초대는 1717~1883년.

때, 줄 서 있는 많은 군인들 중에서 한 사람이 뚜벅뚜벅 대장의 앞으로 나아가 "중대장님 제가 맹세코 이 문을 열겠습니다. 제 한 몸은 돌아볼 것이 없습니다. 원래부터 국가에 바친 몸이오니"라고 말하는 사람이 있었으니 그것이 기쿠고로가 분장한 하라다 주키치였으므로, 관객은 극장이 무너질 정도로 박수갈채를 보냈다. 그것은 잊을 수도 없는 아내와의 결혼 당시의 일로, 아내도 올린 머리를 하고 함께 객석에 앉아 있었으나 콩을 볶는 듯한 소총 소리가 울려 아내는 "어머, 무서워요" 하고 은근히 내게 기댔던 적도 있다. 그때 무대의 아래쪽에 하세가와 대도구[92]가 만든 현무문은 이런 작은 문은 아니었다. 나는 이렇게 우연히도 당시의 일을 회상하고 그 시큼하게 난숙한 향기가 나는 연극 속의 공기를 마음에 그리고 있자, 아내는,

"대단한 낙서네요" 하고 주위를 돌아보았다. 대개는 내지인의 서툰 글자로 천정에도 양측에도 거의 빈 곳이 없을 정도로 각각의 이름이 쓰여 있어, 그중에는 대의사의 이름도 있고, '천하무적 히비노 라이후日比野雷風'[93]인 듯한 글자도 보였다.

현무문을 지나서 한동안 천천히 비탈길을 내려오자 모란대 뒤로 을밀대를 오른쪽으로 올려다 본 곳에 하나의 넓은 평지가 나왔

2014년 현재는 7대(1942~)이고 본서에서는 5대(1844~1903)로 추정.

92 하세가와 대도구 : 가부키 무대 장치를 전문으로 하는 초대 하세가와 간베長谷川勘兵衛, ?~1659 이래 현재 17대.

93 히비노 라이후日比野雷風, 1864~1926 : 검객. 신도류神刀流의 창시자.

다. 그곳에 아까 을밀대에서 내려다 본 영명사나 부벽루 등의 건물이 있었다.

부벽루浮碧樓라고 하는 이름은 절벽 몇 길丈 위에 대동강의 푸른 물碧水을 밟고 떠 있는 것처럼 서 있다고 하는 의미일 것이다. 누상에는 부벽루라고 하는 큰 글자의 현판과 그 경승을 설명한 한문 현판이 걸려 있는데, 갑자기 현판 뒤에서 큰 박쥐 한 마리가 튀어나와 사람을 놀라게 한 후에 무언가 작은 것을 땅에 떨어뜨리고 날개를 치며 날아갔다.

"주의하시지 않으면 빈대가 달라붙습니다"라고 말하고 지국장은 미소 지었다.

"박쥐에 빈대가 있나요?"

"있고말고요. 이 부벽루에는 아까도 말한 대로 한인이 자주 주연을 벌이므로 남은 안주를 먹는 박쥐에게 자연히 빈대가 옮은 것 같습니다."

아내는 한인이라고 하는 말을 들을 때마다 안타깝다는 듯이 홍 상을 보았다. 홍 상은 모르는 체를 하며 대동강을 내려다보고 있었다.

"어머, 저곳에 큰 섬이 있네요."

아내는 홍 상에게 다가가서 함께 대동강을 내려다보았다.

"그렇습니다. 저것이 능라도綾羅島라고 하는 유명한 모래톱입니다. 옛날에 이 강 몇 리 위에 있었던 것이, 집도 밭도 그대로 한

밤중에 이곳으로 떠내려 왔다고 하는 전설이 있습니다"라고 홍 상은 대답했다. 집이라는 것은 셀 수 있을 정도밖에 없고, 전체적으로 평탄한 밭이 보였으나 그것들은 자못 땅과 함께 강 상류에서 떠내려 왔다는 말에 어울리게 조용한 태고의 정취를 갖추고 있었다. 대동강 물은 이곳에서 잘 보이지 않는 상류에서 둘로 나뉘어 능라도를 감싸고 흐르고 다시 수백 미터 아래에서 합류하여 부옇게 보이는 저 남쪽으로 유유히 내려가는 것이 보였다. 이쪽의 둔덕이 깎은 듯한 절벽을 이루고 있는 것에 비해 강 건너 저쪽의 둔덕은 능라도와 같은 높이의 평지가 몇 리나 이어져 변화무쌍한 강산의 조용하고 긴 산기슭은 멀리 보이는 낮은 일대의 산맥까지 뻗어가고 있었다.

"왠지 이곳은 묘한 냄새가 나네요" 하고 아내는 돌로 쌓여진 누위를 돌아보았다. 나도 아까부터 그 냄새를 맡고 있었으나 단지 경치에 눈을 빼앗기고 있어 그것을 말할 틈을 찾을 수 없었다.

"그렇군. 뭔가 냄새가 나는군." 나도 비로소 근처를 돌아봤다.

"흘린 술 냄새입니다." 홍 상이 기다리지 못하고 돌연 옆에서 말했다. 보니까 홍 상의 얼굴에는 동경의 빛이 움직였다. 가부키좌의 객석 돗자리에 스며든 술 냄새를 동경하는 나는, 홍 상의 이 기분에 곧바로 동감할 수 있었다. 그렇지만 코에 익숙지 않은 이 냄새는 아무리 생각해도 역시 불쾌한 냄새였다. 한 마리 박쥐가 이번에는 부벽루의 천정에서 튀어 나와 대동강 위를 건너 멀리 능라도 위로 날아갔다. 세 명은 잠자코 그 행방을 지켜보았다.

"좀 쉬시지 않겠습니까?" 뒤에서 지국장이 불렀다.

"앉으시죠" 하고 이어서 여자의 소리가 들렸다. 보니까 이곳에서 수십 미터 떨어진 곳에 하나의 노상 찻집이 있어, 그곳에 지국장은 이미 앉아 있었다. 세 명은 그곳으로 발을 옮겼다.

판자 지붕의 작은 가게에는 맥주, 사이다, 정종, 통조림 등이 진열되어 있고, 그 앞의 갈대발 천정에는 청홍의 수건 같은 것이 걸려 있었다. 어디를 보아도 일본에서 볼 수 없는 웅대한 강산 속에, 살짝 일본풍의 찻집이 나타난 것도 흥미롭게 생각되었으나, 게다가 우리를 맞이한 서른 살 정도 여자의 아름답고 세련된 점도 또한 눈길을 끌었다.

"여기 편히 앉으시죠" 하고 여자는 다시 애교 있게 허리를 굽혔다. 늦게 지는 여름 해를 어느새 붓으로 한 번 덧칠한 듯한 석양 속에서, 하얀 치아가 살짝 보이는 얼굴은 매우 돋보였다.

지국장은 찻집의 안주인과는 오랫동안 잘 아는 사이인 듯 뭔가 세상 이야기 같은 것을 하면서 우리에게 맥주를 권했다.

"당신은 언제부터 이곳에 가게를 냈습니까?" 하고 나는 끼어들었다. 여자는 그늘 없는 맑은 눈으로 나를 바라보고,

"햇수로 사 년이 되네요."

"겨울에도 이곳에 있습니까?" 하고 그 순수한 일본풍의 판잣집

에 온돌 같은 것도 보이지 않은 집의 겨울 추위를 염려했다.

"그렇습니다. 첫해 겨울은 견딜 수 없이 추웠지만, 이듬해부터는 그리 춥게 느껴지지 않았습니다."

"대동강도 얼어버린다고 하니 이곳도 얼어 버리겠죠?"

"네, 땅 밑 서너 자까지 얼어 버립니다."

"그때는 손님도 별로 없겠죠?"

"간간이 있을 정도입니다만, 한겨울에는 아무래도 쉽니다."

"이 근처에는 집 같은 것도 보이지 않는데, 밤에는 꽤 외롭겠네요."

"그것도 익숙해져서 아무렇지도 않습니다."

"도둑은 안 들어옵니까?"

"재작년 겨울에 한 번 왔을 뿐입니다. 그것도 도둑이라고 할 정도도 아니었습니다만 ……"라고 말하고 여자는, 판잣집 안에 앉아 무언가를 하고 있는 안경을 쓴 수염 더부룩한 남자를 뒤돌아보고 웃었다. 아름다운 하얀 치아가 반짝 비쳤다.

"에? 그것은 아직 듣지 못했는데, 그런 일이 있었던가?" 하고 지국장도 열심히 여자의 얼굴을 보았다. 아내도 홍 상도 여자의 얼굴을 주시했지만 여자는 그대로 입을 닫고 말하지 않았다.

"어떤 도둑이었습니까? 물론 조선인이겠죠?"

"그랬습니다." 여자는 할 수 없다는 듯이 대답했다.

"몇 명이었습니까?"

"세 명이었습니다. 또 한 사람 있던 것 같기도 했습니다만 제 눈

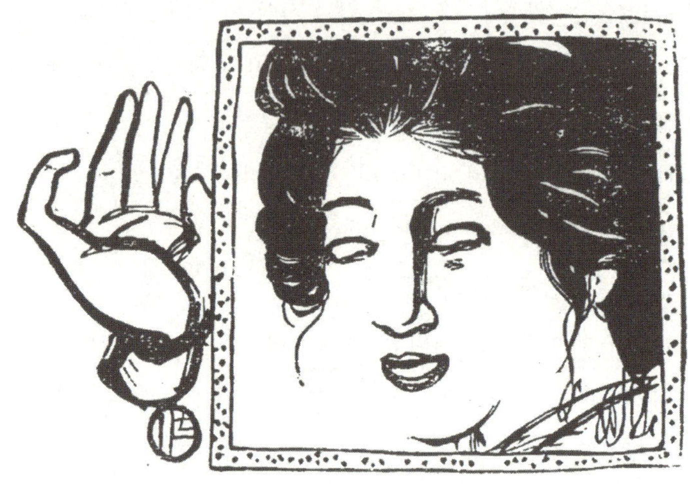

에 들어온 것은 세 명이었습니다.”

“그런데 어디 다치지 않았습니까?”

“대단한 부상은 없었습니다만, 그때 이빨에 물려서 ……”라고 말하면서 그녀는 오른손의 새끼손가락을 보여 주었다. 그것은 관절 쪽이 굽은 채로 굳어져, 이 맑은 눈과 하얀 치아의 여자에게는 어울리지 않은 추한 모습이었다.

“어머나” 하고 지금까지 잠자코 있던 아내는 놀란 듯이 소리를 질렀다. 석양은 다시 짙어져서 왠지 사방이 쓸쓸하게 보였다. 그렇지만 눈앞에 전개된 대동강 수면 위에는 아직 밝은 여름 석양이 길게 뻗치고 있었다.

여기까지 이야기를 한 여자는 이제 그냥 입을 다물고 있을 수는 없다고 체념한 듯, 이윽고 다음과 같이 자초지종을 이야기했다.

"제가 알아차린 것은 이미 남편이 한 도둑에게 깔려 있던 때입니다만, 아무래도 그때까지 남편과 도둑은 한참 싸운 듯했습니다"라고 말하고 다시 판잣집 쪽을 돌아보았으나 수염 주인장은 아내의 이야기는 들리지 않는 듯, 모르는 체 고개를 숙이고 처음부터의 일을 계속하고 있었다. "어쨌든 도둑은 많았고 남편은 혼자였으니까……. 그러니까 남편이 문득 눈을 떠 보니 도둑 한 명이 서 있어서, 남편은 갑자기 튀어 일어나 그 도둑을 쓰러뜨렸으나 뒤에서 다른 도둑이 달라붙어 그 도둑과 엎치락뒤치락 하고 있을 때, 아까의 도둑도 일어나서 함께 덤비니 결국 밑에 깔려버렸습니다. 제가 눈을 뜬 것은 그때였습니다. 램프가 꺼져서 캄캄했기 때문에 남편이 어떻게 되었는지, 도둑이 몇 명인지도 모르고 단지 문득 보니 입구에 큰 남자가 서 있는 것이 어렴풋이 보여서 근처에 있던 통조림을 들고 던지니까 그 남자는 후다닥 도망가 버렸습니다. 그때, 어디선가 신음소리가 들리기에 비로소 알아차리고 말을 거니 남편이 대답을 했습니다. 위에요? 아래에요? 물으니, 아래라고 합디다. 그래서 저는 정신없이 위에 있는 도둑에게 뒤에서 달라붙었는데, 그때 이 손가락을 물렸습니다. 그러자 또 한 명의 도둑이 저를 벽으로 밀치고는, 아마 그쪽도 두려웠겠지요, 둘다 함께 밖으로 뛰쳐나갔습니다. 램프를 켜서 보니 남편은 얼굴이랑 손이 피투성이겠지요. 도둑은 칼을 갖고 있었습니다. 그리고 나도 알고 보니 이 새끼손가락을 물렸습니다" 하고 말을 끝내고 과연 그때의 일이 생각난 듯 호흡을 가쁘게 했다.

"그것 참, 큰일을 당했군요. 그래서 남편 부상은 어떻게 되었나요? 심한 부상은 없었나요?"

"열흘 정도에 다 나았습니다. 처음에 도둑이 한 명인지 여럿인지 그것을 알지 못하고 한 사람을 쓰러뜨린 것이 잘못이었다, 처음부터 세 명인 줄 알았다면 다른 방법은 있었다고 하며 남편은 분하게 생각했지만, 크게 다치지 않은 것이 다행이라고 생각합니다"라고 여자는 다시 판잣집 쪽을 돌아봤다.

"오늘 처음 들었는데, 위험했군요." 지국장도 판잣집 쪽을 향해 말을 걸었다.

"뭘요" 하고 남자는 내키지 않은 얼굴을 들고 안경을 반짝였으나, 수염에 감춰진 입에 미소를 띠우고 다시 머리를 숙이고 일에 몰두했다. 수염이 멋진 것에 비해 코가 낮고 이마가 좁아 풍채가 좋다고는 할 수 없는 얼굴이었다.

"그 후로는 그런 일은 없었나요?"

"한 번 와 보고 아무것도 가져갈 것이 없는 걸 보고 그쪽도 놀랐겠지요. 그 후로는 한 번도 오지 않았습니다" 하고 여자는 환하게 웃었다.

아내는 이 이야기에 깊이 감동한 듯,

"이곳에 찻집을 내는 것을 잘도 생각하셨네요."

"남편이 이런 곳을 좋아해서요. 게다가 고향을 떠날 때 어떤 고생이라도 각오하고 왔으니까요."

"고향은 어디신데요?"

"오이타 현입니다."

"자식은 있으신지요?"

"없습니다."

"참, 그러면 더욱 외로우시겠네요" 하고 절절히 동정하듯이 말했으나, "그래도 이렇게 좋은 경치를 당신들이 점령하고 계시는 것 같군요" 하고 다시 위로의 표정으로 말했다. 석양의 하늘에 검게 솟아 있는 모란대의 꼭대기에서 하얀 옷을 입은 한인 한 사람이 이쪽을 향해서 내려오고 있었다. 홍 상은 우리의 대화에는 관계없는 사람처럼 모란대를 올려다보거나 대동강을 내려다보거나 하면서 그 비참한 입을 굳게 다물고 있었다.

여자가 저쪽으로 갔을 때, 나는 지국장에게 물었다.

"저 여자 이름은 뭐라 합니까?"

"실은 아직 이름을 들은 적이 없습니다. 모란대의 찻집 여자로 통하고 있으니까요" 하고 지국장은 미소 지으면서 대답하고 다시 이쪽으로 온 여자에게 "당신 이름이 뭐라고 했죠?"

"마키牧라고 합니다." 여자는 웃으면서 주저 없이 대답했다.

"오마키 찻집인가." 나는 이 이름을 명심하려는 듯이 입속으로 되뇌었다.

32

한 척의 배는 지금 네 명을 태우고 대동강을 내려가고 있다. 사공은 머리를 짧게 깎은 젊은 조선인이었으나 일본인과 조금도 다르지 않는 말투로 일본말로 말했다.

"지금은 밀물 때인 것 같군요." 지국장은 말했다.

"그렇습니다." 사공은 대답했다.

"밀물이라고 하면?" 나는 의아하다는 듯이 물었다. "바다가 그렇게 가깝습니까?"

"바다까지는 칠팔 리 떨어져 있습니다만 이 근처까지 조류의 만간滿干이 영향을 미칩니다"라고 지국장은 대답했다. 밀물을 거슬러 노를 저어 내려가는 배의 속도가 느린 것 또한 하나의 정취였다.

배가 능라도를 떠나려고 할 무렵, 저녁때를 알리는 종이 수면 위로 울려 퍼졌다. 돌아보니 을밀대와 모란대의 두 봉우리는 어스름한 하늘에 솟아 있어, 그 양 기슭으로 물결이 합해진 곳에 대지에 묻힐 듯이 오래된 지붕이 보이는 곳이 영명사, 그곳에서 떨어져서 대동강에 면한 높은 절벽 위에 석양 속에 떠 있듯 솟아 있는 것은 부벽루였다.

"우리가 쉬었던 찻집은?" 하고 아내는 어딜까 하며 바라보았다.

'오마키의 찻집이던가' 하고 나는 속으로 되뇌었다.

"아아, 저기 보이네요" 하고 아내는 가리켰다. 부벽루의 왼쪽에,

모두 웅대하고 창고蒼古한 검은 색 가운데, 하얗게 살짝 눈에 비치는 것이 분명 그것이 틀림없었다. 단지 경치로서 보기에는 어쩌면 그것은 눈에 거슬리겠지만, 그 안에는 도둑과 격투한 명모호치明眸皓齒[94]의 한 여자가 있어, 무인도에 국기를 세운 사람처럼 쓸쓸하게, 이겨서 의기양양한 모습을 생각하면 정말로 버리기 어려운 풍경이었다.

저녁 종이 울려 퍼지는 강의 폭은 내려감에 따라 넓어졌다. 그리고 언제부터인지 하얀 안개가 멀리서 우리의 앞길을 가로막았다.

"저 배는 무엇을 하고 있는 것입니까?" 하고 의관속대의 사람이 오미와お三輪[95]가 들고 있는 듯한 줄패를 들고 줄을 물속에 내리고 있는 것을 보고 물었다.

"낚시를 하고 있는 것입니다" 하고 홍 상은 입을 열었다.

"그럴 것이라고 생각했지만 자못 유장한 사람이군요. 설마 어부는 아니겠지요?"

"그렇습니다. 저들은 취미로 하고 있는 것입니다만, 때로는 어부도 있습니다."

우리 배는 낚싯배의 옆을 지나갔다. 낚시꾼은 긴 소매를 걷지도 않고 조용히 낚시줄패를 들고 있었다. 고기가 그의 바늘을 물었을 때 그는 어떻게 낚시줄패를 다룰 것인지 보고 싶었으나 무익

---

94 명모호치明眸皓齒 : 맑은 눈과 흰 치아.
95 오미와お三輪 : 가부키 〈이모세야마온나테이킨妹背山婦女庭訓〉의 등장인물.

했다. 줄은 조용히 강 속에 내려져 있을 뿐으로 강 밑의 고기는 그를 놀래키려고도 하지 않았다.

그런 배는 그밖에도 몇 척 있었으나, 의관속대의 사람을 태우고 있는 것은 모두 아까의 배와 다름이 없었다. 대동강의 넓은 물은 마치 대나무 이파리를 띄우고 있는 듯 가볍게 이 배들을 강 가운데에 띄우고 있었다.

오른쪽 둔덕은 을밀대에서 이어지는 폐허의 성벽이 계속 강을 따라 내려가, 그 밑에는 절벽을 이루고 그곳의 암벽에 다양한 글자가 새겨져 있었다. 그중에 한층 눈에 띄게 큰 글자는 '옥류병玉流屏'의 세 글자로, 그곳에는 우리가 탄 배와 비슷한 작은 배가 두세 척 연결되어 양반 같은 이들이 네다섯 명씩 타서 고성으로 노래를 부르고 있었다. 모두 얼굴이 불그스레하여, 우리가 보자 한층 더 소리를 높여 불렀다.

"저 노래는 무슨 노래입니까?" 나는 홍 상에게 물었다.

"이런 의미의 노래입니다." 홍 상은 통역해 주었다.

상

신령님께 기도하고 장사하러 갔네.

중

작은 항아리가 점점 커졌네.

하

이것은 신령님 덕분이겠지.

노를 저으면서 잠자코 홍 상의 통역을 듣고 있던 사공은 이때, "하하하하" 웃고 "욕심쟁이 노래군" 하고 마치 자기 나라의 노래를 경멸하는 어조로 말했다. 그 어조는 홍 상의 일본어보다 훌륭했다.

앞쪽의 하얀 안개는 점점 짙어지는데다가, 오른쪽 둔덕에 가깝게 따라 내려가는 우리 배에서는 왼쪽 둔덕 쪽을 보아도 엷은 안개가 끼어 있고 그렇지 않아도 넓은 강 너비는 두 배는 넓어지며 전도는 망막하여 대해원大海原처럼 보였다.

오른쪽 높은 둔덕은 성벽과 함께 조금씩 낮아지고 그 위에 드문드문 조선인 가옥이 보였다. 그리고 흰옷의 조선 부인은 둔덕의 좁은 길을 내려가 물가에 쭈그리고 앉아 빨래를 하고 있었다. 옷을 돌 위에 놓고 방망이를 든 오른손으로 그것을 두들기는 소리가 선명하게 들려왔다. 점점 인가가 늘어남에 따라 부인들의 숫자 또한 늘어나, 어느 곳에는 열네다섯 명이나 열을 지어 일제히 옷을 두들기고 있었다.

"저 안개 속에 보이는 높은 건물은 무엇입니까?" 하고 나는 가슴을 두근거리며 물었다. 마치 신기루를 보는 듯한 오래된 단청의 높은 누각이 안개 속에서 나타나기 시작했다.

"저기 보이는 두 개 중에, 높은 쪽이 대동문大同門, 낮은 쪽이 연광정練光亭입니다. 옛날 고니시 유키나가가 명나라 장군 이여송과 강화를 한 것이 저 연광정이었다고 하는 전설이 있습니다"라고 말하고 지국장은 미소를 띠웠다.

오른쪽 둔덕의 인가는 점차 늘어날 뿐 아니라, 어느 새 성벽은 사라지고 강가에 너른 평지가 띠처럼 생긴 그곳에는 많은 화물이 산처럼 쌓여 있고, 일선日船이나 한선韓船, 중국 범선 등이 안개 속에 많이 있었다.

"러일전쟁 당시에 성벽을 무너뜨리고 둔덕을 메워서 화물을 육지에 올리기 쉽게 했던 것입니다. 보세요, 이 근처의 건물은 모두 훌륭하죠? 한인 중에 이삼십만의 재산이 있는 상인도 많이 있습니다" 하고 지국장은 설명했다. 과연 큰 건물이 즐비하여 강가를 왕래하는 사람도 활기가 있고, 사공 등이 짐을 싣고 내리는 작업의 장단 소리도 씩씩하다. 오늘 인력거에서 본 '한단의 도시' 도 생각나고 이 고도가 번영하고 있는 모습이 내 일처럼 믿음직스러웠다.

"평양은 경치가 좋은 점이 교토와 비슷하다는 말을 들은 적이 있는데, 이 대동강을 가져 상업이 흥성한 것을 보니 오히려 오사카라고 하는 편이 적당할 듯하군요. 즉, 교토와 오사카를 합친 후에 다시 그 규모를 확장했다고 봐야 하군요" 하고 나는 격찬했다.

"그렇습니다." 지국장은 찬성했다. 홍 상은 입 끝에 큰 주름을 짓고 차가운 미소를 띠우고 있었다.

"어디에 댈까요?" 하고 흥미가 없는 듯 묵묵히 우리 이야기를 듣고 있던 사공은 돌연 이렇게 물었다.

"세관 옆에." 지국장은 대답했다.

"예, 알겠습니다." 사공은 다시 씩씩하게 젓기 시작했다. 그 말투가 아무래도 순수한 일본인으로 밖에 생각되지 않았다. 단지 일본 사공이라면 심심한 나머지 콧노래라도 부를 것이라고 생각되는 상황에, 이 사공은 입을 다물고 젓기만 했다.

"자네는 일본에 산 적이 있는가?"

"예, 후쿠오카, 히로시마, 다카마쓰에 산 적이 있습니다. 도쿄에도 한 달 정도 있었습니다."

"그렇겠지. 말이 완전히 일본인과 똑같아." 나는 칭찬해 주었다.

"젊은이는 금세 배우죠. 게다가 어릴 때부터 배운 것은 악센트가 정확합니다." 홍 상은 옆에서 말했다.

아까 안개 속에 나타난 연광정은 어느새 벌써 오른쪽에 솟아 있어, 다가가 보면 멀리서 봤을 때 상상한 정도의 고색은 보이지 않지만 대동강 강변에 뺄 수 없는 정취 있는 건물로서 우뚝 솟아 '제일강산第一江山'이라는 편액의 금색 글자가 사람의 눈을 부시게 했다.

"어어, 저 오래된 건물에 유리문이 달려 있는 것은 이상하네요." 나는 놀라서 눈을 크게 떴다. 홍 상의 눈도 의아하다는 듯 빛났으나 아무런 말도 하지 않았다.

"저것은 우체국장의 관사입니다." 지국장은 대답했다.

"이 연광정이 말입니까?"

"그렇습니다. 바로 이 연광정에 접해 세워진 저 목조의 초라한 양옥이 우체국이니까요"라고 지국장은 웃었다.

유리문을 끼우고 흰 커튼을 달고서 연광정 안에 살고 있는 우체국장과 그 가족을 나는 생각지 않을 수 없었다. 그들은 좋아서 이곳에 살고 있는 것일까? 아마 그렇지는 않을 것이다. 군대가 진출하여 어떤 도시를 점령한 때에 큰 공공건물은 우선적으로 병영으로 할당된다. 추찰하건대 청일, 러일전쟁 때의 황급했던 흔적이 지금 아직 바꿀 기회를 찾지 못하고 오늘에 이른 것으로, 화재의 이재민을 수용한 절의 본당에 아기 포대기가 널려져 있는 것과 동격이라고 생각하면, 오히려 그곳에 일종의 안타까움을 느끼게 된다. 단지 바라는 것은 하루 빨리 우체국장으로 하여금 주택다운 주택에 살게 하고, 동시에 연광정으로 하여금 그 본래의 면목을 유지하도록 하고 싶은 것이다. 이렇게 생각하고 있는데,

"유리문 문제로 깜빡 잊었습니다만……" 하고 지국장은 배가 연광정 밑을 지나려고 할 때에 갑자기 연광정 아래의 절벽 중간에 있는 사당 같은 것을 가리키고 이렇게 말했다. "저것이 대동강사 大同江祠라고 하는데, 기생을 기리는 사당이라고 합니다. 하긴 비슷한 전설이 진주에도 있다든가 하는데, 어느 쪽이 원조인지 모르겠습니다. 어쨌든 그 이야기라는 것은 이렇습니다. 분록文祿의 역役[96] 당시, 유키나가 휘하의 장수 아무개가 사랑하는 계월향桂月香

이라는 기생과 연광정에서 강물을 바라보고 있을 때, 기생은 그
무장을 죽이는 것이 나라의 원수를 갚는 길이라고 각오하여 무장
이 방심한 틈을 타서 절벽 아래로 밀어서 떨어뜨리고 자신도 몸을
던져 죽었는데 당시의 사람들이 그 충절을 기려 사당을 세웠다,
라는 말이었지? 홍 상.”

 “그런 전설도 있지만, 그것과 비슷한 것은 분록의 역 당시에 많
이 있네. 대동강사라는 것은 무언가 다른 사람을 제사지내고 있
었음에도 후세 사람이 그런 설화를 만들어 붙인 것이겠지” 하고
홍 상은 중요하게 생각지 않는다는 말투였다. 나는 사실인지 아
닌지 묻지 않고 그 ‘제일강산’의 편액 아래에 이런 이야기의 작은
사당이 있는 것을 오히려 만족스럽게 생각했다.

 대동문은 연광정보다도 한층 높이 솟아 웅대한 모습을 드러내고
있었다. 그 밑을 지나자 오른쪽 강가의 인가는 점차 지붕의 형태를
바꾸어, 용마루에 커브가 있는 것이 적어졌다. 이것은 조선 마을이
일본 마을로 바뀌고 있는 것을 나타내는 것으로, 이 주위는 이미 신
시가지였다. 지국장은 안개 속 멀리 왼쪽의 강 건너를 가리키며,

 “저곳이 선교리船橋里로, 오시마大島 여단이 견제 작전을 시도하
기 위해 몇 번이나 강습을 하여 사상자가 많았던 곳입니다”라고
말했다. 많은 버드나무가 부옇게 석양 속에 간간이 보여, 부드럽

---

96 분록文祿의 역役: 우리의 임진왜란을 일컫는 일본 측 원호. 분록(1592~1596) 때의 역役.

고 평화스런 별개의 천지를 이루고 있었다.

"저 버드나무 사이로 희미하게 보이는 것이 기념비입니다. 보이십니까?" 하고 지국장은 거듭 말했다. 과연 그 말을 듣고 바라보니 기념비 같은 것이 보였다. 한 척의 한선은 지금 버드나무 둔덕을 떠나 두세 명을 태우고 이쪽으로 저어 오고 있었다. 이것 또한 평화촌의 광경이다.

"저곳은 나루터로 되어 있습니까?"

"그렇습니다"라고 지국장은 대답했다.

우리 배도 그 나루터의 한쪽에 선착장으로 되어 있는 세관 관사의 옆에 닿았다. 배를 떠나 강가에 섰을 때, 그 한인 사공은,

"저는 구요관九曜館에 있습니다. 전화가 있으니까 언제든지 필요하실 때 전화를 걸어 주세요. 제 이름은 이와키치岩吉라고 합니다"라고 말했다, 일본어가 능숙한 이 한인의 이와키치라는 이름은, 때때로 큰 소리로 "하이" 대답하는 것 외로 일본어를 못하는 마쓰야의 한인 사사키라는 이름처럼 이상하게는 생각되지 않았다.

33

지국장과는 세관 뒤에서 헤어지고 홍 상과 세 명은 황혼 속에 여관으로 돌아가면서 이런 이야기를 했다.

“오늘은 거의 평양 주위를 한 바퀴 돈 듯하군요.”

“그것뿐이 아닙니다. 구시가지의 상업이 번성한 거리와 선착장의 하역 모습을 보셨으니 이미 이것으로 평양의 제너럴 아이디어를 얻은 셈입니다. 이제 이 외로는 유명한 기생학교와 삼패三牌[97] 정도를 보시면 충분하실 겁니다”라고 홍 상은 웃지도 않고 말했다.

“경성에도 있지 않습니까?”

“경성에도 있습니다만, 기생의 본고장은 평양이니까요.”

“그러면 풍경뿐만 아니라 미인이라고 하는 점에서 봐도 교토

---

[97] 삼패三牌 : 기생은 일패, 이패, 삼패로 나뉘는데 일패는 예의범절에 밝고 재주가 뛰어난 기생, 이패는 주연에서 술을 따르는 보통의 기생, 삼패는 거리에서 공공연히 몸을 파는 창녀를 일컬었다.

같네요."

"교토이고말고요. 게다가 옛 서울이라는 점에서 말해도."

아내는 잠자코 두 사람의 이야기를 들으면서 따라왔다. 홍 상은 생각이 난 듯이,

"사모님, 많이 지치셨죠? 성터만 해도 꽤 긴 노정이니까요."

"아뇨, 그리 피곤하지 않습니다. 오늘은 정말로 좋은 구경을 했습니다. 경성에서 김 상 부인이 여기저기 안내해 주었지만 오늘처럼 기분 좋은 적은 없었습니다. 저는 그 오마키 상이라는 분이 잊히지 않네요."

"정말로 그 여자는 별나더군. 그 또렷한 눈과 하얀 치아는 분명 깊은 인상을 남기더군. 오마키의 찻집은 이름도 좋고."

홍 상은 어두컴컴한 가운데 무언가 생각해 내려는 듯 잠시 입을 다물고 있었으나,

"내지에 있을 때, '저 골목길의' 뭐라고 하는 공놀이 노래를 많이 들어 기억하고 있는데, 그중에 나오는 말이 '오마키의 찻집'이 아니었던가요?"

아내는 웃으면서,

"그건 '오센お仙[98]의 찻집이겠지요."

---

98 오센お仙 : 가사모리 오센笠森お仙. 생몰 불상. 에도 중기의 미녀. 에도 교외에 잇던 찻집의 딸로 연극이나 그림의 주인공으로 나오고, 그리고 공놀이 노래에도 나올 정도로 인기가 높았다.

“오센의 찻집이던가요?” 하고 홍 상은 웃었다.

“그래, 그래. 그런 공놀이 노래가 있지. 어떻게 부르더라?”

“‘저 골목길의 오이나리 상お稲荷さん[99] 으로’라고 하는 그 노래죠.”

“그리고 다음은?”

“참 내, ‘1전을 바치고 대충 절하고 오센의 찻집으로’이죠.”

“그리고?”

“‘앉으니 엽차를 내 주었다’죠? 이제 그만 시키세요” 하고 아내
는 화난 듯이 말했다.

홍 상은 그립다는 듯이 그것을 듣고 있었으나,

“좀 생각이 났습니다. ‘떫은 차, 옆, 옆, 옆 눈으로 보니까’”

그 웃긴 억양에 나와 아내는 웃지 못하고 참고 있었으나,

“그리고 다음이 뭐였죠?” 하고 홍 상은 진지하다.

“‘쌀 경단인가 흙 경단인가’이죠.”

“그렇게 토말 토막 하지 말고 죽 불러보지?”

“그래도 창피해요”라고 하기 어렵다고 말하면서도, “‘경단, 경
단. 그 경단을 개한테 줄까. 고양이한테 줄까. 마침내 소리개가 채
갔네’죠”라고 말하고 아내는 어두컴컴한 가운데 허리를 굽히고 웃
었다.

“그 공놀이 노래를 들으니 제가 오랫동안 하숙했던 시바구芝區

99　오이나리 상お稲荷さん : 곡식을 맡은 신. 여기서는 신사를 말함. 신사 옆에 오센의 찻
　　집이 있었다.

로게쓰초露月町의 뒷골목이 생각납니다"라고 말하고 홍 상은 집이 드문 살풍경한 신시가지를 바라보았다.

"그러네요. 머리띠를 하고 아기 업은 아이들이 그런 노래를 잘 불렀지요" 하고 나도 여름 저녁의 골목길의 풍경을 떠올렸다.

오센의 찻집이 화제가 되어 세 사람은 발의 피로도 잊고 걷고 있는데, 문득 어느 집 안에 많은 조선인이 모여 있고, 한 일본인이 설교 같은 것을 하고 있었다. 처마에 걸린 등을 보니, '조합교회'라는 네 자가 유리 곁에 붉게 적혀 있었다. 듣는 둥 마는 둥 들어보니, 이런 말이 귀에 들어왔다. "그래서 신사 앞에 가면 방울이 달려 있습니다. 방울이라는 것은 여러분도 잘 알다시피, 말 여기에 달려 있는 ……" 하며 목사 같은 사람은 자기 목 부위를 가리켰다. 그러자 좌중의 선인 중에 이해를 한 듯 머리를 끄덕이는 자와, 잘 모르겠다는 듯 목사의 얼굴을 바라보는 자가 있었다. 예수의 설교에 신사 앞의 방울은 이상하다고 생각해 잘 보니, 목사 손에 들고 있는 것은 심상소학독본尋常小學讀本인 듯, 그는 설교를 하는 것이 아니라 일본어를 조선인에게 가르치고 있었다. 나는 시골 중학교에 다닐 때 처음으로 미국인 선교사가 영어 교사로 채용되어 '홧토 이즈 지스'라고 손가락을 하나 세워 '댓토 이즈 핑가'[100]라고

---

100 What is this? That is finger.

학생에게 대답하게 하는 등, 전혀 일본어를 모르는 그가 고심참담하며 회화를 학생에게 가르친 것을 기억한다. 그리고 아주 간단한 회화가 가능하게 되고나서 학급의 뜻 있는 자를 자택에 모아 신약성서의 강의를 시작했다. 나도 그중의 한 사람으로 참가하여 강의를 들었는데, 그는 성서의 문구를 일독하고 나서 열심히 강의를 시작했다. 어떤 말을 하는지 기억하지 못하나, 역시 이 목사처럼 신사 앞의 방울을 말의 목에 있는 것으로 설명하여 들려주거나 했다고 생각한다. 그리고 우리가 잘 모르는 얼굴을 하고 있으면, '안다스탄도?' 하고 그는 힘 있는 소리로 말하고 유심히 모두의 얼굴을 보았다. 모두 잘 모르는 것을 잘 모르겠다고 말하는 것도 불쌍하다고 생각해 적당히 머리를 끄덕여 주면 '못 믿겠다!'는 표정으로 빙긋 웃고 이윽고 진지한 얼굴로 돌아와 큰 한숨을 쉬고, 신이 나지 않는 상태로 다시 다음 절로 넘어간 것 등을 떠올렸다. 이 목사도 조선말을 전혀 모르는지 사투리 강한 일본어로 차근차근 설명하고 있었다.

"어머, 당신들." 이때 돌연 뒤에서 말을 건 자가 있어 놀라 돌아보니 그것은 틀림없는 오후데였다.

"언제 왔나?" 나는 놀라지 않을 수 없었다.

"오늘 도착했어요."

"혼자서?"

오후데는 웃으며 대답하지 않았다.

"숙소는?"

"바로 저기 하나야花屋예요. 선생님 숙소는?"

"마쓰야에 있지."

"홍 상도 같이요?"

"아뇨, 저는……" 하고 아까부터 미소를 띠고 오후데를 보고 있던 홍 상은 머리를 좌우로 흔들었다.

"사모님, 평양은 쓸쓸하고 답답한 곳이네요. 이 거리는 또 어떤가요? 마치 먼지투성이!"

"정말 그래요. 그렇지만 모란대에서 대동강 쪽은 아주 좋은 경치에요."

"오늘 그곳에 가셨나요?"

"예."

"같이 갔으면 좋았을 텐데."

돌연 밖에서 이런 대화가 시작되었으므로, 안의 조선인들은 목사가 하는 강의를 들으면서 때때로 이쪽을 보았다.

"뭐, 내일이라도 여관으로 놀러 오지" 하고 나는 목사에게 폐를 끼칠까 염려하여 그 앞을 떠나려고 했다.

"어머, 거기까지 함께 가요" 하고 오후데는 아내 앞에 달라붙어 걸었다.

34

다음날, 해가 기울고 나서 다시 지국장의 안내로 우리 부부와 오후데는 선교리를 구경하러 갔다. 홍 상은 딴 일이 있어 오지 않았다.

오후데는 어젯밤에도 마쓰야 앞까지 와서,

"오늘 밤은 여기서 실례하죠"라며 그대로 돌아가고 오늘도 전화로 선교리 구경 이야기를 했을 때,

"자네 여관에 들러서 같이 가지"라고 말하니,

"밖에서 기다리고 있을 게요"라고 말하고 실제 지국장 등과 하나야 앞을 지날 때 약속대로 밖에서 기다리고 있었다.

세관 옆으로 나오자 대동강의 넓은 물이 눈앞에 나타나고, 선교리의 버드나무는 건너편 둔덕에 조용히 서 있었다. 어젯밤은 석양이 꽤 가까운 때였으므로 단지 널찍하게 애틋한 경치로 보였으나 오늘은 하나하나 근처의 광경이 확실히 보였다. 세관장 관사는 초라한 목조 양옥이었으나 일부분 판자를 떼고 수리한 것이 지저분하게 보였다. 그 옆을 지나 강으로 내려가자 그곳의 모래밭에 두세 명의 조선인이 어슬렁거리고 있었다. 그들은 모두 사공인 듯 지국장과 담판하에 그중의 한 사람이 그곳에 묶어둔 한선에 탄 후, 묘한 모양으로 젖혀진 뱃머리를 모래밭에 올려 주어 우리 네 명은 옮겨 탔다.

　지국장의 조선말은 질타하는 듯한 소리로 자주 ‘당신’이라는 말을 쓰는 것이 귀에 들어왔다. 그 외로 ‘없어’라든가 ‘좋소’라든가 하는 말도 자주 쓰였다. 추측하건대, 그 단어 수는 극히 적게 생각되었으나 그래도 사공에게는 의미가 잘 통하는 듯 명령은 곧바로 수행되었다.

　사공은 선미 쪽에 양 다리를 벌리고 우뚝 선 채로 일본의 노와 비슷한 것을 솜씨 좋게 저었다. 사공의 얼굴은 눈초리가 올라가고 코가 높은 당당한 얼굴로, 약간 높게 된 선미에 그 장대한 몸이 우뚝 서있는 것이 멋지게 보였다. 특히 머리 위의 탕건은 품위를 더했다.

　대동강 물은 어제도 오늘도 변함없이 양양하게 흐르고 있었다. 배가 중류로 나갔을 무렵, 되돌아보니 세관 관사는 그 판자를 뗀 지저분한 흔적은 이미 눈에 들어오지 않아 단지 작은 건물로 보이고, 상류에는 대동문, 연광정의 큰 지붕이 군소를 압도하여 강물 위에 우뚝 솟아 있었다.

　“어떤가? 좋은 경치지?” 나는 오후데에게 말했다.

　“좋은 경치네요.” 오후데는 대답했다. 그렇지만 오후데의 마음은 이 좋은 풍경에 감동한 것처럼 보이지 않았다. 나는 마음속으로 역시 후카가와라든가 하는 마치아이待合의 촛불 쪽이 그녀에게는 의미 깊게 비칠 것이라고 생각했다. 그에 반하여 아내는 “정말로 좋은 경치네요” 하고 같은 말을 몇 번이나 반복하며 진심으로 강산의 경치에 반한 듯, 특히 상류의 모란대 아래의 오마키 찻집에 누차 마음이 가는 것처럼 보였다.

"이런 쓸쓸한 경치보다도 어제 홍 상이 말한 삼패 같은 데나 따라가는 것이 자네는 재미있겠지?" 하고 나는 웃으면서 말했다. 오후데는,

"정말 그래요"라고 말하고 새침스런 표정을 지었다.

"그럼 돌아가는 길에 안내할까요?" 하고 지국장은 오후데의 아름답고 노련한 얼굴을 신기하게 보며 미소 짓고 말했다.

저쪽에서 우리가 탄 것과 비슷한 배가 비슷한 사공이 저으면서 이쪽으로 오더니 우리 배를 스쳐 지나려고 했다. 보니까 건너편 배에는 머리를 깎고 사냥모를 쓴 양반의 자제 같은 사람이 타고 있었다. 지국장은 소리를 질러 늘 하던 '당신 ……' 뭐라든가 말하며 무얼 묻는 것처럼 보였으나, 그 청년은 창백하고 아름다운 얼굴을 이쪽으로 향하고 두세 마디 대답했을 뿐, 곧 고개를 돌려 버렸다. 두 척의 배는 서로 물결을 가르며 헤어졌다.

"야학교에 일본어를 배우러 간다고 합니다" 하고 지국장은 말했다. 나는 어젯밤의 조합교회의 광경을 떠올렸다.

"야학교라는 것은 조합교회입니까?"

"그곳에도 하고 있습니다만 다른 곳에도 많이 있습니다"라고 지국장은 대답했다.

배는 이윽고 맞은 편 둔덕에 닿아, 모래가 약간 강으로 돌출하여 곶을 이룬 곳에 그 묘하게 젖혀진 긴 뱃머리를 올리려고 했다.

네 명은 어느새 버드나무 밑에 섰다. 버드나무는 맞은 편 둔덕에서도 강의 상하에서도 항상 선교리의 목표처럼 보이는 곳에 있어, 그 부드럽고 둥근 나무의 형태가 항상 조용하고 온화한 느낌을 주었다. 지금 직접 그 나무 밑에 서 있어도 이 기분에 변함은 없었다.

"어머나" 하고 오후데는 놀란 듯이 뒤를 돌아봤다. 버드나무와 비슷한 부드러운 느낌의 풀인지 나무인지 구분이 안 되는 것이 무성한 어느 울타리 속에서 한 남자가 물통 같은 것을 일본식으로 어깨에 메고 나타난 것이었다.

"깜짝 놀랐어요" 하고 오후데는 청량리에서 하루오 료쿠스이의 관을 만났을 때처럼 내 옆에 바싹 달라붙어 내 손을 잡았다.

아내는 모르는지, 알면서도 모르는 체하는지 잠자코 그 남자의 행방을 지켜보았다. 남자는 터벅터벅 모래밭으로 내려와 물통을 거꾸로 뒤집어 물을 푸더니 이번에는 무겁게 그것을 짊어지고 원래의 울타리 속으로 들어갔다.

"일본인일까?" 나는 오후데의 손을 뿌리치며 말했다.

"조선인이죠." 오후데도 순순히 손을 떼면서 말했다.

"저 자는 이 안에 있는 포도원에 물을 주는 것입니다. 벌써 열흘이나 비가 오지 않았으니까요" 하고 지국장은 앞장서서 우리를 안내하면서 말했다.

배 안에서 버드나무 사이로 보인 기념비는 다른 곳에서도 흔히 보듯, 포탄을 담으로 두르고 '아아 오시마 여단嗚呼大島旅團 ……' 운운이라는 큰 글자가 조각된 석비가 하늘에 솟아 있었다. 전체가 부드러운 곡선으로 되어 있는 이 근방에서 이 기념비만 두드러지게 딱딱한 느낌을 주었다.

"오시마 여단이 이곳에 왔을 때, 청병은 저 연광정에서 음악을 연주하며 여유를 부리고 있었다고 합니다. 게다가 그것이 8월 15일의 보름달 밤이었다고 하니 시적이죠. 그리고 당시 종군한 사람의 말에 따르면, 모란대부터 시작해 건너편 둔덕 일대에는 소위 깃발도 당당하게 여러 깃발들을 펄럭이며 군용을 자랑하여, 마치 삼국지를 읽는 듯한 광경이었다고 합니다"라고 지국장은 다시 전공인 전쟁담을 시작했다.

"또 왔네" 하고 오후데는 몸을 피하여 통을 멘 남자가 지나가게 했다. 그녀는 지국장의 전쟁담에는 귀를 기울이려고 하지 않고 어느새 다시 저녁 안개가 끼기 시작하는 사방의 광경을 떨떠름하게 바라보았다.

기념비를 둘러싼 풀밭의 뒤는 포도원이었다. 물을 주는 남자는 달리 두세 명이나 있어 그들은 넓디넓은 포도원에 대동강의 물을 주고 있었다. 잘 보니 남자들은 일본인도 있고 조선인도 있었다.

"주인은 일본인입니까?"

"그렇습니다."

“이 넓은 포도원에 매일 저녁 물을 주는 것은 큰일이네요.”

“과수원 하는 것도 물 때문에 힘들죠” 하고 지국장은 경험 있는 듯 말했다.

“어머, 이리 좀 와 보세요. 많이 났네요” 하고 아내는 기쁜 소리로 불렀다. 석양이 떠도는 거무스름한 포도나무의 곡선 안으로 네 명이 얼굴을 들여다보니 주렁주렁 작은 알의 포도가 가득 달려 있었다.

지국장은 마음대로 포도원 안의 길을 걸어 다니면서,

“비가 안 오면 큰일인데” 하고 물통을 짊어진 한 남자에게 말을 걸거나 했다. 진보라로 물들어, 임신한 여자의 유방처럼 풍성하게 열려 있는 포도나, 혹은 아직 줄기에서 막 나온 알처럼 작고 파란 포도 등을 아내는 흥미롭게 바라보며 지국장의 뒤를 따라 갔다. 점점 석양이 다가오는 광경은 어제의 활짝 개인 오마키의 찻집과는 정취를 달리 하여, 어둠은 마치 마음 있는 생물처럼, 무성한 포도나무 그늘과 그 남자들의 발밑을 감돌고 있고, 하늘에 떠도는 엷은 그림자보다는 훨씬 검게 대지 위를 헤매고 있었다. 오후데는 점점 더 이러한 경치에 흥미를 느끼지 못하는 듯, 마치 매우 피곤한 사람처럼 한참 뒤로 처져 타박타박 따라왔으나, 아내와 나의 거리가 약간 벌어진 것을 보고 갑자기 나에게 따라붙더니 귓가에 입을 대고 속삭였다,

“저, 오라버니 뒤따라 왔어요.”

"뭐?" 나는 놀라서 오후데의 얼굴을 보는 동시에 아내를 의식하여 그 뒷모습을 보았다. 한 자도 떨어져 있지 않은 오후데의 흰 얼굴에도 엷은 한 줄기 어둠은 드리워져 있었으나, 그 눈에는 과거 촛불 그림자에 본 기억이 있는 교태의 빛이 넘치고 있고, 아내의 뒷모습은 그 생물의 어둠이 무성한 포도밭 속으로 휩싸려고 하는 듯 거무스름하게 보였다.

"안되나요?" 오후데는 다시 어리광부리듯 말했다.

"바보로군." 나는 꾸짖듯이 말하고 "하나야에 함께 있는 사람은 누구지?" 하고 물어 보았다.

"아무도 없어요" 하고 오후데는 웃으며, "저 혼자? 그렇게 처음부터 말해 버리면 사모님한테 미안한 생각이 들어서요."

지국장과 아내가 멈춰 서서 우리를 기다리는 것처럼 보여 두 사람은 더 이상 말하지 않았다.

포도원을 나와 다시 모래밭에 섰을 때, 아직 저물지 않은 엷은 빛이 수면 위로 깔려 있었다. 그곳에 매어둔 배 안에 우리를 기다리는 아까의 사공도 희미하게 보였다.

"돌을 하나 던지라고 해 볼까요?" 하고 지국장은 돌연 생각난 듯, 지금 모래밭에 앉아 있는 한 '지게'에게 그 '당신'이라고 하는 말을 써서 명령했다. 그렇지만 '지게'는 싱글싱글 웃으며 머리를 흔들며 승낙하지 않았다. 잘 보니 이 '지게'는 자못 약하게 보여 손발을 움직이는 것조차 힘들게 보였다.

"이 자, 하루나 이틀은 굶었군" 하고 지국장은 웃었다. 이런 부류의 노동자에게 그런 경우가 있는 것은 나도 예전에 들은 적이 있었다. 지국장의 상상이 맞는지는 모르지만 그는 단지 긴 담뱃대를 물고 멍하니 수면을 바라보고 있었다.

"역시 사람이었네요" 하고 아까부터 약간 하류의 수면을 바라보던 아내는 희미하게 웃으며 말했다. 목욕을 하던 두세 명의 한인이 머리에서 어깨, 가슴의 순서로 점점 그 몸을 나타내며 모래밭으로 올라온 것이었다. 그것이 단지 희미한 빛의 수면 위에 검은 사람의 형태를 갖춘 윤곽으로 보였다.

사공이 배를 대서 네 명은 다시 올라 탔다. 투명한 하늘에 저녁별 빛도 조용히 빛났다. 건너편 대동문, 연광정 주위를 중심으로 산재한 검은 형태의 인가에서는 등불이 깜박거렸다. 지국장은 무언가 사공과 말했다. 사공은 아까처럼 약간 높은 뱃머리에 우뚝 서서 노를 젓고 있었으나 그 검은 그림자가 한층 크게 보였다.

나는 처음에 잘 몰랐으나 중류를 지났을 무렵에 배는 세관 관사 근방보다도 꽤 위로 올라간 것을 알았다.

"원래 자리로 돌아가지 못하나요?" 나는 궁금해서 물었다.

"대동문 옆에 대도록 하죠. 저쪽의 야경도 한 번은 보아 둘 가치가 있으니" 하고 지국장은 만사를 잘 안다는 얼굴로 대답했다. 오후데 옆얼굴의 볼에서 코로 이어지는 아름다운 곡선이 바로 내 눈앞에 있었다.

35

대동문 옆에 배를 댔을 때에는 이미 물과 땅의 구별 없이 완전히 저물어 버렸다. 네 명은 배를 떠나 조선인 가게와 일본인 가게가 뒤섞여 있는 번화한 거리를 지나갔다.

"여기가 대동문 거리입니다. 홍 상이 자주 오는 집이 이 근처라고 생각되는데 ……" 하고 지국장은 혼잣말처럼 말하고 짐작으로 한두 집을 물어보았으나 알 수 없었다. 경성의 종로 거리에서 본 듯한 반딧불 상자 같은 초롱을 든 차부가 여기에도 보였다.

"저 초롱을 하나 사죠" 하고 지국장은 어느 한인 가게의 처마 끝에 걸린 것 하나를 사서 그것에 불을 붙이고 앞장섰다. 그때 건너편에서 홍 상이 불쑥 나타났다.

"구경하러 오셨습니까?" 홍 상은 말을 걸었다.

"여기라고 생각해서 지금 자네 숙소를 찾고 있던 참이네. 어떤가? 같이 산책하지 않겠나?"

"오늘은 갑자기 일이 생겨서 아침부터 분주하다네. 마쓰다 법률사무소에도 두 번 갔지만 마쓰야에는 들를 시간이 없었네 ……. 그 초롱을 들고 걷는 것은 조선에서는 하인이 하는 짓이네. 자네 같은 하인이 있으면 이곳 안내는 충분하니 나는 실례하겠네" 하고 홍 상은 농담을 하고 서둘러 떠나갔다.

"무례한 친구로군" 하고 지국장은 초롱들 든 채로 홍 상의 뒤를 바라보며 쓴웃음을 지었다. 그리고 대동문 거리와 직각을 이룬 하나의 번화한 동네로 들어갔다. 지금 홍 상이 말한 하인이라는 말이 떠올라 초롱을 들고 있는 지국장의 뒷모습이 좀 우습게 보였다.

지국장은 이 근처의 지리를 잘 아는 듯, 곧 바로 작은 골목 같은 곳으로 들어갔다. 경성에서도 나는 수표교 근처의 비슷한 곳으로 안내된 기억이 있으므로 이미 대략 짐작하고 있었으나 지금 와서 싫다고 하며 되돌아 갈 수도 없어서 단지 잠자코 따라 갔다. 골목이 막혀서 그곳이 막다른 곳인가 생각했는데, 처마 밑 같은 좁은 굴뚝 사이를 지나니 다시 다른 작은 골목으로 나왔다.

"어디로 가시죠?" 아내는 의심의 눈살을 찌푸렸다.

"지국장이 오후데에게 삼패를 보여주겠다고 했겠지." 나는 웃으면서 대답했다.

"어머나" 아내는 당황스러운 듯 말했지만 지국장의 체면을 생각해서인지 그 이상을 말하지 않고 떨떠름하게 뒤를 따라 왔다. 그에 반하여 오후데는 아까 포도원에 있던 때와는 다른 사람으로 생각될 정도로 생생한 표정으로 발걸음도 가벼운 듯했다. 사람들의 훈기가 섞인 공기와 가스가 많은 등불의 빛은 그녀에게 용기를 불어넣어 준 것이었다.

곧바로 어느 골목으로 나오자, 갑자기 사람의 마음을 끄는 꿈꾸는 듯한 노래가 들리기 시작했다. 그것은 한 사람의 목소리가 아니라 여성적인 부드러운 합창이었다. 어디에서 한 번 들은 적이 있는 노래의 리듬인 듯하여, 생각해보니 그 조선요리집에서 소담 등이 부른 권주가의 마디와 매우 비슷했다.

"저것은 뭐지요?" 나는 귀를 기울였다. 지국장은 어제 모란대의 성터에 서서 당시의 전황을 이야기한 때처럼 좀 득의양양하게 입에 침을 바르고,

"손님을 부르는 노래입니다. 일본의 호객꾼처럼 삼패 자신이 이렇게 노래를 불러 손님을 부르는 것입니다"라고 말했다. 그 소리에는 어딘지 슬픈 가락이 있어 천한 느낌은 전혀 생기지 않았다.

다가가서 보니 어느 집의 밖에 걸상 같은 것을 놓고 그곳에 젊은 여자 세 명이 나란히 앉아 노래를 부르고 있는데, 세 사람 모두 일견 기생과 다를 바 없는 옷차림을 하고 있었다. 그리고 그 앞을 지나려고 하자 곧 밝은 불빛이 우리 모습을 환하게 비추며 문 안에도 화려한 옷차림을 한 여자가 서 있었다.

"들어가 보죠" 하고 지국장은 먼저 문을 들어섰다. 아내가 주저하는 동안에 오후데는 뒤를 따라 들어갔다. 이 경우 부부가 밖에 서 있는 것은 오히려 남의 눈에 띄므로 우리도 어쩔 수 없이 그 뒤를 따랐다.

지국장은 이미 한 여자에게 그 초롱을 든 쪽의 손목이 잡혀 있었다. 지국장은 늘 하는 "당신 ……" 뭐라고 말하며 그 손을 높이 들어 떨치려고 했으나 여자는 끝내 놔주지 않았다. 단지 쌍방의 손이 다툴 때에 초롱이 불규칙하게 움직여 자칫하면 불이 종이를

태우려고 했다. 그 모습이 우스웠으므로 문 안에 네다섯 걸음 들어갔을 뿐으로 내부의 모습을 주뼛주뼛 엿보던 아내도 나도 불현듯 웃었다.

문 입구는 넓지 않았으나 내부로 들어가자 서너 개의 방이 작은 뜰을 사이로 떨어져 있고, 그곳에 소담 집에서 본 듯한 놋쇠 장식이 많이 붙은 장롱이 하나씩 놓여 있고, 그것을 배경으로 하여 등불을 든 여자가 이쪽을 보고 있었다. 지국장의 손목을 잡은 여자도 그 하나의 방에서 그물에 걸린 토끼를 잡듯 달려온 것이었으나, 두 번째로 따라 들어온 사람이 오후데인 것을 보고 툇마루에서 일어선 채로 주저하며 이쪽을 보았다.

"당신 뭐하시는 거예요. 정신 차리세요" 하고 오후데는 뒤에서 지국장의 등을 때리고 "예쁘네요. 이 여자" 하고 그녀의 얼굴을 정면으로 보았다.

"와타시 비진데쇼?저 미인이지요?" 하고 그녀는 일본어로 농담처럼 소리 높이 웃었으나 어느새 오후데의 기세에 눌려 지국장의 손을 풀어 주었다.

"사모님, 이쪽으로 오세요" 하고 그녀 따위는 안중에 없다는 듯이 이쪽을 돌아본 오후데의 얼굴은 용사처럼 빛나고 있었다.

"전 싫어요. 돌아가죠." 아내는 작은 소리로 나를 재촉했다. 나는 아직 좀 더 모습을 보려고 생각하여 원래 위치에 선 채로 아내의 말에 따르지 않았다.

여자는 이미 지국장의 손을 놓았으나 초롱의 불은 어느새 꺼져 버렸다. 지국장은 무언가 말하며 여자를 때리려는 시늉을 하자, 여자는 웃으면서 자기 방으로 돌아가 성냥을 들고 왔다. 여자가 켠 성냥은 두 번 다 바람에 꺼졌다. 오후데가 여자 손에서 빼앗듯이 하여 켠 불은 무사히 초로 옮겨졌다. 촛불은 그녀의 정면과 지국장과 오후데의 옆얼굴을 밝게 비치고, 광택 없는 싸구려 분을 바른 여자 얼굴의 넓은 이마와, 하릴 없이 쓸쓸하게 다물고 있는 입가와, 오후데 얼굴의 의기양양한 선명한 표정 등을 그려냈다.

난봉꾼 같은 조선인 두 명이 우리와 부딪힐 듯 걸어 들어왔다. 안쪽 방에 있던 두 여자는 앞을 다투어 맞이하고 뜰에 선 채로 떠들기 시작했다. 두 조선인은 때때로 오후데를 돌아보았다. 오후데는 개의치 않고 지국장의 손에서 받은 궐련갑에서 자신도 궐련을 꺼내 하나는 여자에게 주고, 여자가 켜 준 성냥불을 조용히 그 궐련에 붙였다.

또 한 명의 조선인이 취한 발걸음으로 우리 부부를 이상하다는 듯이 보면서 들어왔다. 스스로 궐련에 불을 붙이던 여자는 환한 표정으로 이 남자에게 무언가 말했다. 취한은 노기를 띤 눈빛으로 지국장과 오후데를 보았으나 아무 말도 하지 않았다.

"이제 돌아가지." 나는 오후데에게 말을 걸었다. 그리고 두려운 듯이 내 소매를 끄는 아내와 함께 먼저 문을 나왔다.

밖의 걸상에 나란히 앉아 있는 여자는 놀리는 듯이 우리를 바라보면서, 그래도 그 애조를 띤 합창은 그만두지 않았다. 한 여자의 손에서 다른 손으로, 그 손에서 다시 다른 손으로 건네지고 있는 것은, 연기가 나고 있는 한 개비의 바이레이트[101]였다.

이윽고 지국장과 함께 뒤에서 우리를 따라온 오후데의 얼굴에는 '비겁하다'고 사람을 놀리는 빛이 떠 있었다. 그리고 그녀의 호수처럼 조용하고 큰 눈은 가만히 내 얼굴을 응시했다.

그 후로도 비슷한 골목을 누비듯이 걸으며 비슷한 합창을 듣기도 하고 비슷하게 떠들며 걷는 조선인을 만나기도 하면서, 오후데는 물속의 고기처럼 혼자 힘 좋게 흥을 타고 있었으나, 아내는 그에 반하여 단지 피로를 호소하는 표정을 지으면서 마지못해 따라왔다. 오후데가 맨 앞에 서서 어느 좁은 골목으로 들어간 때, 뒤에 처진 지국장은,

"그곳은 막다른 길일지 몰라" 하며 따라 왔다. 하지만 그곳은 막다른 길이 아니었다. 그 좁은 골목은 다시 세 갈래의 좁은 골목으로 갈라져, 오후데와 나는 굴뚝에 소매가 걸리지 않도록 주의하면서 비교적 넓은 어느 집에 몸을 숙이고 들어갔으나, 지국장과 아내는 약간 뒤처져서 따라 왔다. 그때 오후데는 작은 목소리로,

"오라버니, 오늘 밤 놀러 오세요" 하고 돌아보지도 않고 말했다.

---

101 바이레이트 : 영미연초회사의 담배 브랜드.

내가 잠자코 대답하지 않자,

"네? 좀 상담할 것이 있어요" 하고 다시 말했다.

"오늘 밤 된다고 할 수는 없지만……, 그런데 도대체 무슨 상담? 저번의 상담도 요령부득이던 걸." 나는 냉소하듯이 말했다.

"싫으면 관두세요." 삐친 듯이 말하고 "생각이 있으니까."

'버릇없는 여자가 날 협박하는군.' 나는 마음속으로는 화가 났으나 어쨌든 아내가 뒤에 있기 때문에 아무 말도 하지 않기로 했다.

이윽고 넓은 길로 나왔을 때, 지국장은,

"사모님도 지치신 듯하니 돌아갈까요?" 하고 말했다. 나는 곧 찬성했다. 네 명이 조선인 인력거에 분승할 때 문득 마주친 오후데의 눈은 나방을 이끄는 불처럼 타고 있었다.

36

내가 하나야의 문에 들어설 기회를 잡은 것은 이삼일 후의 일이었다. 모 부인이 김 부인의 소개를 받았다고 하며 일부러 아내를 찾아왔다. 그동안에 나는 한 번 방문하려고 생각했던 마쓰야의 사무소를 방문했으나 마침 부재중이었으므로 결국 그 발길에 하나야를 방문하기로 했다.

삼패 탐험 후, 오후데로부터 전화가 두 번 걸려 왔다. 두 번 모두

나를 전화대로 불러내서,

"잠시 와 주셔도 좋지 않아요?" 하고 원망하듯이 말했다. 특히 한 번은,

"오라버니도 꽤 사모님을 무서워하시네요"라고 놀리듯이 말했다. 나는 단연코 가지 않겠다고 생각했으나, 이대로 놔두는 것도 왠지 불안한 마음에 한 번은 가기로 결심했던 것이다.

내가 하녀의 안내를 받아 객실에 들어갔을 때, 오후데는 쿡쿡 웃으며 옆 칸에서 나왔다. 머리는 비녀로 꽂아 올린 머리로, 분을 바른 흔적도 없이 옷도 잠옷 같은 비단옷이었으나 낡은 것을 입고 있었다. 그 모습이 오히려 요염하게 보였다.

"실례해요. 오라버니. 이런 모습을 하고 있어서."

"어디 아픈가?"

"예, 좀 몸이 안 좋아요. 상사병이에요" 하고 슬쩍 내 얼굴을 훔쳐보고 웃었다.

"꽤 요전부터 사람을 협박하는군. 나는 그렇게 뒤가 켕길 것도 없다고 생각하는데 ……" 하고 나는 농담처럼 말하면서 은밀히 오늘의 결과를 염려했다.

"심하시네요. 협박이라니" 하고 오후데는 화난 듯이 말하고, "오라버니 뒤를 쫓아 온 것이 그렇게 협박이 되나요?"

"그것은 자네 마음대로 한 거니 내가 알 바가 아니지. 그렇지만 도대체 내 뒤를 쫓아 와서 뭐하려고?"

"뭐하려고 하는 거 없어요" 하고 오후데는 거의 의미가 통하지 않는 말을 하는데, 그 눈에는 아름다운 흰 눈물방울이 맺혔다. 촛대의 불빛에 사람을 희롱하거나 삼패 앞에서 용기를 보이거나 하는 모습은 없이, 마치 나이 어린 순진한 소녀 같은 몸짓으로 단지 고개를 숙이고 있었다.

"알 수가 없군" 하고 나는 그 뻔히 들여다보이는 교태를 마음속으로 미워하면서 시치미를 떼고 방 안을 둘러보았다. 낡은 다다미 위에 싸구려 재떨이가 놓여 있는 것이나, 도코노마의 석판 인쇄 액자나 고풍스런 불상 등이 특히 불쾌하게 눈에 비쳤다.

오후데는 잠자코 원망스런 눈빛으로 잠시 내 가슴께를 보고, 그 눈썹에 빛나는 눈물을 억지로 남의 눈에 보이게 하려고 고심하는 듯했다. 나도 잠시 아무 말도 하지 않고 그녀가 입을 여는 것을 기다렸다.

하녀는 차와 과자를 들고 왔다. 그리고 이 자리의 모습에 호기심어린 눈을 크게 뜨고, 보지 않는 체를 하며 오후데의 얼굴을 훔쳐보았다. 오후데는 그것을 피하려고도 하지 않고 일부러 그 하녀 쪽을 돌아보고 "과일, 맛있는 것을" 하고 말했다. 언제나 커다

란 그 눈에 가득한 눈물은 주위의 눈썹을 적시고 검은 눈동자도 서늘하게 적시고 있었다. 하녀는 찬찬히 그 눈을 보고 눈을 돌리면서 내 얼굴도 슬쩍 보고 물러갔다.

그 눈은 여느 때처럼 아름답다고는 생각했지만, 그 눈물에 감동되지는 않았다. 사람을 움직이기에는 그 눈물은 너무 부족했다. 오후데 자신이 애착할 정도로 타인에게 소중한 것은 아니었다.

나는 문득 이런 이야기가 떠올랐다. 한 게이샤가 봄비 내리는 날의 심심풀이로 자기를 좋아하는 한 남자에게 편지를 보냈다. 여자는 별로 그 남자에게 마음을 허락한 것도 아니었으나 단지 만나기 전까지는 왠지 즐거웠다. 자신은 그 남자가 문을 열고 자기 방에 들어온 때 뭐라고 말하며 울까 생각했다. 자기가 자신을 속이고 진심으로 그 남자를 연모하는 여자의 마음이 된 것처럼 하여 그곳에 울며 쓰러져 보려고 생각했다……. 단지 이런 이야기였다. 진심으로 누구를 기다리는 것도 하지 못하는 게이샤는, 스스로 자신을 속이고 약간의 순진한 눈물을 흘리는 것에 덧없는 흥미가 있었다. 오후데가 그 빈약한 눈물에 애착하여 하녀에게까지 자랑스럽게 보이는 그 마음이 나는 너무 명백하게 잘 읽혔다.

"왜 오라버니는 그렇게 매정하세요" 하고 여자는 다시 스스로 눈물을 부르려고 했으나 그것은 이미 소용없었다.

"나는 매정한 것이 아닐세"라고 나는 미소를 지었다. 그리고 마음속으로 매정이라는 것은 아직 열정이 있는 것이고, 나의 것은 냉담이라고 생각했다.

"매정해요. 남의 마음도 몰라주고."

"자네 마음은 잘 알고 있네."

"그럼 왜 좀 다정하게 대해 주지 않아요?"

"……."

"뒤를 쫓아오면 안 되나요?"

"자네는 만주에 간다고 하지 않았나?" 하고 나는 오쿄에게 들은 말을 떠올렸다.

"그런 말 누구한테 들었어요?"

"……."

"조선에서는 이미 아무도 상대해 주지 않는걸요" 하고 그녀는 다시 의미심장하게 말했으나 그 눈은 이미 다 말랐다. 벤텐고조辯天小僧[102]는 여장 머리를 풀어버리고 치맛자락을 걷었지만, 이것은 이미 순진한 몸짓에 지쳐서 마음의 껍질을 벗어 버린 꼴이었다. 그리고 곧 포기한 듯이,

　"오라버니도 참 촌스럽군요. 애인 하나 못 만들 사람이에요."

　"이제 알겠나? 자네답지 않군."

　"그래도 너무하네요. 좀 더 다정할 줄 알았는데. 후카가와 때는 이 정도라고는 생각하지 않았어요" 하고 마침 과일을 가져온 하녀에게, "맥주는 없어요?"

　"에비스는 있습니다."

　"갖다 주세요."

　'또 맥주인가?' 하고 거의 입에서 나오려고 한 것을 삼키고, 아삭한 과자를 혀 위에 올리고 쓴 것을 어쩔 수 없이 벌컥벌컥 마신 그날 밤의 일이 떠올랐다. 이 여자와도 이제 적당한 때에 그만두고 싶다고 절실히 생각했다.

　"정말 내 뒤를 쫓아온 것인가?"

　"뭐, 그렇게 해 두죠."

　"남산루 쪽에는 ……."

　"오라버니에게 상담이 좀 있다고 했죠."

---

102 벤텐고조辯天小僧 : 카부키의 등장인물. 여장으로 행동하다 남자의 정체를 밝히는 장면이 유명하다.

나는 이시바시가 생각났다. 왠지 모르게 이시바시로부터 여자를 넘겨받은 꼴이 되어 버린 것을 쾌씸하게 생각했다.

"이시바시한테는 내가 출발한 뒤에도 연락이 없었던가?"

"예."

"남산루에서는 뭐라고 말들 하지?"

"이시바시 상이니까 하며 안심하고 있어요."

"그럼 자네 식비 같은 것도 그대로 남아 있는 거로군."

"예에."

"만주에 가는 비용은?"

"어떻게 되겠죠" 하고 아무렇지도 않게 말하고, 상처 있는 사과의 붉은 껍질을 다다미 위까지 늘어뜨리면서 칼을 쥔 손을 움직이고 있었다. 하녀는 들고 온 맥주를 컵에 따랐다.

"오라버니, 내가 여기에 온 것이 정말 싫어요?" 하고 오후데의 눈은 다시 살짝 빛을 띠기 시작했다.

"귀찮은 게 아니라, 손을 잡거나 귓속말을 하거나 하는 것만은 그만 두어 주었으면 하네."

"하지만 외로운 걸요" 하고 스스로 자신의 몸을 주체할 수 없다는 듯이 말한다.

"그러면 내가 좋은 장난감이 되는 셈이네."

"그렇지도 않아요" 하고 오후데는 부정하듯이 말했다. 그렇지만 그 얼굴은 어둡지는 않았다.

“패기 없다는 게 파악되었다는 말이군” 하고 나는 다시 쓴웃음을 참지 못했다.

“그렇게 무서워하지 않아도 돼요. 잡아 먹겠다고도 하지 않았으니.”

“마누라 눈도 있으니” 하고 나는 탄식하듯이 말했다.

“사모님 눈이라고요!” 하고 오후데는 기가 막힌다는 듯이 말하고, “뭐, 그런 것?”

“뭐 그런 것이라니?”

“전 모르겠네요. 사모님 핑계 대는 게.”

‘골치 아픈 여자로군’ 하고 나는 이 아름다운 여자가 번거롭게 느껴졌다.

“나는 부부 동반으로 조선 여행에 온 것이니 실은 자네가 끼어들 틈이 없네. 이제 적당히 해방시켜 주었으면 하네.”

“해방이라니 무슨 말이에요?”

“놔 달라는 말이지” 하고 나는 불현듯 다시 탄식이 흘러 나왔다.

“겁쟁이시네요” 하고 오후데는 놀리는 투로 웃으며 “자 해방시켜 드리죠. 그 대신 오늘은 마셔요. 이별이네요.”

나는 잠자코 단지 쓴 얼굴을 하고 있었다. 적당한 기회에 이야기를 그치고 돌아가는 것은 쉬웠지만, 아직 그녀가 나에게 요구하는 것이 결국 무엇인지 한층 명백하게 이해하고 싶다는 생각이 들어 잠시 엉덩이를 붙이고 있었다.

"맥주는 틀렸어요. 안 취해요" 하고 벌써 꽤 얼굴이 빨개져 있으면서 오후데는 화난 듯이 말하고 밖을 향해 손뼉을 쳤다.

"섞어 마시면 좋지 않아" 하고 나는 청량리의 비구니 절에서의 약주의 악취를 떠올렸다.

"괜찮아요. 내 몸인걸요" 하고 그녀는 취기를 빌려 다시 아까의 순진한 마음의 상태로 돌아가 보려고 고심하는 듯, 무언가 토라진 몸짓을 해 보였다. 과연 이슬방울이 다시 살짝 그 눈썹에 맺히는 것이 보였다.

"부르셨나요?" 하고 하녀는 얼굴을 내밀었다.

"오사케お酒[103]를, 안주는 적당히 가져오고." 오후데는 이렇게 지시하면서도 토라진 슬픈 표정을 잃지 않으려고 애쓰는 듯, 눈썹의 이슬방술도 더욱 하얗게 빛났다.

내 마음이 그 눈물 때문에 움직이지 않는 것은 아까와 다를 바 없었다. 특히 한번 노골적인 본성을 나타냈으면서도 아직 또 같은 행동을 거듭하는 배우 같은 표정에, 감동을 줄 만한 힘이 있을 리 없었다. 그렇지만 그 본성을 폭로하면서도 아직 이런 행동을 반복하는 것에 의해 덧없는 흥미를 일으키고자 하는 광기의 여자를 다소 호기심어린 눈으로 보지 않을 수 없었다.

---

103 오사케お酒 : 일본 술, 청주. 정종正宗은 청주의 브랜드명.

이윽고 하녀가 일본 술을 들고 와 오후데는 거의 혼자서 다 마셨다. 낡은 비단 옷을 꽉 조이게 입고 있는 어깨 부위부터 봉긋한 가슴께에 걸쳐 따뜻하고 큰 호흡이 보였다.

"오라버니는 안 마셔요?"

"마시고 있어."

"자, 따라드릴게요" 하고 내가 마지못해 잔을 들 때까지 술병을 든 채로 지긋이 내 얼굴을 보았다. 지금은 별로 꾸밈도 없이 그 긴 눈썹도 검은 눈동자도 새벽의 덩굴 풀처럼 서늘하게 젖어 있어 그 속에는 사람을 압박하는 무서운 빛이 있었다.

"나를 적당히 놔 주게" 하고 나는 잔을 바닥에 내려놓고 머릿속에서 맥주와 일본주가 싸우는 듯한 소용돌이를 자각했다.

"싫어요! 난 놔주지 않을 테니"라고 웃고 "지금 어딘가로 데려가 줘요. 모란대의 뭐라고 하는 찻집으로. 당신의 그, 사모님이 ……" 하고 사모님이라는 말을 애써 어렵게 말하고 싱긋이 웃으면서 "그곳의 여자가 대단한 미인이고 훌륭하다고 칭찬하셨죠? 저, 사모님이 칭찬한 여자가 보고 싶어요."

"그녀는 참으로 훌륭한 여자 같네. 아름다움은 자네와 비교해 누가 더 나은지 말하기 어렵지만."

"그러죠, 누가 더 예쁜지 비교하고 오죠. 네? 오라버니. 데려가 줘요."

"바보 같은 소리. 아무리 평양이라도 대낮에 취한 여자를 데리고 나갈 수 있나? 그것이야말로 마누라 눈도 있으니까 말이야."

"그래요" 하고 오후데는 화난 듯이 말하고, "그럼 어떻게 하면 좋죠?" 하고 잠시 공중에 무엇을 찾는 눈매를 했으나 불처럼 타던 그 눈에서는 지금까지 없던 깊은 마음의 심연에서 흘러나온 듯한 불의의 눈물방울이 볼을 타고 줄줄 흘러 내렸다. 내가 깜짝 놀라 그것을 지켜보기도 전에, 이미 소나기 후의 파란 하늘처럼 맑게 갠 얼굴에는 이전에 자주 봤던 태평스럽고 노련한 빛이 움직이고 있었다.

'아름다운 눈물이군.' 나는 속으로 생각했다. 왜 그녀가 이런 눈물을 흘리는가 하는 이유를 묻기 전에, 단지 왠지 아름다운 눈물이라고 생각했다. 그리고 아까 빈약한 허식의 눈물에 애착하던 그녀가 오히려 이런 진심의 눈물을 스스로 부끄러워하며 흘린 것을 흥미롭게 생각했다.

"왜 울었지?" 내가 놀란 마음을 도저히 진정할 수가 없어 물었다.

"울었다고요?" 그녀는 얼버무리는 듯이 말하고, 아직 불 근처에 머물러 있는 한두 방울의 눈물 위를 슬쩍 감추듯이 손으로 덮었다. 술에 달아오른 붉은 볼 위에 가늘고 나긋한 손은 창백하게 보였다.

"운 게 아니었나?" 나는 미소를 지었다.

"네, 운 게 아니고 웃었어요" 하고 쾌활하게 말하고, "나 혼자 별 꼴 다 보이게 하고 잠자코 보고만 있네요. 짓궂은 사람."

오후데는 나를 앞에 둔 채 혼자 취하고 있었다. 나는 그 아름다운 육체를 단지 흥미롭게 지켜보며 앉아 있었다.

"이제 그만 마시는 게 좋지 않을까?"

"싫어요!" 하고 취한 여자는 머리를 흔들었으나, 별로 마시지 않아 많이 남은 내 잔에 술을 또 따르려고 하다가 다다미를 적시기도 했다.

"꽤 주변이 어설퍼졌군" 하고 나는 웃었다.

"그래요" 하고 오후데도 웃고 다시 뭔가 말하려고 했으나 그만두었다.

나는 그녀가 내게 요구하는 바가 결국 무엇인지 이해하지 못해 계속 앉아 있었던 것을 떠올렸다. 나는 이러한 여자의 마지막 요구가 늘 살풍경한 어떤 하나의 것에 귀착하는 것을 숙지하고 있기 때문에, 그녀의 약간 남과 다르게 보이는 표정에도 별로 많은 가치를 둘 수가 없었다. 그렇지만 오늘 눈앞에 있는 만취한 여자는 아직 그런 모습을 조금도 드러내려고 하지 않았다.

금전! 그녀는 과연 그것에 냉담한 것일까? 그런 욕망은 추호도 없이 단지 광태를 연기하고 있는 것일까? 그것은 풀기 어려운 수수께끼로, 아직 잠시 모습을 지켜보는 것밖에 달리 방법이 없었다.

"이제 해방되어도 좋겠지?" 나는 농담처럼 말하고 돌아갈 준비를 시작했다.

"해방이 다 뭐에요!" 오후데는 애써 취한 모습을 숨기려고 하는 듯 가슴을 여미듯이 하고 내 얼굴을 응시했다.

'다시 제자리로 돌아갔나?' 나는 쓸쓸하게 생각했으나 굳이 상대를 하지 않고 "어쨌든 오늘은 이만 돌아가네" 하고 일어섰다.

"안 돼요." 오후데는 만류하려는 듯이 손을 들었으나 일어날 힘은 없었다.

"비겁해요!" 꼬인 혀로 내뱉듯 말하고 다시 잔에 손을 대고 더 이상 아무 말도 하지 않았다. 방을 나설 때 뒤돌아보니, 내 쪽을 보려고 하지도 않고 아름다운 머리칼 속에 손을 넣고 머리를 긁고 있었다.

37

밖으로 나오니 아직 뜨거운 해가 이제 막 기울기 시작했다. 나는 항상 그녀를 만난 후에는 간신히 그녀의 손에서 도망쳐 나온 것을 안심하는 기분이 들었다. 경성을 떠나 이 땅에 올 때도, 그들의 굴레를 벗어난다고 하는 것이 역시 하나의 희망이었다고도 할 수 있으나, 그것이 다시 곧 뒤를 쫓아 와서 떨어지지 않게 되었다는 것은 불쾌한 것이라고 절실히 생각되었다. 게다가 무엇 때문에 집요하게 따라붙는지 명백하게 이해되지 않은 한, 그것은 더욱 기분 나쁜 근심거리가 아닐 수 없었다.

‘이삼일 전에 선교리로 데려간 것이 실수였다’ 하고 뒤늦은 후
회를 하기도 하며 이제 앞으로 가급적 가까이 하지 않으려고 결심
했다.

마쓰다의 사무소 앞에 지나가다가 다시 불러보니 이번에는 안
에 있었다. 아래 방에는 조선인이 두세 명 책상을 놓고 조선어의
소송서류 같은 것을 살피고 있었다. 들어오라고 하여 좁은 계단
을 올라가 보니 그곳에는 침실도 있고 소파도 있어, 좁은 긴 방이
그런 장대한 가구로 거의 가득 차 있었다.

“자네가 온 것을 홍으로부터 들어서 찾아가야지 생각하던 참이었
네” 하고 쾌활하게 말을 걸었다. 그럼에도 입이 좀 무거운 듯하고 눈
이 붉게 충혈되어, 한창 낮잠 중인 것을 방해했다는 것을 깨달았다.

“이런 좁은 곳에서 어쩔 수 없지만 그곳에 앉게” 하고 나를 소파
에 앉히고 자신은 침대 위에 앉은 채로 그 붉은 눈을 비볐다. 지난
번에 마쓰야의 이층이 필시 더울 것이라고 상상한 것은 틀림이 없
었다. 창은 가득 해를 받고 낮은 천정은 머리 위를 압박했다.

38

숙소에 돌아와 보니 아내는 없었다. 하녀 오하나가 문지방 옆
에 무릎을 꿇고,

"돌아오셨습니까?" 하고 얌전히 인사를 했다. "사모님은 아까 손님이 간절히 권해서 손님 댁으로 함께 가셨습니다. 혹시 용무가 있으시면 전화를 걸어 달라고 말씀을 남기셨습니다" 하고 오하나는 다 알겠다는 표정이라, 오후데가 있는 곳에서 긴 시간을 보낸 나는 왠지 마음이 켕겼으나 아내가 외출한 것은 마음이 편했다.

욕탕을 나와 저녁식사 시각이 다되어도 아내는 돌아오지 않았다. 그러던 중에 전화가 걸려 와서,

"제발 밤중까지 이야기 나누다가 돌아가라고 붙잡지 뭐예요. 어떻게 할까요?"라고 상담을 했다. 나는 "천천히 놀다 오지"라고 대답해 주었다.

오하나는 저녁식사의 시중을 하러 와서 예의 바르게 앉아 술을 따랐다. 오늘 오후데의 일이 때때로 떠오르는 것을 나는 애써 잊으려고 하면서 혼자 조용히 술잔을 드는 쾌미를 맛보고 있었다. 그때,

"손님이 오셨습니다" 하고 하녀가 알리러 왔다.

"누가?"

"부윤府尹104 상과 오우치大內 상이라고 합니다."

"식사 중이라 실례지만 다른 방에라도 ……"라고 주저하는 동안에 이미 두 사람은 들어 왔다.

---

104 부윤府尹 : 평양부府의 장. 지금의 시장.

"부윤 마쓰키松木입니다"라고 지국장은 소개했다.

"아, 이거, 식사 중에 실례했습니다" 하고 붉은 기가 감도는 활동가다운 얼굴을 한 부윤은 미안해하며 앉더니,

"다른 지인을 방문하고 나서 현관에서 돌아가려는데 오우치 군에게 붙들려, 문학자로 매우 평양을 좋아하시는 분이 있으니 만나보는 게 좋을 것이라고 권유받았기에 ……" 하고 무례한 내방을 부끄러워하는 듯 말했다.

"부윤님에게는 하나 평양책策이 있습니다. 선생님께서 예전에 말하셨던 호텔 건립론과 일치하는 점도 있으니까요" 하고 지국장은 신문기자다운 말씨로 덧붙였다. 과연 그런 말을 언뜻 지국장에게 말한 적이 있기는 했다.

"그렇습니까? 제 의견은 정리된 것도 아닙니다만 ……." 나는 적잖이 송구스러웠다.

"그럼 선생님의 호텔 건립론이라는 것은?" 부윤은 곧 바로 단도직입적으로 말했다.

"경제적으로 성립할 수 있는 것인지 그 점은 전혀 알지 못합니다만 요컨대 평양을 일대공원으로 경영하면 어떨까 하는 것입니다. 모란대에서 대동강을 지나 선교리에 이르는 경치는 웅대하고 게다가 변화의 묘를 극하여 자연스럽게 대공원을 이루고 있습니다. 안봉선安奉線[105]도 광궤가 되고 압록강의 가교[106] 공사도 하고 부산에서 장춘까지 기차가 직통하게 되어 장래에는 조선이 세계

의 대도大道가 될 때, 철도에 연한 평양이라는 곳은 풍광명미風光明
媚[107]하여 일본 정부가 이곳을 세계적 공원으로 예의 경영하게 된
다면, 세계의 관광객은 반드시 한 번은 평양에 발을 멈추게 되니,
그래서 호텔론이 나온 것입니다만, 호텔도 대동강을 중심으로 계
획해야 하는 것은 물론인데, 우선 가장 좋은 곳이라고 생각되는
곳은 능라도입니다. 그곳에 큰 호텔을 만들어 여름에는 요트를
강 위에 띄우고 자유롭게 능라도의 주위를 돌고 선교리, 연광정,
대동문을 오르내립니다. 겨울에는 또 결빙을 이용하여 스케이팅
을 하고, 강 위의 왕래는 눈썰매를 사용하죠. 봄가을은 물론, 여름
과 겨울 모두 적당한 시설만 갖춰진다면 변화무쌍한 흥미로운 유
람장이 될 수 있으리라 생각합니다. 기차 정거장을 강가까지 연
장시키고, 그 정거장과 호텔 사이에 아름다운 연락선을 만들면 여
객은 조금의 불편도 느끼지 않을 뿐더러, 장도의 기차여행 손님은
순식간에 경쾌한 요트 손님으로 변해, 이삼십 분 안에 수중의 궁
전이라고 할 수 있는 능라도 호텔로 이르는 것은 흥미롭지 않습니
까? 이것이 호텔 건립을 제일의 급무로 하는 저의 평양책입니다"
하고 나는 기차가 강가에서 손님을 토해내고, 요트가 곧 그 손님

---

105 안봉선安奉線 : 압록강 건너 안동安東(지금의 단동丹東)에서 봉천奉川(지금의 심양瀋陽)
     까지의 철도로, 조선에서 남만주철도로 연결되는 지선.
106 압록강의 가교 : 압록강 횡단 철교는 1911년 11월 1일 완성되어 남만주철도와 연결
     되었다.
107 풍광명미風光明媚 : 자연의 경치가 맑고 아름다움.

을 수용하여 움직이기 시작하고, 흰 석조 호텔의 많은 창문은 환하게 불을 켜고 있는 광경을 눈앞에 떠올리며 말했다. 그리고 평양이라는 땅에 존재할 것인 많은 사정은 일체 묻지 않고, 또 이렇게 성취하는 데에 투입될 시간도 생각지도 않고, 하나의 그림처럼 그 광경을 그려내 보는 점이 흥미로웠다. 그렇지만 "완전히 문학자의 공상론일지도 모릅니다" 하고 실제 그렇게 생각한 것을 솔직히 덧붙이고 나는 웃었다. 부윤은 의외로 진지하게 일일이 고개를 끄덕이고 있었으나,

"저 또한 평양공원론자로, 그 점은 완전히 선생과 일치하고 있으나, 능라도의 호텔 건립은 좋은 생각입니다만 실행상 곤란한 듯합니다. 배라는 것을 여객들은 왠지 귀찮게 생각하기 마련이라, 마차나 자동차로 단시간에 닿을 수 있는 곳에 호텔을 만드는 쪽이 좋으리라 생각합니다. 물론 대동강을 등한시하고 시내에 만든다는 것이 아니라 대동문, 연광정에 연한 강가에 만들어야겠지요. 요트를 띄우고 스케이팅을 장려하는 점도 물론 이견은 없습니다. 당연히 그것들은 경비의 문제이겠지만 어쨌든 하나의 호텔을 만든다는 것은 그리 어려운 대사업이라고 생각지 않습니다. 다만 평양부만 혼자 열을 내도 안 되는 일로, 적어도 그 역시 철도원鐵道院[108] 등에서 그런 마음이 되어 주어야 하니까요" 하고 부윤은 그

---

[108] 철도원鐵道院 : 1908년 설립된 일본 본국 내각 직속의 내각철도원. 1920년 철도성鐵道省으로 승격.

붉은 얼굴에 무언가 불만스런 빛을 띠웠다.

"그건 물론이지요. 저도 국가사업으로 하는 것이 좋다고 생각합니다. 이 또한 조선철도의 한 경영책이니까요" 하고 나도 맞장구를 치고 의외로 당국자인 부윤의 의견과 나의 공상론과의 거리가 가까운 것을 흥미롭게 생각했다. 하지만 호텔 건립의 위치로써 능라도를 빠뜨리는 것은 내 공상의 반 이상이 파괴되는 것 같아 불쾌했다. 꼭 그렇게 단념할 것 없이, 평양 호텔의 특색을 충분히 유지할 수 있는 배의 왕래도 한다면 결코 귀찮을 것도 없이 오히려 그것이 호객거리가 되리라고 생각했다.

내가 국가사업으로 하는 것이 좋다고 생각한다고 말했을 때, 부윤은 웃었다. 그렇지만 그 웃음은 사람의 마음을 상처를 주는 웃음은 아니었다. 나의 공론을 실제로 빈약한 것이라고 경멸하기보다는 오히려 그것에 흥미를 보이는 웃음이었다. 그리고 이야기를 돌려,

"지난밤에는 갈보 탐험을 하셨다고요" 하고 다시 쾌활하게 웃었다.

"갈보인지 삼패인지 모르겠지만 오우치 군의 안내를 받아 이제 상당히 평양통이 되었습니다" 하고 나도 웃으며 말하면서 문득 생각난 것이 있었다.

"여기에도 기생학교가 있다고 합니다만."

"있고말고요. 여기 사람들은 평양이 기생의 본고장이라고 합니다."

"그래서 다시 이야기가 원래로 돌아갑니다만, 이미 기생학교 같은 것이 있는 이상, 기생을 좀 더 세계적으로 교육하여 일본어는 물론 한 두 외국어도 말할 수 있게 하고, 대동강에 기생 배를 띄우고 선중에 사죽관현絲竹管絃[109]의 음악도 연주하고 기생 춤도 추게 하면 어떨까요? 그리고 아까 요트라고 했습니다만 그것은 취소하고 베니스의 곤돌라나 진회秦淮의 화방華舫[110] 같은 형태로 이 강산에 조화된 뭔가 특별한 배를 창조하는 것입니다. 이것은 당국자가 생각만 있다면 그리 어려운 일은 아니라고 생각합니다. 어떨까요? 좀 분발해 보시면" 하고 나는 도취하여 다시 평양책으로 돌아갔다.

부윤은 다시 쾌활하게 웃고,

"자, 한 번 분발해 볼까요? 거기까지 가면 만경대도 놔둘 수 없겠군요. 그렇지 자네. 만경대는 꼭 이 평양책에 계산에 넣어야 하겠지?"

"그렇고말고요. 만경대는 꼭 넣을 필요가 있습니다" 하고 지국장은 맞장구를 쳤다.

"만경대라고 하면?"

---

109 사는 거문고, 죽은 피리, 관은 피리, 현은 거문고.
110 진회의 화방 : 진회는 남경을 지나 양자강으로 흐르는 운하. 진秦나라 때에 만들었으며 양쪽 기슭은 유람지로 유명하다. 화방은 아름답게 장식한 가옥형의 배.

"여기서 삼 리 정도 강 하류에 있습니다."

"다만 그 여울이 곤란하군" 하고 지국장은 그 계획을 진지하게 생각하는 듯 말했다.

"여울 같은 거 아무것도 아니네. 준설하면 되지 않는가?" 하고 부윤은 이미 실행상의 문제로 생각하는 듯했다. 그렇지만 어디까지나 남을 경멸하는 말투는 느껴지지 않았다.

"진남포에서 만경대까지 치하야千早[111] 정도의 군함은 올라오지만 상류로 가면 여울이 많아 간조가 되면 한선의 운행도 곤란할 정도입니다" 하고 지국장은 설명했다.

"그렇겠군. 실행에 옮기자면 그런 문제가 얼마든지 생기겠죠" 하고 나도 약간 머쓱해져서 기세를 낮추었다.

"능라도 근방에도 곤란한 것이 있지? 자네."

"그렇습니다."

"역시 여울입니까?"

"그렇습니다. 준설을 할 예정이기는 합니다만, 꽤 만만치 않은가 봅니다. 그것도 경비 문제죠" 하고 부윤은 쓰게 웃었다. 나의 공상화는 점점 먼 쪽으로 사라져가는 기분이 들었다. 부윤은 급히 말을 돌리고,

"여기 건넛방이었지? 누마타沼田가 있는 곳은?"

---

111 치하야千早 : 1898년 요코스카 조선창에서 건조하여 1901년 준공, 1939년 폐선. 1,238톤, 전장 83.19m.

“예, 분명 그렇습니다”라고 지국장은 대답했다.

“아, 그렇습니다. 분명 누마타 상이라고 했습니다. 그 키 작은 사람 말이죠?”

“그렇습니다. 그 자는 별난 사람인데요, 강원도, 평안도는 가는 곳마다 광산이 있다고 하는 어느 사람의 연설을 듣고서, 거의 이 년 동안 매일처럼 쇠망치를 허리에 차고 산속을 여기저기 돌아다니며 바위를 똑똑 두드리며 다녔던 사람인데 마침내 탄광 하나를 찾았다더군요” 하고 부윤은 실행가다운 활동적인 얼굴에 회심의 미소를 띠었다.

부윤의 평양공원론도, 누마타 등이 쇠망치를 가지고 하나하나 바위모서리를 깨며 걷는 정도는 아니더라도, 역시 발이 땅에 닿은 실제론인 것은 상상하기 어렵지 않았다. 그렇지만 내 머리에는 지금 말하면서 생각난 화방 같은 특별한 배가 한동안 감돌며 떠나지 않았다. 그것은 나로서도 좋은 발상처럼 생각되었다. 현실에서 단 한 발만을 앞서는 것을 목적으로 하는 실제론에서 보면, 이 같은 것은 불급不急의 말사末事[112]라고 생각되겠지만 결코 그렇다고는 생각하지 않았다. 강산에 정신이 깃들어 있다고 종종 사람들은 말하지만, 그것은 강산과 인간의 사이에 존재하는 것으로,

112 불급의 말사 : 不急의 末事. 서둘 것 없는 하찮은 일.

강산에만 존재하는 것은 아니다. 그러한 경우에 사람은 흔히 신사를 세우거나 비석을 새기거나 다리를 놓거나 한다. 그것은 강산 그 자체와 인간과의 사이에 존재하는 감정을 구체화한 것이다. 진회의 화방 같은 것은 그것이 다시 한 발 나아간 것으로, 진회라는 것의 어떤 느낌이 인격화되어 화방이 된 것이다. 설화 속에서 벚나무 요정이 유녀가 되거나 버드나무 요정이 오류お柳가 되거나 하는 것보다는 훨씬 진보된 것이며 자연스런 인격화다. 이것을 사회적으로 말하면, 정당이라든가 결사라든가 하는 것에 주의 강령이라고는 것이 있어, 기치旗幟를 선명하게 하여 사람으로 하여금 기댈 곳을 만드는 것처럼 화방은 역시 진회의 주의요 강령이다. 가까운 곳을 말하자면, 연광정의 아래에 있는 대동강사나 모란강 아래 있는 영명사, 부벽루, 오마키의 찻집, 선교리의 버드나무 같은 것도 대소의 차이는 있을지언정 모두 인격화이며 기치이다. 즉 그런 의미에서 특별한 배를 대동강에 띄운다고 하는 것은 이 강산을 천하에 비할 바 적은 것으로 하여, 스스로 자랑할 만한 것을 선명하게 하는 것이다. 주의 강령을 제시하는 것이다. 결코 불급의 말사가 아닌 것은 당연하고 오히려 비상한 급무라고 할 수 있다……

이런 생각을 하면서 나는 부윤과 지국장의 이야기를 잠자코 듣고 있었다. 두 사람의 이야기는 누마타 씨가 쇠망치와 주먹밥을 허리에 차고 산속을 돌아다닌 당시의 일화였다.

그때,

"손님이 오셨습니다" 하고 오케이 상이 알리러 왔다. 명함을 보니 쓰루미 게이노스케였다.

"그리고 부인 한 분이 같이 오셨습니다." 오케이 상은 덧붙였다.

게이노스케가 함께 온 여자라고 한다면 오후데라는 것은 생각할 것까지도 없었다.

'곤란하군.' 나는 마음속으로 외치며 "지금 손님이 와 있으니 내일 오라고 말해 주게" 하고 오케이를 향해 말했다.

"우리야말로 아무런 용무가 없으니 이제 실례해야지" 하고 부윤은 지국장을 재촉하여 일어나려고 했다.

"그리 중요한 손님은 아닙니다"라고 말하고 나는 솔직히 누구인지 말했다.

"그 여자, 재미있는 여자지" 하고 지국장은 혼잣말처럼 말하고 "들어오라고 하시죠."

이윽고 오케이에게 안내되어 온 게이노스케의 뒤에는 과연 오후데가 서 있었다. 게이노스케의 머리에 반쯤 얼굴을 숨긴 듯이 하고 한 쪽 눈을 찡긋하고 나를 보았다. 나는 아까와 같은 광태를 보일까 무엇보다 두려워하였으나 그런 모습은 보이지 않아 안심했다.

"언제 왔는가?" 나는 부윤 등에게 소개한 후 게이노스케에게 물었다.

“오늘 왔습니다.”

“아까 신문에서 보니 내일부터 개장한다고 쓰여 있었는데 연습
도 별로 못하고 시작하는 건가?”

“저는 예전처럼 유군遊軍이니까요. 게다가 하루오 대신에 한 사
람 새로 들어왔으니까요.”

“그럼 당분간 작가 전문인가?”

“뭐 그런 셈이죠.”

나와 게이노스케가 이런 말을 하고 있는 동안, 오후데는 지국
장과 말을 하고 있었다.

“그 후에 어딘가 구경하러 갔습니까?”

“아뇨.” 오후데는 짧게 대답하고 얌전하게 앉아 있었다. 오후데
의 주의는 지금 새로 시가를 물고 노란 연기를 피우고 있는 부윤
에게 집중되는 듯했다.

“아직 모란대에도 가지 않았습니까?”

“예, 아직.” 오후데는 계속 말 수를 줄이고 그러면서도 항상 큰
눈에 가득한 교태를 지국장 얼굴로 쏟아 붓고 있었다.

“쓰루미 군은 평양이 처음인가?”

“네, 처음입니다.”

“아주 좋은 곳이네. 나는 한 번밖에 보지 않았지만 완전히 평양
당이 되어 버렸지. 게다가 꼭 모란대의 찻집에 들러보게. 그곳에
는 오마키라는 멋진 미인이 있으니까.”

“오마키라는 여자는 별난 여자죠” 하고 부윤도 말을 덧붙였다.

“오후데 상이 누가 미인인지 비교하러 데려가 달라고 하니 자네가 데리고 가주게” 하고 나는 웃으면서 말했다. 부윤 등도 웃으며 오후데의 얼굴을 보았다.

“어머, 너무하시네” 하고 오후데의 눈은 금세 타오른 불처럼 빛나기 시작하더니, 등불 앞으로 무릎걸음으로 조금 나와, 어안이 없어하는 오하나의 무릎 앞에 있는 술병을 들고 부윤과 지국장 등에게 따랐다.

마쓰야는 게이샤는 한 걸음도 문 안에 들이지 않는 곳이었다. 손님을 바래다주러 온 게이샤도 손님이 아무리 들어오라고 말해도 “안 돼요. 여기는 주인마님이 가만 두지 않아요”라고 말하고 문 앞에서 돌아가는 것이 상례였다. 처음부터 오후데의 모습을 이상하게 생각하고 있던 오하나는 온화하지 못한 표정으로 그 일거일동을 주목하고 있었다.

나는 질려 버린 오후데의 교태를 다시 봐야 하는 것인가 하고 불쾌하게 생각하고 있던 참에, 다시 두 사람의 손님이 왔다고 오다이ぉ台 상이 알리러 왔다. 그것은 마쓰다와 홍 상이었다.

두 사람이 방에 들어오고 나서 모처럼 무릎걸음으로 나와 있던 오후데도 어느새 할 일이 없어져 원래 자리로 물러나 다시 얌전하게 앉아 있었다. 홍 상도 마쓰다도 부윤과는 이미 아는 사이였지만, 별로 대화는 흥이 나지 않았다. 단지 마쓰다는 때때로 오후데

쪽을 흥미롭게 보았다.

오하나는 때때로 술병을 새로 가져오려고 일어났으나 지속된 술에 아무도 그리 취한 모습은 보이지 않았다. 나도 일단 취한 술이 다시 깨기 시작하여 은근히 하품조차 일어나 갑자기 가라앉은 이 다인수의 회합을 단지 멋쩍게 바라보고 있었다. 그리고,

"오후데 상, 좀 수다 좀 떠는 게 어떤가?" 하고 놀리는 듯이 말해 보았다. 오후데가 종종 훔쳐보는 듯이 눈을 주는 부윤의 얼굴 근방에는 노랗고 하얀 담배 연기가 힘차게 뻗고 있었다.

"오늘은 대단히 진지하시네요." 홍 상도 그 빈정거리는 입을 움직였다. 그렇지만 오후데는 싸늘하게 웃고 있을 뿐, 아무 말도 하지 않았다.

"요전에 청량리에 갔던 자가 우연히도 모두 여기에 모였군요" 하고 홍 상은 다시 힐끗 오후데와 게이노스케 쪽을 보았다.

"아직 뭐라 해도 조선은 좁군. 경성에서 만난 자는 대개 다시 평양에서 만나게 되네" 하고 나는 말했다.

"내지에서 오는 사람은 자주 그런 말을 합니다. 어쨌든 한 줄기의 레일이 유일한 교통로이니까요." 부윤도 다시 끼어들었다.

"특히 대개의 사람은 이 마쓰야에 오니까요. 자연히 이곳에서 만나게 됩니다" 하고 지국장은 말했다.

"실제로 평양에는 여관이 적지." 마쓰다도 맞장구를 쳤다.

그런 이야기가 재료가 되어 다시 부윤의 입을 통해 나의 평양책

이 모두에게 알려졌다.

"허어, 자네. 앞으로 한 달 정도 머물러서 대동강이 넘쳐 평양이 반 이상 바다가 되는 것을 봐야겠군." 마쓰다는 절망한 듯이 말하고 웃었다.

"요컨대 경비의 문제이지." 부윤은 조정하는 듯이 말했다.

"그러나 기생 배는 좋군. 그것만큼은 곧바로 부윤에게 실행을 졸라야겠는 걸" 하고 마쓰다는 다시 웃었다.

그렇지만 모두 그리 웃지는 않았다. 여전히 이야기에 흥이 오르지 않았다. 그때 오후데는 돌연,

"네, 여러분. 저 오마키 상인가의 찻집에 가보고 싶어요. 데려가 주시죠" 하고 누구에게랄 것도 없이 심심한 듯 어리광부리는 말투로 말했다.

이것이 남산루에서의 이시바시 고조의 방이었다면 "가고 싶으면 혼자 가지"라고 고조가 냉담하게 말해도 어느새 오후데를 중심으로 한 많은 추종자들의 운동이 곧바로 개시될 터이나, 이 자리에서는 단 한 사람 그 말에 대답하는 자조차 없었다. 부윤의 잎담배 연기는 여전히 그 붉은 얼굴 주위를 감돌고, 홍 상은 그 비참한 입을 다물고 있었다.

오후데의 얼굴에는 지금까지 본 적이 없던 하나의 표정이 떠올랐다. 그 눈에는 예리한 빛이 있고 약간 창백한 얼굴에는 근육의 미동이 보여 그것을 애써 감추려고 하는 입가의 미소는 무서울 정

도로 차가웠다.

"오우치 군, 요전 밤은 하인 역을 무사히 잘 했는가?" 홍 상은 갑자기 생각난 듯 침착하게 비아냥거리는 말투로 말했다.

"무례하군." 지국장은 황당하다는 듯이 말했다.

지국장이 한 손에 지팡이를 짚고 한 손에 초롱을 들고 안내자 얼굴로 앞에 선 장면이 매우 흥미로운 그림이었다는 것을 홍 상이 자세히 설명하자 부윤도 마쓰다도 웃었다.

"그 탐험 때 말이군" 하고 부윤은 연기를 뿜으면서 다시 웃었다.

"제가 초롱을 들고 있는 손목을 잡혀서 크게 고전하고 있는 것을 오후데 상이 도와주었습니다" 하고 지국장도 하릴 없이 웃었다.

"이렇게 두 사람이 하고 있었던 걸요" 하고 이때 오후데는 곧 바로 보통의 쾌활한 얼굴로 돌아와서 자기 오른 손목을 왼손으로 잡고 그때의 모습을 만들어 보여 주었다. 그것이 매우 생생히 묘사되어 나도 지국장도 불현듯 웃었다. 다른 사람들도 동시에 웃었다. 오후데의 손동작은 간결하여, 눈으로 들어온 순간에 이미 부드럽게 그것을 풀고 자신도 웃기는 듯이 웃어젖혔다. 간단한 흉내 동작에, 보통의 게이샤에게는 볼 수가 없는 손의 솜씨를 보였기 때문에 부윤도 마쓰다도 마음이 끌린 듯했다.

39

그 다음날은 일찍 저녁 식사를 마치고 해가 서쪽으로 막 떨어질 즈음에 아내와 둘이 대동강에 배를 띄웠다. 언제 와서 봐도 처음 온 듯, 그 넓고 웅대한 경치에 압도되었다. 사공은 처음 모란대부터 저어 내려간 때의 일본어가 유창한 이와키치였으므로 오늘은 다시 모란대로 저어 올라가도록 했다. 아내는 별로 말이 없이 잠자코 뱃전에 팔꿈치를 기대고 있었으나 그것이 내 아내이면서도 자못 품위 있게 보여 지금까지 어딘가를 유람한다고 하면 반드시 다른 사람과 함께한 것이 후회되는 느낌이었다.

"언제 와 봐도 좋군."

"어제처럼 답답하고 후덥지근한 거에 비하면 얼마나 좋나요?"

"나도 어제는 꽤 힘들었네."

"손님들도 우르르 한꺼번에 찾아오면 정말 곤란하죠."

"어떤 건이 있어 모이는 거라면 많이 와도 좋지만, 몇 패나 되는 손님이 우연히 모인 때는 정말 곤란하지" 하고 이런 이야기를 하면서도 나는 어제 오전 오후데의 숙소에 간 것은 아직 아내에게 밝히지 않았다.

우리는 다시 잠자코 수면을 보았다. 노 젓는 소리가 들리며 가벼운 배는 미끄러지듯 나아갔다.

"밀물인가?"

“그렇습니다” 하고 이와키치는 몇 번 들어도 일본인과 같은 경쾌한 말투로 대답했다.

대동문과 연광정은 어느새 뒤로 물러가 옥류병玉流屏도 지나서 벌써 능라도가 보이기 시작했다. 나는 어제 부윤에게 말한 호텔 이야기를 아내에게 꺼냈다.

“어떤가. 둘이서 호텔이라도 시작해 볼까?”

“좋죠.”

우리는 남 이야기처럼 말을 주고받고 서로 웃었다. 어제 부윤에게 말한 때와 같은 열성적인 논객의 입에서 이런 데면데면한 말이 나오는 것을 스스로 이상하게 생각했다.

잠자코 이런 이야기를 듣고 있던 이와키치는,

“손님, 능라도 땅을 송두리째 사시면 좋지 않겠습니까?”

“능라도 왕도 좋구먼” 하고 나는 웃었다.

어느새 모란대가 눈앞에 보였다. 부벽루나 영명사나 오마키의 찻집도 손에 잡힐 듯이 보였다.

“오마키 상 지금 있을까요?”

“있겠지” 하고 둘은 이런 문답을 했다.

이와키치를 기다리게 하고 우리는 풀이 난 거의 무너질 듯한 돌계단을 올라갔다.

지금 오르는 길을 저번에는 내려갔으나, 이런 돌계단이 있던 것은 기억에 남아 있지 않았다. 큰 돌이 대충 쌓여 있어 세월을 거듭하여 이윽고 불규칙하게 되어 있는 것과 경사가 급한 것이 이 돌계단의 현저한 특색이었다. 이런 계단이라면 그때 확실히 머리에 남아 있었을 텐데 생각했지만 추호도 기억에 없었다.

"이런 계단이 있었던가?"

"저도 기억에 없네요."

"그렇지만 달리 길은 없으니 말이야."

"그렇기는 하네요. 실제로 지금 지나간 저 문을 통과한 것은 분명 기억이 있는걸요." 그러나 이때 이런 돌계단을 오른다고 하는 것에 각별한 흥미가 있었다.

어느 사람을 스승으로 가진 제자가 그 스승을 자기 혼자의 스승처럼 생각하여 스승의 부인에 대한 애정까지를 질시하는 예가 흔히 있다. 어느 배우를 좋아하는 여자가 그 배우가 무대에서 연기하고 있는 자기 혼자의 긍지로 생각하는 것은 흔히 있을 수 있다. 그뿐 아니라 세상의 많은 여자는 자기 남편의 육체와 정신도 자기 혼자를 위해 존재하는 것처럼 생각하고 있다. 이것은 열애이다. 연애이다. 나의 모란대에 대한 탄미의 정도 약간 이것에 가깝다고 해도 좋을 것이다.

단지 한 번 봤을 뿐인 모란대를 두 번째 방문하는 지금, 이미 나만을 위해 존재하는 천지에 발을 내딛는 기분이 드는 것을 나는 묘하게 생각했다. 그것도 내 심성 탓인가, 아내도 비슷한 마음인

듯 기운차게 계단을 오르는 것처럼 보이는 것도 또한 묘하게 생각
되었다.

모란대는 다시 곧 오마치의 찻집을 연상시켰다. 그녀의 명모호
치明眸皓齒가 사람의 마음을 끈다든가 도둑과 분투한 이야기가 사
람을 놀라게 한다든가 하는 것 외로 이 모란대를 배경으로 한 갈
대 찻집의 여주인으로서 특별한 존경심을 갖고 있었다. 이 마음
도 역시 나와 아내 사이에 큰 차이가 없는 것 같았다.

계단을 다 오르자 광활한 대지臺地가 나왔다. 이것은 애초부터
기억이 있는 대지였다. 부벽루는 오른쪽에 영명사는 왼쪽에 오마
키의 찻집은 그 중간에 있었다.

갈대 찻집에는 예전처럼 청홍의 수건이 걸려 있었다. 평상이
놓여 있었다. 그렇지만 사람은 보이지 않았다. 오마키 비슷한 여
자도 없고 예전에 본 주인도 보이지 않았다.

"어머, 오마키 상 없는가 보네요." 아내가 실망한 듯이 말했다.

"누군가 없지는 않겠지. 그럼 부벽루 쪽으로 가 볼까?" 나는 그
쪽으로 발을 옮겼다. 아내도 따라 왔다.

대동강에 배를 띄울 때, 항상 그 강이 넓은 것에 놀란 것처럼 여
기에서 내려다보는 경치의 웅대함도 이 정도였는지 새삼스레 감
탄했다. 능라도도 큰 모래톱이라고는 생각했으나, 이 정도까지
크다고는 생각하지 않았다. 이전에 봤을 때는 온통 파란 보리밭
과 둔덕의 버드나무였으나, 오늘 보니 여기저기에 농가가 흩어져

있고 버드나무는 둔덕만이 아니라 그 농가 주위에도 있었다.

"좀 쉬시다 가시죠"라는 소리가 뒤에서 들려왔다. 그것은 오마키 상의 목소리가 아니라 탁한 남자의 목소리였다. 뒤돌아보니 멋진 수염, 납작한 코에 이마가 좁고 안경을 쓴, 저번에 판잣집 안에서 고개를 숙이고 일을 하던 오마키의 남편이었다. 그는 어색하게 허리를 숙이고 "쉬다 가시죠" 하고 다시 거듭 말했다.

우리 부부가 평상에 앉자 그는 서툰 손놀림으로 차를 따라서 들고 왔다.

"오늘 부인은 안 계신가요?"

"뒤에서 장작을 패고 있습니다."

"어머나, 세상에" 아내는 놀란 듯이 가볍게 말했다. 거칠게 생긴 남편이 장작을 패지 않고 오마키가 패고 있다는 것을 나도 이상하다고 생각했다. 그렇게 묻고 나서 주의하여 들어보니 판잣집의 뒤에서 도끼 소리가 났다.

남편은 여전히 거칠게 손을 비비며,

"아무래도 대낮에는 더워서 ……" 등 인사말을 했다. 요전에 오마키의 가게에 있을 때는 그는 단지 판잣집 안에 앉아 있었을 뿐이나, 오늘은 자못 찻집의 주인답게 일하고 있는 것도 우습게 생각되었다.

"사 년 전에 이곳에 찻집을 냈다고 하던데 그 전에는 고향에 있었던가요?"

"아뇨, 저는 ……" 하고 그는 부끄러운 듯이 머리에 손을 대고, "벌써 십여 년이나 조선과 만주를 돌아다녔습니다"라고 말한 후 다시 양손을 비볐다.

'이 남자도 역시 호걸의 영락한 몰골인가' 하고 나는 생각하면서,

"그런가요. 그것 참 여러모로 재미있는 이야기가 있겠네요."

남편은 다시 부끄러운 듯이 잠자코 머리에 손을 댔으나, 그것이 결코 겉으로만 그런 것이 아니라 자못 진심으로 송구스러워하는 듯했다.

"만주에서는 여관의 주인 중에도 꽤 지사를 자임하고 있는 사람이 많다는 말을 들었습니다만 ……."

"그런 분도 있습니다"라고 말하고 남편은 다시 손을 비비면서

"만주에도 가십니까?"

"가보고 싶기는 합니다만 ……."

"한 번 가보시는 것도 재미있으실 겁니다."

나는 문득 고조를 떠올리면서,

"혹시 이시바시라는 남자를 압니까?"라고 그냥 무심하게 물어 보았다.

"이시바시 고조 말입니까?"

"그렇습니다."

"알고 있습니다"라고 남편은 선선히 대답했다. 그리고 의아스럽게 내 얼굴을 보면서,

"선생님도 잘 아십니까?"

"잘 알고 있습니다. 요전에 경성에서도 같은 여관에 묵었습니다."

"그러면 ……" 하고 주인장은 내 이름을 말하고 "선생님이십니까?"

"그렇습니다만 어떻게 내 이름을?"

"이시바시는 어제 여기에 와서, 선생님 이야기를 했습니다."

"이시바시가 왔다고요?" 나는 놀라지 않을 수 없었다.

"아직 만나지 못하셨습니까?"

"만나지 못하기는커녕, 경성에서 헤어지고 연락두절입니다만 ……."

"아무래도 좀 비밀스런 용무가 있어 지금까지 아무에게도 거처를 알리지 않았다고 하던데 이제 그 용무도 정리된 것처럼 말하더

군요.”

“언제 여기에 왔습니까?”

“얼마 전입니다. 잠시 경성에 돌아간 후 이번에는 공공연히 만주에 간다고 말했다고 하더군요.”

“이전에는 거의 실종된 형태였습니다만 그러면 역시 만주에 갔던 것입니까?”

“별로 구체적인 이야기는 없었습니다만 물론 그렇겠지요”라고 말하면서 남편은 주전자에 물을 채우기 위해 일어났다. 그리고,

“변변치 않은 과자뿐으로 ……”라고 말하면서 다시 서툴게 목례를 했다. 아내는 어안이 벙벙하여 그와 내 얼굴을 돌아보았다. 도끼 소리는 아직 들려오고 있었다.

이시바시 고조! 그가 지금 평양에 있다는 것은 놀랄 만한 일이었다. 만주에 간 것이라고는 대략 추측하고 있었으나 그가 이제 어느새 이곳에 나타났다는 것은 뜻밖의 일이었다. 그는 무슨 필요가 있어 비밀리에 만주에 간 것인지, 그리고 지금은 다시 태연히 이곳을 거들먹거리며 돌아다니는 것인지 그 사정에 어두운 나는 모두가 이해 불가였다.

“정말입니까?”라고 아내는 아직 의아스러운 듯이 말했다.

“설마 거짓말은 아니겠지”라고 대답하면서 아직 내 머리에는 삼 할의 의혹이 남아 있었다. 남편은 한손으로 뚜껑을 연 상태의

주전자를, 또 한손에 그 뚜껑을 들고 판잣집을 내려갔다.

"이시바시는 어디에 묵고 있을까요?" 그가 다가오자 나는 물었다.

"하나야겠죠." 그는 우리에게 차를 권하면서 대답했다.

"하나야?" 나는 다시 놀라지 않을 수 없었다. 실제로 어제 나는 하나야에 가서 오후데의 광태에 괴롭힘을 당하지 않았던가. 그때 이시바시에 대해 물은 것에 대해 오후데는 아무런 연락도 없다고 까지 대답하지 않았던가. 그것은 그리 믿을 수 없는 말이었다고 생각했다.

"어제 오후데 상이 왔을 때에 아무런 말도 없었잖아요. 이상하군요." 아내는 의심의 눈썹을 찡그렸다.

도끼 소리는 어느새 그쳤다.

"어서 오세요" 하고 오마키 상이 판잣집의 뒤에서 나타나 명료한 눈매로 우리에게 인사했다.

우리는 모란대의 경치를 한 번밖에 보지 않았는데 탄미자가 되었다는 것을 말하고,

"게다가 오마키 상에도 완전히 반했죠. 상관없겠죠? 부부가 함께 반했으니."

"부담스러우시죠?" 아내는 나무라듯이 말하고 웃었다.

"괜찮아요." 오마키는 환하게 웃었다.

박쥐 한 마리가 부벽루에서 나와 강 위를 날아갔다. 부벽루에 박쥐가 있던 것은 머리에 떠올리지도 않고 있었으나 요전에 본 광

경을 다시 반복하여 보는 것은 흥미로웠다. 주위의 경치도 예전에 왔을 때의 시각에 가까워져서 어딘지 모르게 황혼다운 빛이 보였다. 오마키의 남편은 어느 새 판잣집에 들어가 고개를 숙이고 무언가 하는 것도 저번에 본 광경이었다.

"계속 살면서 보고 있으면 그렇게 좋은 경치라고도 생각되지 않습니다만……"라고 말하면서 오마키는 뒤편의 높은 모란대의 뾰족한 지붕을 올려다보았다.

우리가 타고 온 배가 강가에 매어져 있는 것이 작게 내려다보였다. 사공이 앉아 있는 것도 그의 모습으로 상상되었다. 그렇지만 잘 보니 비슷한 배가 그 밖에도 한 척 있고 비슷한 사공이 앉아 있었다. 아까 우리가 왔을 때는 우리 배 한 척밖에 없다고 생각했는데 이상하게도 비슷한 배가 두 척 보였다. 잘 주의해서 보니, 한 사공의 머리는 분명 산발이었으나, 다른 한 사람은 상투를 튼 머리 같았다. 어느새 다른 한 척의 배가 와서 그곳에 매여진 듯했다.

내가 아내에게 그것을 말하고 있자, 오마키 상은,

"저건 구요관九曜館 배네요. 역시 손님을 태우고 온 것이겠지요"라고 말했다. 그때, 돌계단 쪽에서 남녀 둘의 머리가 나타나고 이어서 다시 한 남자의 머리가 나타났다.

"어아, 호랑이도 제 말하면 온다더니 이시바시 상이에요"라고 오마키는 말했다.

"그렇군. 이시바시로군." 나도 무의식중에 말했다.

"게다가 오후데 상과……"라고 말을 하다가 아내는 뒤늦게 올라 온 한 남자를 의아하게 쳐다보았다.

"당신에게 말한 적이 있다고 생각하는데, 저 남자가 장사壯士 배우 쓰루미 게이노스케야"라고 나는 아내에게 알려주었다.

"어머, 오라버니와 사모님이네요"라며 오후데는 달려와서 "두 분 계신 곳으로 데려다 달라고 했죠."

"아, 그런가요. 실례했네요." 아내는 기쁘게 일어나서 맞았다.

"어이."

"어이." 서로 말을 주고받으면서 나도 일어나 고조 쪽으로 다가갔다.

"자네가 온 것을 지금 여기서 들었던 참이야. 이곳에 자네가 있으리라고는 뜻밖이었네."

"그렇겠지. 좀 사정이 있어서 아무한테도 알리지 않았으니" 하고 웃으며 "오늘 아침에 홍洪도 만났지."

"어젯밤도 나한테 왔으면서도 이시바시 군이 왔다는 말을 하지 않았으니 너무하군" 하고 나는 오후데를 힐책했다.

"아뇨, 거기를 떠나 여관으로 돌아와 보니 이시바시 오라버니가 와 있잖아요. 저도 놀랐어요."

"그제 이곳에 왔지만 좀 일이 있어서 다른 집에 일박하고 친구와 함께 하루 이곳을 돌아다니다가 밤이 돼서야 하나야에 갔다네"

라고 고조도 말을 덧붙였다.

"그래서 오래 평양에 머물 셈인가?"

"그리 오랫동안은 있지 못하네."

"경성으로 돌아가는가?"

"확실히는 모르지만 아마 만주에 가게 되겠지."

"그런가."

나는 오후데에 대한 의문이 일시에 풀린 듯했다. 오후데가 이 곳에 왔다는 것도 전혀 깊은 의미는 없이, 역시 고조와 함께 만주에 간다는 것에 불과한 것이었다. 이때 문득 눈에 들어온 것은 오후데 오른손 가운데손가락에 눈부시게 빛나는 것이었다. 이것은 예전에 남산루의 욕탕에서 그녀가 하수구를 덮고 있는 대야 밑바닥에 놓고 잊어버렸던 것임이 틀림없었다. 저번에 만났을 때도 어제 만났을 때도 분명 그것은 눈에 보이지 않았다. 고조가 온 것과 그 반지가 손가락으로 돌아온 것도 대략 그 의미가 읽혀졌다. 오후데가 나에게 요구하는 바의 것을 금전일까 의심해 본 적이 있었지만, 그것도 맞지 않았다. 고조 손에는 우리의 상상이 닿지 않는 방면에서 은밀히 들어오는 돈이 있을 것이리라.

고조를 보니 가장 먼저 떠오르는 것은 청량리의 사건이었다. 그 밤의 일을 꺼내자,

"그건 홍에게도 오후데에게도 들었네. 실례가 많았네. 그날 밤

어떤 친구 집에 들르니 일각을 늦출 수 없는 사건이 일어나서 곧바로 그 발로 분주하게 돌아다녔네.”

“그날, 만주로 출발한 것인가?”

“아니, 만주에 간 것은 이삼일 후였네. 그렇지만 비밀을 요하는 것이었으므로 여관에도 돌아가지 않고 한두 친구 말고는 거처를 밝히지 않고 이윽고 이대로 되어 버렸다네”라고 고조는 말했다.

“처음에는 걱정했지만 오쿄를 비롯하여 모두 의외로 태연하니까 뭔가 이유가 있겠지 생각해서 나도 그냥 가만히 있었지.”

“남산루에서는 익숙해져 있으니”라고 말하고 고조가 웃자 오후데도 따라 웃었다.

나는 그런 담화를 하면서도 흥미는 없었다. 오후데는 아까부터 종종 큰 눈을 뜨고 오마키 쪽을 보았으나, 오마키는 찻집의 여주인으로서 모든 책임을 혼자 짊어지고 있는 듯, 누구에게나 애교로써 공평히 대하고 있었다. 게이노스케가 혼자 어색하게 옆에 앉아 있는 것을 보고 그녀는 그에게도 상냥하게 말을 걸었다.

“안주인께서는 이곳에 온 지 오래되셨다면서요?”라고 오후데는 오마키의 아름다운 눈과 흰 치아를 보았다. 오후데의 눈에는 이 강산의 저녁 풍경은 연극 무대의 배경만큼도 주의를 끌지 못한 듯했다.

“그렇습니다. 햇수로 사 년이 됩니다.”

“참 대단하시네요” 하고 오후데는 애처로운 듯한 눈으로 바라보았다. 오후데에게는 그 명모호치明眸皓齒는 샘이 나겠지만 그 처지는 부러운 것은 아니었다. 사람 냄새와 밤이 있는 곳이라면 어떠한 곳이라도 방랑해 보려고 하는 오후데에게는, 이 강산의 한 구석에 매여 있는 오마키가 가련한 여자로 보였을지도 몰랐다. "우리는 도저히 견디지 못할 거예요. 그렇죠? 사모님" 하고 아내도 물론 자기편이라고 믿는 듯 말을 걸었다.

"그렇고말고요"라고 아내가 늘 반복하는 진심의 감동을 표명했다. 그리고 "오후데 상, 저쪽에 가서 좀 보죠"라고 재촉하듯이 말했다.

"저도 함께 가죠" 하고 오마키는 앞장섰다.

세 여자는 약간 차이 나는 키를 나란히 하고 땅거미가 깔려 붉게 물든 부벽루 쪽으로 걸음을 옮겼다.

거의 비슷한 키의 세 여자가 나란히 부벽루 옆에 서 있는 것이 찻집의 평상에서 내려다보였다. 한 가운데 서 있는 것은 오마키로, 과연 여주인답게 무언가 설명을 하는 것이 잘 보였다. 아내는 오마키의 손이 향하는 곳, 얼굴이 향하는 곳을 착실히 따라가며 보았으나, 오후데는 혼자 다른 방향을 보는 적도 있었다. 강산을 혼자 떠맡고 있는 오마키와, 마음 내키는 대로 천하를 방랑하려는 오후데와, 항상 주위의 사정에 지배받는 아내와의 대조가 그림자놀이처럼 흥미롭게 보였다.

여기에는 다시 천하의 지사를 자처하는 고조, 혁명담에 나올 법한 찻집의 주인, 방랑생활을 시도하는 무기력한 게이노스케 등의 대조도 흥미롭게 생각되었다. 그리고 우리 부부를 제외한 다른 사람들이 이 모란대라는 곳을 배경으로 하여 서 있는데, 그 모두가 흥미롭게 배경에 어울리게 보였다.

잠시 침묵한 후, 나는 게이노스케에게 말했다.

"자네는 언제까지 여기에 있을 건가."

"방미단은 사정이 있어 이곳을 마치고 나서 해산하게 될 것 같아 저는 괜찮다면 이시바시 선생을 따라 만주에 가려고 생각합니다."

"만주에 가서 무얼 할 셈인가?"

"그곳 신문 통신원 중에 아는 사람도 있고, 또 안동현에 가도 봉천에 가도 우리 동료도 있으니까요."

"역시 방랑생활의 흥미라는 것을 잊지 못하는 것이겠지" 하고 나는 웃었다.

"예, 그렇네요"라고 게이노스케도 쓸쓸하게 웃었다.

"그렇다면 만주라도 봉천이라도 가는 게 좋을 걸세. 실제 그런 생활도 재미있을 것이라고 나도 대충 짐작이 가네. 그 대신 자기 인생은 비참하다는 둥, 우는 소리 하지 않는 게 좋을 걸세"라고 나는 대구에서 그가 한 말을 떠올렸다.

"그렇지만 비참하다고 느끼는 가운데, 자긍도 있으며 위안도 있는 것이니까요."

"그도 그렇겠지. 그렇게 깨닫고 있다면 그것도 괜찮네."

그때 세 여자는 이쪽으로 돌아왔다. 아내는 웃음을 띠고 다가 오면서 이렇게 말했다.

"지금 오후데 상이 재미있는 말을 했어요. 셋이서 저 절벽에서 밑으로 떨어져 정사情死하지 않겠느냐고."

그때 함께 웃는 가운데, 맑고 투명한 오마키의 눈과 호수처럼 큰 오후데의 눈은 나를 바라보고 있었다.

40

그리고 다시 이삼일 지난 후의 일이었다. 누구 제안했는지 모르지만, 대동강에 큰 배를 띄우고 술과 안주도 가득 싣고, 다른 작은 배에는 기생과 악사를 태워 연주하게 하고 춤도 추게 하면서, 강을 저어 내려가 만경대까지 가보자고 하는 계획이 느닷없이 성립되었다. 기생 배를 띄운다는 것은 과거 내가 부윤에게 말한 평양책 중의 일부분이 시험 삼아 실행되는 것인 듯, 누구 입에서 제안된 것인지는 모르겠지만 나는 크게 찬성을 표했다.

그 준비가 대단했다. 기생 배에 관한 일체의 준비는 홍 상에게, 요리는 마쓰야에게, 뱃일은 구요관에 일임하고, 간사는 지국장이 맡기로 했다.

마침 마쓰야에는 손님이 적었으므로 안주인은 기꺼이 맡아서 만사 철저히 준비를 해 주기로 했다. 또한 고조는 이번에는 어떤

사정으로 하나야에 묵고 있지만 원래 마쓰야당으로 특히 여주인
과도 오랫동안 아는 사이였으므로,

"주인장, 잘 부탁하오"라고 그의 입으로 간단히 부탁했던 것이다.

"음식 준비가 큰일이로군" 하고 방에 온 오케이에게 말하자,

"어쨌든 사람이 많으니까요" 하고 오케이는 웃었다.

"몇 명쯤 되지?"

"손님도 모르시나요?"

"몰라."

"오우치 상에게 물어도 그때마다 달라요."

"부윤도 오시는가?"

"아마 오시겠죠?"

"그러면 여러 사람이 가게 되는군. 오마키 상도 데려간다고 오
우치 군이 말하던데 ……."

"오마키 상이라고 하심은 그 모란대 찻집의?"

"그래."

"꼭 데려간다고 했습니다."

그때, 오하나는 전보를 가지고 왔다. 대구의 오히사 상으로부
터 온 것으로 오늘 도착한다고 하는 간단한 내용의 통지였다. 오
히사 상의 남편이 구의주舊義州 쪽으로 전근 가게 되어 오히사 상
도 그 뒤를 쫓아 근일 출발한다는 것은 이전에 전보가 왔었다.

"마침 잘 됐군. 그럼 오히사 상도 내일 데려가도록 하지. 오케이

상, 내 쪽에서 또 한 사람 늘어났네."

"잘 알겠습니다" 하고 오케이 상은 물러났다.

"오하나 상, 내일 같이 가지 않겠나?"

"감사합니다만" 하고 오하나 상은 늘 그렇듯 도저히 안 된다는 체념의 대답을 했다. 그때 다른 하녀가 소식을 알리러 왔다.

"오우치 상으로부터 전화입니다."

곧 전화대로 나가 보니 지국장은 내일은 세관장도 동행하기로 했으니 오전 아홉 시까지 세관장 집에서 기다려 달라고 말하고,

"내일은 뜻밖의 참가자가 두 명 있습니다. 간사의 고심작으로, 다소 여러분을 놀라게 하기에 족할 것입니다"라고 득의양양하게 말하고 전화를 끊어 버렸다. 세관장의 참가 등도 의외의 느낌이 들었지만, 그 밖에 특히 뜻밖이라고 해야 할 두 명의 참가자는 누구일까 전혀 상상이 가지 않았다.

41

오히사 상은 오후의 기차로 왔다. 아내와의 사이에는 그 후의 일에 관한 이야기가 있었다. 숙부 부부는 여전히 건강하지만 의주義州처럼 추위가 심한 곳은 견디기 힘드니 여동생 집에 당분간 동거하기로 했다고 오히사 상은 말했다.

"남편도 잠시 만나고 싶기도 하여 평양에 내리려고 했습니다만, 아무래도 급한 일이 있어서 그냥 갔습니다" 하고 오히사 상은 다시 인사말을 했다. 남산루에서는 죽 도코노마에 진열해 두었던 도자기도 여기에 오고 나서는 장롱 속에 넣은 채로 놔두었기 때문에 한동안 잊고 있었으나, 오히사 상을 보자 다시 떠올랐다. 아내와는 숨길 수 없는 골육의 정을 서로 보이고 있었으나, 반쯤 눈썹에 가려진 큰 점이 아무래도 좋은 느낌을 주지 않았다.

"그런데 오히사 상, 내일 대동강에 뱃놀이가 있는데 당신도 함께 가는 것으로 해 두었습니다."

"어머, 그렇습니까? 저는 뱃놀이라는 걸 한 번도 해 본 적이 없어요."

"피곤한 차에 폐가 될지 모르겠다고 생각했습니다만. 아무래도 내일은 꽤 큰 규모의 놀이이니까……."

"아뇨, 괜찮아요. 이제 의주에 가면 죽 집에만 틀어박혀 있어야 하니까요. 함께 참가하도록 하겠어요"라고 오히사 상은 진심으로 기쁘게 말했다. 아내보다도 젊을 터인 그 얼굴이 자못 세상살이에 지친 듯 늙어 보였다.

"의주란 어떤 곳입니까?"

"좋은 곳이라고는 하는데 어쨌든 추위가 문제죠."

"그러네요. 그래서 숙부님이나 숙모님은."

"예, 여동생 집에 남겨 두는 것도 마음에 걸립니다만, 할 수 없어요" 하고 오히사 상은 자못 염려스러워했다. 대구에 체류할 때, 아버지가 다른 자매들이 모두 마음을 합해 숙모는 물론이고 숙부도 잘 섬기는 것을 아름답게 본 것이나, 내지에서 부산으로 부산에서 대구로 쫓기듯이 흘러온 가족이 다시 또 북으로 북으로 밀려가는 운명에 처해 있다고 생각한 것 등이 새삼스레 떠올랐다. 그리고 그것이 이미 사실로 나타나는 것을 흥미롭게 생각했다.

"그래서 오히사 상, 언제 출발하나요?"

"모레는 꼭 떠나려고 생각해요."

"모레? 그럼 내일 하루는 꽉 차 있지, 어디 달리 구경할 시간도 없지 않나요?"

"저는 어디도 구경하고 싶지 않아요. 다시 한 번 언니와 형부를 만나고 싶어 들렀던 거예요."

"그래도 그럼 너무 급하잖아"라고 아내는 아쉽다는 듯이 말했다.

"천천히 가면 좋을 텐데요."

"감사합니다. 이미 그 일정으로 되어 있어서."

"그렇습니까? 그러면 이시바시나 오후데 등과 함께 가게 되겠네."

"어느 분이요?"

"어차피 내일 모두 만나. 그리고 쓰루미도 같이 간다고 했죠?"

"그렇지"라고 대답하면서 나는 아는 사람들이 일시에 북으로 옮겨 가는 시대의 기운 같은 것을 생각했다.

다음날 아침 아홉 시 전이 되어 이윽고 세관 관사 옆으로 가 보니 지국장은 사냥모를 쓰고 지팡이를 쥐고 유유히 강 쪽을 바라보면서 우뚝 서 있었다. 우리가 다가갔을 때, 그는 다시 예의 "당신 ……, 치, 쯔소……" 등의 소수의 한어로 어느 사공과 말하고 있었다.

"오우치 상, 여러모로 고생이 많군요" 하고 뒤에서 말을 걸자,

"일찍 오셨군요" 하고 뒤를 돌아보고, "벌써 관사에 들어가 있는 사람들도 꽤 있습니다. 선생님들도 좀 쉬지 않으시겠습니까?"라고 앞장서서 안내하려고 했다.

"어제 전화로 전했습니다만 아내 사촌동생도 데리고 왔습니다"라며 오히사 상을 소개하고, "아직 선교리 쪽도 모르니 좀 시간 여유가 있으면 잠시 갔다 올까 생각합니다만 ……."

"좋고말고요. 다녀오시죠. 만약 늦으시게 되면 이쪽에서 배를 선교리 쪽으로 갖다 대죠. 나룻배를 부를까요?"라고 말하고 지국장은 무언가 사공에게 지시해 주었다. 우리 세 명은 강가로 내려갔다.

잘 보니 많은 한선韓船 중에 유람선 같이 차양을 친 두 척의 배가 있었다. 두 척 모두 일본풍의 배로 한 척은 컸다.

"이 배입니까?" 강가에서 묻자,

"그렇습니다." 지국장은 둔덕 위에 서서 고개를 끄덕였다.

"이것이라면 몇 명 타도 괜찮겠군요"라고 말하면서 나는 문득 생각나서 "어제 말한 뜻밖의 두 명이란 누구입니까?"

"잠시 후에 실물로 보여 드리죠." 지국장은 득의양양하게 웃었다.

"손님, 안녕하세요?"라고 큰 배 위에서 머리를 숙인 자가 있었다. 바로 그 이와키치였다.

우리가 한선으로 옮겨 타고 사오십 미터 나아갔을 때 둔덕 쪽을 보니 홍 상이 서 있었다. 살짝 머리를 숙이자 홍 상도 목례를 했다. 배가 나아감에 따라 오른쪽 둔덕의 경치가 점점 눈에 들어오게 되었으므로, 저것이 대동문, 연광정이라고 하나하나 오히사 상에게 가르쳐 주었다.

"어머, 참 좋은 경치네요. 평양보다 대구가 좋다고 들었지만, 이런 경치는 대구에는 없어요."

"이 위에 유명한 모란대가 있습니다만, 오늘의 뱃놀이는 강 하류로 내려간다고 하니 유감스럽지만 모란대로 안내 못합니다."

"그곳도 경치가 좋습니까?"

"응, 아주 경치가 좋아"라고 아내는 끼어들어 "그곳에 찻집을 내고 있는 일본인인데 오마키 상이라고 하는 아름다운 여자가 있어."

"어머나, 이런 벽촌예요?" 하고 오히사 상은 아직 평양을 얕보는 말투였다.

"얼굴만 예쁜 게 아니라 속이 꽉 찬 사람이야" 하며 한동안 두 사람 사이에는 오마키가 화제로 올랐다. 나는 그 이야기를 들으면서 앞을 보고 있는데, 두 대의 인력거가 저쪽에서 달려 와 둔덕 위에 멈추었다. 앞의 인력거에서 내린 사람은 일본 부인이고, 뒤의 인력거에서 내린 것은 조선 부인이었다. 거리가 점점 멀어지고 있어 누구인지 확실히 알 수 없었다. 일본 부인 쪽도 아무래도 모습이 오후데와는 달라, 그럴듯한 사람을 상상해 보아도 떠오르는 이가 없었다.

선교리를 대략 안내하고 다시 한선을 탔을 때, 건너 둔덕을 보니 많은 사람들이 서 있는 듯했다. 그렇지만 일인, 한인, 남녀의 구별도 확실히 되지 않았다.

"늦지는 않을까요?" 아내는 걱정스럽게 말했다.

"만약 우리가 늦게 되면 저쪽에서 마중 와 준다고 했으니 괜찮아."

"그럼 배에서 배로 옮겨 타는 건가요?"

"그렇지."

"무섭네요" 하고 당혹스럽게 말했다.

"빨리 가게" 하고 일본어로 말해 보았지만 한인에게는 통하지 않았다. 서둘러 젓는 시늉을 해 보이니 곧 바로 알아듣고 열심히 젓기 시작했다. 한인 인력거꾼이 마구 달리던 것이 떠올랐다.

둔덕 위의 사람은 잠시 한데 모여 있는 듯했으나 이윽고 강가로 내려가는 것이 보였다. 그들은 모두 배에 타는 것 같았다. 나중에 남아 아직 둔덕 위에 서 있던 한 사람이 양손을 들어 우리 배를 부르는 몸짓을 했다. 그것은 지국장이 틀림없었다. 이쪽에서 손을 들어 알았다는 신호를 보냈다.

배는 세 사람을 흔들리게 하면서 화살보다 빠르게 날아가, 금세 중류를 지나 건너 둔덕의 광경도 잘 보이기 시작했다. 대부분 배로 옮겨 탔으나 아직 밧줄은 매어져 있었다. 큰 배 쪽의 뱃머리에 서서 지국장이 다시 우리에게 손짓했다. 그리고 이때 지국장의 옆에 서 있는 일본 여인과 한인 여자가 다시 각각 손수건을 흔들면서 우리 쪽을 보고 웃었다. 아까 인력거에서 내린 두 여자가 틀림없었다.

"오쿄 상이 아닌가요?" 하고 아내는 외치듯이 말했다.

"그렇군. 그러고 보니 오쿄 같네. 그리고 저 조선인 여자는?"

"잘 모르겠네요. 뭐라고 하는 기생 같네요."

"소담이군." 나는 무의식중에 외쳤다.

"아아, 그러네요. 그 기생이네요." 아내도 대답했다. 그리고 우리도 손수건을 흔들기 시작했다. 지국장이 뜻밖의 두 명이라고 한 것이 바로 이들이라고 나는 곧 알게 되었다. 그러는 중에도 사공은 검은 육체를 흔들며 열심히 저어 갔다.

다가가 보니 배 안에는 많은 사람이 모여 있었다. 잘도 이렇게 끌어 모았다고 생각될 정도로 많이 모여 있었다.

"어이." "어이." 여기저기서 부르는 소리가 들렸다. 그러는 중에 사공이 솜씨 좋게 뱃전에 배를 대고 옮겨 타게 했다.

"아, 무서워" 아내와 오히사 상은 서로 속삭였다. 오쿄와 소담이 두 여자의 손을 잡아 주었다.

"우리 때문에 기다리시지는 않았는지요?" 나는 지국장에게 인사말을 하면서 좌중의 여러 사람을 돌아보았다. 부윤도 있었다. 고조도 있었다. 그리고 세관장인 듯한 사람도 있었다. 홍 상도 있었다.

"이쪽으로 오게." 고조가 손짓하여 불렀다. 부윤은 내게 세관장을 소개해 주었다.

"어떻습니까? 이 두 사람은 뜻밖의 인물이 아닌가요?"라고 지국장은 오쿄와 소담을 돌아보았다.

"저번에 홍 상과 우연히 만났을 때, 경성에서 만난 동료가 대개 모두 여기에 와 있으나, 단지 소담과 오쿄가 없는 것이 아쉽다고 말하더군. 그것을 오우치 군이 옆에서 듣고 그럼 그 두 사람을 부르지 않겠냐고 제안해서 곧 바로 가결했네. 자네와도 상담하려고 생각했지만 당일 놀라게 하는 것도 좋겠다고 해서 잠자코 있었다네"라고 고조는 설명해 주었다.

배 안에는 많은 사람이 있었다. 오마키도 있었다. 마쓰다도 있었다. 게이노스케도 있었다. 누마타 씨도 있었다.

"잘 오셨습니다." 나는 누마타 씨의 얼굴을 보고 인사했다.

"부윤께서 외출 중에 들러주셔서 꼭 오라고 권하시기에 갑자기 폐를 끼치게 되었습니다"라고 누마타 씨는 그 작은 체구를 두세 번 흔들며 대답했다.

"그것 참 잘되었군요. 동료 분은?"

"그 사람은 오늘 다른 일이 있어서" 하고 이런 이야기를 하면서 좌중을 바라보았다. 피부가 거무스름한 서른 정도의 게이샤 한 명과 열두세 살의 오샤쿠お酌[113]가 있었다. 샤미센과 북이 옆에 실려 있었다. 오후데가 보이지 않았다.

"오후데 상은 어디 있습니까?" 나는 지국장에게 물었다.

"지금 전화를 걸어보라고 사람을 보냈습니다." 지국장은 대답했다.

"오후데만이라면 신경 쓰지 말고 그냥 출발해도 좋겠지" 하고 고조는 말했다.

"그건 안 되지. 오늘은 오후데 상이 온다고 하는 것을 미끼로 세관장이나 누마다 군을 끌고 왔다네. 끝까지 기다려야 해" 하고 부윤은 고조를 만류하는 듯 말하고 웃었다.

"그렇고말고요. 오후데 상이 와 주지 않으면 오늘 계획은 완전히 무너져 버립니다"라고 지국장은 걱정스럽게 말했다. 그때 둔덕 위에 오후데를 태운 인력거가 나타났다.

---

113 오샤쿠お酌: 어린 게이샤 혹은 작부. 여기서는 어린 게이샤.

"오후데 상이다"라는 소리가 두세 곳에서 일어나고 좌중이 술
렁거리기 시작했다.

43

인력거를 내려선 오후데는 배 안에 있는 사람이 술렁거리는 것
과는 달리, 소리도 내지 않고 유유히 강가로 내려와, 쉽사리 배에
타려고 하지 않았다.

"자 빨리 빨리. 당신이 오기를 모두 기다리고 있었네" 하고 지국
장은 말을 걸었다.

"근데 무서워서 못 타겠어요" 하고 눈썹을 찌푸려 보였다.

"자, 이 손을 잡아요" 하고 오마키는 배 밖으로 손을 내밀었다.
이윽고 지국장과 둘의 손에 잡히고 등도 밀려서 그리 힘들지도 않
은 것을 대난관이라는 듯 간신히 탔다. 그 얼굴은 자못 천연스러
운 아이처럼 보였다.

오후데가 타자 곧 밧줄은 풀렸다. 아까부터 선미에서 일하고 있
는 사람은 이와키치 외로 두 명의 한인 사공과, 한인인지 일본인인
지 구별이 가지 않는 양복을 입은 한 남자였다. 어젯밤 마쓰야의
여주인에게 오하나 상을 데려 가는 것을 교섭할 때, 여주인은,

"하녀만은 아무래도 힘들 것 같네요. 그 대신 저희 요리사를 급

사 겸 한 사람 보낼 테니"라고 말했던 그 요리사가 틀림없다고 생각되었으나, 혹시 그렇다면 예전에 들었던 조선인이 틀림없었다. 그 조선인이라면 이와키치 이상으로 일본어가 유창한 하이칼라였다. 그리고 극히 신중하여 무슨 일을 해도 충실하고 예의 바른 것이 누구 눈에도 보였다. 그자는 주위에 난잡하게 흩어져 있던 한 장의 방석을 발견하고 고조 옆에 오후데의 자리를 만들려고 했다.

"저는 이 근처가 말 상대도 있어 좋아요. 그렇죠? 여러분" 하며 오마키와 아내 사이에 앉고 좌중을 둘러보고 목례를 했다. 그 얼굴에는 순진한 부끄러움의 빛이 보였다.

"지금까지 뭐 하고 있었나." 고조는 꾸짖듯이 말했다.

오후데는 고조의 눈을 무서워하는 듯 얼굴을 좀 돌리고,

"많이 기다렸어요?" 하고 아내를 보았다.

"아니에요. 저희도 지금 막 왔어요." 아내는 마음 놓으라는 듯 솔직히 말했다.

배는 이와키치가 일본식의 노를 젓고, 다른 두 사공은 장대를 밀고 있었다. 기생을 태운 작은 배는 우리 배와 함께 움직이기 시작했는데 그곳에는 기생 다섯 명에 악사가 다섯 명 타고 있었다. 기생은 한곳에 모여 앉아 모두 흥미롭다는 듯 우리 배를 보고 있었다. 특히 소담이 섞여 있는 것을 그들은 무엇보다 의아하게 보는 것 같았다. 악사는 경성에서 봤을 때와 같이 대개 나이가 들었으나 그들도 모두 잠자코 긴 담뱃대를 물고 있었다.

우리 배 안에는 제각각 이야기가 시작되었다. 오쿄와 오후데는 이런 이야기를 했다.

"언니, 피곤하지는 않아요? 어제 저녁부터 기다렸어요."

"그러게 말이야. 그래도 소담 상이 외롭다고 하며 놔주질 않았던걸. 오늘 밤에는 네 방에서 자지."

"오쿄 상은 언제 왔지?" 나는 옆에서 물었다.

"어제요."

"정말 잘 왔네. 그래도 용케 시간을 냈군."

"예, 마침 손님이 없어서요. 게다가 소담 상도 제가 간다면 따라가겠다고 해서요. 주인아주머니가 뭐라고 했지만 그냥 와 버렸어요."

"여전히 제멋대로이군."

"하지만 당신들이 불렀잖아요. 그래도 소담 상이 와서 기쁘죠?" 하고 소담의 손을 잡고 두세 번 흔들었다. 소담은 미소를 지었다.

마쓰다와 누마타 씨와의 사이에도 무언가 이야기가 시작되고 있고, 홍 상은 건너 편 배의 노악사와 강물을 사이에 두고 이야기를 하고 있었다.

홍 상은 악사들이 말한 것을 전했다.

"이제 슬슬 시작해도 되겠습니까?"

"좋고말고." 고조는 대답했다. 홍 상이 다시 그것을 통역함과 동시에 둥! 하고 북 소리가 나고 — 그 북은 뱃머리에 매달려 있었다. —그리고 장구, 가야금, 퉁소, 철금 등이 각각 제각기의 소리를 내며 가락이 있는 음악이 연주되기 시작했다. 우리 마음도 들 뜨기 시작했다. 이게 뱃놀이다! 라는 기분이 모든 사람의 얼굴에 나타났다.

"저런! 기생 배도 저 상태로는 곤란하군" 하고 부윤은 말했다. 잘 보니 기생들은 담배를 피우며 기악의 연주에 관해서는 딴청을 피우고 있었다. 장구를 치는 노인이 낮게 입으로 노래를 불렀다. 기악의 음이 홀로 물 위를 타고 사람의 마음을 끌 뿐, 눈앞에 보이는 배 안의 광경은 부윤이 말한 대로 살풍경했다.

"이제 슬슬 이쪽도 시작해 볼까요?"라고 말하고 지국장은 술을 데우라고 지시했다. 배가 나아감에 따라 조선인 요리사는 양복차림으로 앉았다 일어서기를 반복하면서 계속 뱃머리 쪽에서 일하고 있고, 서른 살 정도의 얼굴이 검은 게이샤와 코가 낮은 시골풍의 오샤쿠는 그것을 돕고 있었다.

"옛!" 하고 요리사는 지국장 쪽을 보고 양 무릎을 꿇고 그 위에 손을 올려놓으며 명령을 기다린다는 얼굴을 했다. 지국장은 거듭 술을 데울 것을 지시하고 음식도 풀라고 명령했다.

"잘 알겠습니다" 하고 요리사는 즉시 명령을 듣고 전보다 더욱 민첩하게 움직였다. 이미 어느새 풍로에 불이 오르고 주전자가 끓기 시작했다. 그러는 가운데 나무통에서 퍼낸 술이 술병에 옮겨 채워졌다. 배는 중류로 나와 계속 하류로 나아갔다. 기생 배는

때때로 가까워졌다가 약간 멀어지거나 하면서 여전히 단조롭고
조용한 음악을 연주하고 있었다.

44

한 주전자의 열탕에 술병을 두 개씩 넣어 데워도 금세 부족해져
서 요리사는 혼자서 허둥지둥했다. 얼굴이 검은 게이샤도 코가
낮은 오샤쿠도 갈팡질팡할 뿐으로 도움이 되지 않았다. 우선 안
쓰러워 나선 것이 오마키로, 이어서 오쿄도 도왔다. 찬합에 담긴
음식은 사람 수에 비해 너무 고급으로, 한 층의 초밥은 고조, 부윤,
마쓰다 등의 앞에서 곧바로 사라졌다.

"부인들에게도 좀 나눠줘야 할 텐데." 지국장은 간사인만큼 신
경을 썼다.

"이제 이거 말고 더 없나?"

"아직 한 단 더 있을 겁니다. 그렇지 자네?" 하고 요리사를 돌아
보았다.

"네" 하고 요리사는 바쁜 가운데 여전히 무릎을 구부리고 "있으
니까 꺼낼까요?"

"꺼내 주게. 이미 한 단은 저기서 없어져 버렸네."

"하하하, 이것 참 죄송하군. 나는 많이 해 왔다고 생각했는데."

"지금부터 이래서야 불안하군."

"아직 이것저것 많이 있네. 먹을 것이 없어지면 술만 있으면 되지"라고 지국장은 뱃머리에 놓여 있는 한 말의 술통을 돌아보았다. 그 옆에는 맥주 묶음이 많이 있었다.

"남자 쪽이야 아무래도 괜찮지만 부인들을 굶게 하면 죄송하지. 저기의 음식은 가급적 이쪽으로 돌려주게"라고 지국장은 계속 마음을 졸이고 있었다. 그러는 중에도 고조의 긴 손은 그 찬합 안으로 들어갔다.

"그런데 저쪽 선생들에게도 뭔가 줘야 할 텐데" 하고 부윤은 기생 배 쪽을 돌아보았다. 작은 배는 이때 우리 배에서 약간 떨어져 쓸쓸하게 저쪽으로 흘러가 기악의 리듬도 어느새 그쳤다.

"그렇군. 잊고 있었군" 하고 지국장은 손뼉을 치고 "어이, 자네, 기생들에게 줄 것은 별도로 준비되어 있겠지?"

"예" 하고 요리사는 다시 근실하게 몸을 단정히 하고 "준비되어 있습니다. 내 드릴까요?"라고 명령을 기다렸다.

"꺼내 주게 ……. 이봐. 저 배를 이쪽으로 붙이게" 하고 지국장은 일어나서 명령하자 기생 배는 점차 이쪽으로 다가왔다.

"잊고 있었지만 소담에게 권주가를 불러달라고 부탁해 보게. 홍 상, 당신이 부탁해 주지 않겠나?"

"혼자서는 어떨지 모르겠네요"라고 말하면서 홍 상은 소담에게 권했다. 소담은 낮은 소리로 부르면서 우리에게 술을 따랐다.

소담의 권주가가 이어지는 동안, 기생 배는 뱃전에 스칠 정도로 다가와 나머지 한두 소절은 다섯 명의 기생도 함께 불렀다. 그러는 동안에 음식은 배에서 배로 건네지고, 맥주 한 묶음도 악사 손에 건네졌다.

배는 다시 조금씩 떨어졌으나, 보니까 기생 배 안도 지금까지와는 달리 활기를 띠고 있었다. 기생들이 열심히 귤을 먹고 있는 것이 분명히 보였다.

그러는 중에 우리 배 안도 꽤 술병 숫자가 늘어나고, 부윤의 높은 웃음소리나, 고조의 거친 말 외로 마쓰다나 세관장이나 지국장의 억양 높은 말이 혼잡하게 들려왔다.

오후데는 아내와 오마키 사이에 얌전하게 앉아 있었다. 그렇지만 얼굴은 이미 연분홍으로 물들고 눈은 때때로 야한 빛을 뿜듯이 보여, 오마키의 침착하고 흔들리지 않는 태도와는 현저한 대조를 이뤘다.

"오마키 상, 당신도 좀 마시지 않겠습니까?" 하고 나는 잔을 내밀고 "오늘은 참 잘 오셨습니다"라고 새삼스럽게 인사말을 했다.

"보기 드문 행사인 걸요 ……. 만경대라는 것도 이름만 들었지 아직 한 번도 가 본 적이 없었으니까요. 겸사겸사."

"만경대는 모르는 사람이 많은 듯하군요. 마쓰다 군, 자네는?"

"나도 처음이네."

"세관장님은?"

"저는 잘 압니다. 만경대의 일부분은 세관 소유지로 되어 있으니까요."

이런 이야기를 하고 있는 중에 배는 점점 내려가서 철교 아래를 지나갔다. 강폭은 점점 넓어져서 양쪽 둑에는 여기저기에 버드나무가 부드러운 둥근 솜을 뒤집어 쓴 것처럼 서 있을 뿐, 달리 아무것도 눈을 가리는 것이 없는 광막한 경치였다.

"좋은 경치네. 이것은 다른 곳에서는 볼 수 없는 경치로군."

"대륙과 같은 느낌이군" 등 이야기를 나누었다. 강물은 바람을 받아 조금 탁한 물결을 일으켰으나 순풍이었으므로 배는 빨리 나아갔다.

"조수는?"

"지금은 마침 밀물이라 좋은 형편입니다만 돌아갈 때 좀 힘들겠네요"라고 세관장이 말했다.

"마침 잘 되었군. 밀물이 되어서"라고 부윤은 말했다.

"안 되는데. 이 정도 배가 되면 이 근방의 여울을 지나려면 좀 더 물이 차야 하는데. 열두 시가 지나야 할 듯한데."

"그것 참 큰일이군" 하고 모두 소리를 모아 말했다.

"그럴 리가 없네" 하고 지국장은 반대했지만, 본직인 세관장의 말을 부정할 힘은 없었다.

"할 수 없군. 돌아갈 수 있을 때 돌아가면 되지"라는 고조의 한마디에 결국 모두 찬성하지 않을 수 없었다.

"오후데 상, 춤 한 번 추지"라고 오쿄는 권했다.

지금까지 있는지 없는지 몰랐던 게이샤와 오샤쿠가 이윽고 사람의 눈에 띄게 되고, 샤미센은 자루에서, 큰북 작은북들은 보자기 속에서 꺼내졌다.

"이윽고 오후데 상의 춤을 보게 되는군요" 하고 홍 상은 비참한 입가에 미소를 띠었다.

"그렇군. 그것을 보려고 우리가 온 것이지"라고 마쓰다가 나섰다.

"정말이네요. 언젠가 약속했었죠?"라고 아내도 장단을 맞췄다.

"어머, 큰일이네 ……"라고 오후데는 부끄러운 듯 주저했다. 대동강의 넓디넓은 강 한가운데의 배 안에서 그녀의 춤을 보는 것은 즐거운 기대였다.

샤미센 소리가 났다. 게이샤의 무릎 위에는 낡은 샤미센이 놓여 있었다. 띵 띵 하고 같은 음색이 두세 번 이어서 났을 때 오후데의 얼굴에도 오쿄의 얼굴에도 아내의 얼굴에도 억누를 수 없는 냉소의 그림자가 떠돌았다.

"자네, 그걸 연주할 수 있나?"라고 부윤의 노골적인 한 마디에 모두 좋은 기회를 얻어 웃음이 터져 버렸다.

"할 수 있어요" 하고 게이샤는 얼굴을 새빨갛게 하면서도 그래도 짜랑짜랑 하고 치기 시작했다. 그 소리는 천박하게 시끄러웠지만 나는 그녀가 안쓰럽게 느껴졌다.

"자, 제가 부르죠"라고 말하고 오후데는 그 천박한 샤미센에 맞추어 천박한 노래를 불렀다.

"그만 둬라. 그런 노래" 하고 오쿄는 꾸짖듯이 말했다. 그렇지만 그것을 치는 게이샤는 "앗싸 앗싸" 하고 득의양양하게 다음의 노래를 기다렸다.

오후데는 오쿄를 보고 게이샤에게 보이지 않도록 살짝 혀를 내밀었다. 그것은 사람의 마음에 반감을 일으키는 점이 있었으나, 아름다운 얼굴의 환한 표정이 오히려 기분 좋게 사람들의 눈에 비쳤다. 게이샤는 여전히 "앗싸 앗싸" 하면서 계속 시끄럽게 연주했다.

'이런 샤미센에 어떻게 춤을 춰?'라는 오후데의 거만한 표정을 미워하는 사람은 없었다. 오마키나 오히사 상의 얼굴에도 모멸의 빛이 넘쳤다.

아무도 계속 노래하는 사람이 없으므로 게이샤는,

"고마쓰 상, 춤 하나" 하고 오샤쿠에게 명령했다. 오샤쿠는 새된 목소리로 "언니, 뭘 할까요?" 하고 허름한 부채를 들고 그 앞에 섰다.

"예쁜 아이로군" 하고 오쿄는 말했다.

이 오샤쿠의 춤 때문에 오후데는 춤은 흐지부지되었다. 그리고 모두 씁쓸하게 술을 마셨다.

"그래도 아이에 어울리지 않게 춤 솜씨는 좋은 듯하네. 그렇지? 오쿄 상" 하고 나는 말했다.

"그렇네요. 잘 가르치면 아주 잘할 거에요"라고 오쿄는 말했다. 배 바닥을 밟는 강하고 작은 발소리는 애처롭게 내 귀에 들렸다.

"이 아이겠지? 최근에 오이타에서 왔다고 하는 아이가"라고 부윤은 지국장을 돌아보았다.

"그렇습니다"라고 지국장은 대답했다.

처음부터 묵묵히 술만 마시던 누마타 씨는 무릎을 끌어안고 열심히 그 춤을 보았다. 그 마르고 작달막한 체구는 그 자신이 쇠망치처럼 작고 단단해 보였다.

취기가 강바람에 날아가 버리니 술을 마시면 곧 깨어 버리는 기분이었다.

"이제 시끄러운 샤미센은 그만두지" 하고 부윤은 매우 질렸다

는 듯이 말하고,

"오후데 상, 나는 당신 춤을 보기 위해 왔네. 꼭 한 번 보여 주시게. 샤미센 때문에 시달리는군" 하고 게이샤를 눈앞에 두고서도 당혹스럽다는 듯 말했다. "오마키 상, 당신은 못 치나?"

"못해요, 저는." 오마키는 또렷한 소리로 거절했다.

"곤란하군" 하고 부윤은 내 아내부터 오히사 상, 오쿄 모두의 얼굴을 죽 둘러보고 누구에게도 희망이 없다고 체념하고 절망한 듯이 말했다.

"오쿄 상, 한 번 쳐 보지" 하고 나는 예전의 일을 알고 있으므로 오쿄에게 권해 보았다.

"싫어요"라고 오쿄는 내게 눈짓을 하고, 일부러 이 일로 와 있는 게이샤를 무시하는 것을 꾸짖는 듯 말했으나 오후데가 그것에 상관치 않고 일어나서 춤을 출 준비를 하니까 할 수 없이 샤미센을 무릎에 얹었다. 홍 상과 세관장과 마쓰다는 박수를 쳤다.

오쿄의 샤미센은 여전히 불안스러웠지만 그래도 게이샤만큼 서툴게 들리지는 않았다. 군데군데 간주가 틀렸을 때는 오후데는 미소를 지었지만, 그래도 열심히 춤을 췄다. 배 안의 사람은 모두 숨을 죽이고 바라보았다. 이와키치도 노 젓는 손을 늦추고 차양의 기둥 뒤에서 엿보고 있었다.

문득 생각이 나서 보니, 강의 폭은 점점 넓어지고 있었다. 기생배는 우리 배와 사오 미터 떨어져서 흘러가고 있었는데 악사 중에는 맥주컵을 들고 입을 벌리고 이쪽을 보고 있는 자도 있었다. 기생은 서로 기대 앉아 입 속으로 무언가 부르면서 마주잡은 손을 함께 무릎 위에서 움직였다. 악사 두세 명의 시선이 우리 배와의 연락을 유지하고 있을 뿐으로, 두 척의 배는 전혀 다른 세계를 싣고 흘러가는 듯했다. 우리 배에는 오쿄의 떨리는 듯한 목소리에 오후데의 센 발 박자가 섞이는 가운데, 노를 젓던 이와키치의 손은 거의 멈춘 듯했다.

오쿄가 불안하게 연주를 마치고 오후데가 나긋나긋하게 갑판 위에서 인사를 했을 때에는 "우와!" 하고 모두 박수를 크게 쳤다. 겉으로는 어디까지나 순진한 처녀를 가장하며 '이것 보라'는 듯 좌중을 정복하려고 애쓴 흔적은 오후데의 얼굴에서 숨길 수 없었다. 모두의 눈은 그녀 위에 쏟아지고 입에서는 갈채의 말이 쏟아지고 많은 술잔은 일시에 그 앞에 모였다. 그래도 꽤 수준급이었던 오쿄의 고생은 아무도 알아차리는 사람이 없는 것을 애석하게 생각하여 나는 오쿄에게 술잔을 내밀었다.

"아주 고생이 많았네."

"정말 힘들었어요"라고 오쿄는 가볍게 웃고, "오후데 상의 춤, 볼 품 없었죠?" 하고 어디까지나 언니다운 태도를 잃지 않았다.

거의 존재를 인정받지 않았을 뿐 아니라 완전히 모욕의 표적이 된 듯한 게이샤는 계속 술을 마셨다.

“언니, 고마워요” 하고 오쿄가 돌려준 샤미센을 받으면서,

“고생 많으셨어요”라고 말한 그녀의 목소리는 묘하게 메말라 있었다.

좌중은 끓어오르는 것처럼 시끄러워졌다. 근엄한 누마타 씨까지 마쓰다를 상대로 환한 표정으로 이야기를 하고 있었다. 세관장은 뱃전에 등을 기대어 작은 소리로 시를 낭송하고 있었다. 이때 갑자기 노래와 반주 소리가 들려 돌아보니 기생 배의 기생들이 소리를 맞추어 노래를 부르고 있었다.

그러는 중에 다시 게이샤가 호기 있게 나서서 샤미센을 쳤다. 잠자코 물러나 있으면 좋을 텐데 생각했지만 그녀는 어쨌든 나서고 싶어 했다. 실제로 자신의 기예가 부족한 것은 잘 아는 듯했지만, 여전히 물러나 있는 것은 싫은 듯했다. 사람들의 조롱을 받으면서도 샤미센이라도 만지고 있는 편이, 잠자코 물러나서 아무것도 하지 않는 것보다는 그나마 자신이 자신을 달랠 수 있는 길인 듯했다.

오후데는 다시 샤미센에 맞추어 야한 노래를 불렀다. 일시적으로 흥청거렸던 기생 배는 어느새 다시 조용해졌다.

“아무래도 일본인과 기생은 아직 거리가 있군” 하고 약간 취한 부윤은 내게 친숙하게 격의 없는 말씨를 썼다.

“그렇군. 기생 배도 전도요원前途遙遠[114]이런가.”

“하하하하하” 하고 둘은 웃었다.

“만경대가 보입니다.” 이와키치는 노를 저으면서 큰 소리로 말했다. 다른 두 사람의 사공도 하나의 노를 서로 잡고 힘을 합쳐 저었다.

“보인다, 보인다”라는 소리가 일제히 배 안에서 일어났다.

“어느 것이 만경대인가요?”

“저 건너 보이는 높은 언덕입니다.”

“저 강 가운데 우뚝 서 있는 곳입니까?”

“그렇습니다.”

나는 예기하던 정도의 곳이라고는 생각되지 않았다. 모란대 이야기가 나오면 곧 비교되어 나오는 이름이므로 역시 웅대한 경치의 장소라고 생각했는데, 이것은 단지 언덕에 불과하다고 생각되었다.

이윽고 모두 공복을 호소하기 시작했다. 우리 쪽은 저녁식사용으로 아직 두세 상자 실어 놓았으나, 기생이나 악사의 음식은 이미 아까 소진되어 버린 듯했다. 그래서 만경대에 배를 댄 후에 그곳의 농가에서 밥만 지어달라고 하자는 것에 의견이 일치했다. 기생 배는 여전히 우리 배와 떨어져 나아가면서 때때로 생각난 듯이 울리는 장구나 북 소리가 쓸쓸하게 들렸다.

---

114 전도요원前途遙遠 : 갈 길이 아득히 멈.

오후데는 지금은 샤미센을 무릎에 얹고 자신이 치고 있었다. 아
내도 오히사 상도 감동스럽게 들으면서 때때로 흥겨운 듯이 웃었
다. 자리를 둘러보니 소담과 홍 상 외로는 모두 모든 것을 잊고 웃
으며 흥겨워하는 것처럼 보였다. 내일 멀리 북쪽으로 떠난다는 것
을 생각하는 듯한 얼굴은 한 사람도 없었다. 게이노스케도 이윽고
시를 낭송했다. 세관장은 중간쯤부터 그것을 함께 따라했다. 나도
술을 마시면 마실수록 깨어오는 기분이 들어, 취해서 흥겨워하는
좌중을 단지 멍하니 바라보았다. 홍 상은 때때로 날카로운 일별을
내 쪽에 주면서 입가에는 항상 미소를 띠우고 있었다.

"내일은 이 사람들도 뿔뿔이 흩어지게 되는군요." 나는 홍 상에
게 말했다.

"그렇습니다. 저도 어쩌면 내일 돌아갈까 생각합니다."

"경성으로요?"

"그렇습니다."

"이제 소송 일은 끝났습니까?"

"아뇨, 아직입니다만, 아직 공판까지는 시간이 많이 남아있어
서요."

그러는 중에 이와키치는 배를 돌려 뱃머리를 둔덕 쪽으로 향했
다. 아까 멀리 보였던 일대의 언덕은 어느새 눈앞에 솟아 있었다.

45

둔덕에는 두세 그루의 오래된 버드나무가 있고 그 버드나무 사이로 한 채의 농가가 보였다. 버섯과도 같은 초가지붕으로, 그 뒤로는 언덕이 있고, 앞으로는 버드나무를 두고 있는 것이 고요한 태고의 정취가 있었다. 뱃머리가 나아가고 있는 물속에는 부드러운 수초가 무성하여, 이와키치의 노가 끌어올려지자 다른 두 사람의 사공이 장대로 납처럼 무거운 물속을 밀었다. 물에서 빼 올린 장대 끝에는 검은 물방울이 흩뿌려져, 얼마나 강바닥의 진흙이 깊은지 알게 해 주었다.

이윽고 미끄러지듯이 뱃머리는 강가에 닿았다. 강가라고 하기보다는 오히려 진흙 속으로 처박힌 듯했다. 강가에도 전체적으로 수초와 비슷한 풀이 무성했으나, 뱃머리가 처박힌 곳은 육지 쪽에서 질퍽하게 물이 흘러내리고 있어 도랑이나 늪처럼 되어 있었다. 그리고 그 안에는 징검다리 같은 것이 난잡하게 놓여 그곳이 길처럼 되어 있었다.

"이곳으로 올라가는가?" 하고 마쓰다는 놀란 듯이 말했다.

"달리 길이 없는 걸" 하고 부윤은 대답했다. 이와키치는 뱃머리에서 곧바로 강가로 뛰어내렸다. 검은 진흙이 촥 사방으로 튀어 이와키치의 넓적다리에도 묻었다. 뭐라고 이와키치가 처음으로 조선말을 하며 진흙에 질렸다는 몸짓을 했다. 그리고 발은 자꾸 진흙에 미끌거리며 이와키치는 다른 두 사람의 사공이 장대를 미는 것과 동시에 뱃머리의 밧줄을 당겨서 무거운 배를 강가로 끌어올렸다. 난잡하게 놓인 징검다리가 진흙 위에 머리를 내밀고 있는 곳에 간신히 배는 닿았다.

“자, 내리시죠” 하고 이와키치가 말했다. 가장 먼저 뛰어내린 자는 세관장으로, 그는 익숙한 듯 솜씨 좋게 뛰어 내려 징검다리를 올라갔다. 이어서 마쓰다, 부윤, 게이노스케, 홍 상, 나의 순서로 올라갔으나 마쓰다도 나도 발을 잘못 디뎌 신발과 양말에 진흙을 많이 묻혔다. “아무래도 여자들은 못 올라가겠군” 하고 마쓰다는 말했다. 뒤돌아보니 고조, 누마타 씨도 위태롭게 징검다리 위를 걷고 있는 것을 여자들은 배 위에 서서 불안하게 보고 있었다. 지국장과 요리사와 이와키치는 무언가 이런저런 의논을 하는 듯했으나 곧바로 뛰어내리려고 결심한 것은 오마키로, 그녀는 우리보다도 솜씨 좋게 징검다리 위로 내려와 게다 끝도 더럽히지 않고 올라왔다. 이것에 기운을 얻어 오쿄도 뛰어내렸으나, 만약 이와키치가 진흙 안에 서서 그녀의 손을 잡지 않았다면 위태롭게 넘어질 뻔했다. 아내도 오히사 상도 지국장, 요리사, 이와키치 세 사람의 도움으로 큰 실패 없이 그 뒤를 이었으나 오후데, 소담, 게이샤, 오샤쿠는 남아서 많은 사람이 보는 가운데 모두 멀뚱히 서 있었다. 오후데는 이와키치가 업히라고 말한 것을 물리치고 아내나 오히사 상처럼, 배에서는 지국장과 요리사가 손과 허리띠 부분을 붙잡고, 아래에서는 이와키치가 받쳐서 자못 대사건처럼 행세하며 간신히 징검다리 위로 옮겨졌다. 이렇게 사람들의 힘을 빌리면서도 양쪽 양말을 진흙투성이로 만들어 버려, 이러한 경우에도 아직 교태를 짓는 것을 잊지 않는 그녀는, 억지로 얼굴을 붉게 물들이면서 힘들어하는 모습을 했다. 박수가 마쓰다와 부윤 쪽에서 일어났다. 이어서 소담은 호호 웃으면서 이와키치에게 업혀서 무사하게 우리 옆으로 옮겨졌다. 뒤에 남은 게이샤와 오샤쿠도 그런 식으로 옮겨졌다.

오히려 이 한바탕 난리가 흥을 불러일으켜 우리 일행은 줄줄이 농가 옆을 지나 언덕 위로 올라갔다. 배 안에 있을 때는 그리 생각하지 않았으나, 타는 듯한 해 속의 더위는 모자 하나로는 피할 수 없을 정도였다. 세관장을 선두로 하여 좁은 길을 일렬로 올라갔다.

높은 곳에서 내려다보니 우리 배는 버드나무 둔덕에 매어져 있었다. 그리고 기생 배도 그것에 나란히 매어지고, 기생과 악사는 모두 배에 남아 있었다. 이와키치와 요리사는 버드나무 밑을 지나 농가 쪽으로 걸어갔다. 그들 둘은 기생들을 위해 밥을 짓는 것을 농가와 교섭하러 가는 것이었다.

기생들에 대한 일체의 일은 요리사와 이와키치에게 일임되어 우리 일행은 나무가 없는 언덕 위로 올라갔다.

"덥군. 더위" 하고 모두 중얼댔다. 여자들은 모두 양산을 쓰고 있는 가운데, 오후데의 것은 특히 아름답게 빨간 색이 화려하여, 다른 많은 양산은 오로지 오후데의 것을 호위하고 있는 것처럼 사람들의 눈에 비쳤다.

그때, 문득 생각난 듯 고조가 말했다.

"소담이 보이지 않는데?"

"정말 그러네. 어디 갔지?" 하며 모두 멈춰 섰다.

"아까부터 조금 뒤쳐져 오던데, 당신들과도 함께 오지 않았죠?" 하고 지국장은 물었다.

"예, 저 밑에서 뒤에 남아 있었어요. 손짓을 했지만 머리를 가로 저으며 웃고 있어서 그대로 놔뒀어요" 하고 지금 아내와 경치를 가리키면서 말을 나누고 있던 오마키는 환한 얼굴을 하고 이쪽을 향해 대답했다.

이윽고 일행은 다시 나아가 솔밭 속으로 들어가니 그곳에 홍 상은 이미 자리를 잡고 우리를 기다리고 있었으나, .

"수종횡水縱橫[115]이라고 하는 정취네요"라고 갑자기 저쪽을 가리키며 말했다.

"당신은 어디로 올라 왔죠?"

"이 뒤쪽을 통해 왔습니다" 하고 다른 작은 길을 가리켰다. 그 길의 저 아래 쪽으로 펼쳐진 평야에는 작은 마을이 멀리 보였으

---

115 수종횡水縱橫 : 물이 좌우로 굽이치는 모양.

나, 그것보다도 홍 상이 알려준 정면 쪽은 우리 발밑에 빛나는 대동강의 본류 외로도 아직 서너 줄기의 작은 띠 같은 강이 평지 사이에서 빛났다.

"저것은 다른 강입니까?"

"모두 대동강 줄기입니다. 이 주위는 특히 많이 갈라져서 하류에서 다시 합쳐집니다. 즉 그 사이에 있는 땅은 모두 모래톱입니다"라고 세관장은 대답했다.

"보기 드문 풍경이네요." 나는 부지중에 감탄했다.

"저 버드나무 마을은 어떻습니까?" 지국장은 다시 오른쪽을 가리켰다. 그곳에는 산 속의 마을에서 흘러오는 다른 물줄기가 대동강에서 만나 삼각주를 이루는 곳으로, 한 채의 집도 없이 단지 수십 그루의 버드나무가 그늘처럼 밀집했다. 그것도 이것도 내지에서는 볼 수 없는 풍경이었다.

"만경대萬景岱라는 이름은 이 조망에서 생긴 것이네요" 하고 나는 비로소 이 단순하고 평범한 언덕을 왜 모란대牧丹臺라고 별칭하는지 의아해하던 의혹이 풀리는 듯했다. 한없는 평야의 끝에는 눈여겨보니 물줄기가 늘어나는 듯했다. 오마키와 아내와 오히사 상은 우리 옆에 서서 함께 이 경치를 바라보았으나, 오후데와 오샤쿠의 양산은 소나무 사이를 누비며 장난치듯 달리고 있었다. 검은 얼굴의 게이샤는 심심하다는 표정으로 쓰러지듯이 소나무 밑동에 앉아 있었고, 그 밑에는 가로글자가 새겨진 남보라색 염색

수건이 깔려 있었다.

　"이곳 전체가 세관의 소유지로 되어 있습니다"라고 세관장은 홍 상에게 가르쳐 주었다.

　"어떻습니까? 오마키 상, 이곳에도 찻집 하나 내는 게" 하고 지국장은 말했다.

　"손님이 있는 날이 한 해 며칠 정도는 있겠네요" 하며 오마키 상은 웃었다.

　"그렇죠. 찻집이 생기더라도 세관 건물이라도 생기고 나서겠죠"라고 마쓰다도 웃었다.

　"예전에는 이곳까지 치하야함이 올라왔습니다. 대개의 상선도 이곳까지는 올 수 있다고 하니까 이곳에 세관 출장소 정도 만들 필요는 머지않아 생기리라 생각합니다. 어떠세요? 오마키 상도 땅만 사 놓으면. 이곳은 쌉니다. 평당 1전 정도입니다."

　"놀랍네요. 요전에 이와키치가 능라도를 사두라고 권했을 때, 능라도의 왕이 되는 것도 좋다고 말하며 웃은 적이 있습니다만, 그러면 저 버드나무촌의 영주가 되는 것도 좋겠군요" 하고 나는 이렇게 말하며 '버드나무촌의 영주'라는 말 속에 옛날이야기 같은 정취를 느꼈다.

　"지금 저 안개 같은 버드나무를 보고 있으면 버드나무촌의 영주도 좋겠지만, 저것이 유령처럼 시들어 버리고 대동강이 쇠처럼 얼어붙는 무서운 겨울이 온다면 그렇지도 않겠지요” 하고 부윤은 웃었다.

“여름에도 장마철이 되면 그 주위는 모두 탁류가 넘쳐 버드나무 가지 끝이 겨우 물 위로 나올 정도가 되어 버리겠지요” 하고 세관장도 자기가 산 이 고지의 영주 얼굴을 하고 버드나무촌을 내려다보면서 말했다.

“물에 잠기든 얼음이 얼든 그런 것은 아무래도 상관없습니다. 단지 버드나무촌의 영주라고 생각하고 있으면 그것으로 족하니까요”라고 나는 물러나지 않았다.

“문학자다운 말 그만 하시지” 하고 부윤은 웃었다. 문득 겨울도 온돌 없이 저 모란대의 판잣집에서 겨울을 나는 오마키가 생각나 그 아름다운 얼굴을 돌아보았다. 화창한 가을 해 같이 환한 얼굴은, 지금 오쿄와 무언가 말하면서 밝게 웃었다. 그곳에 오샤쿠 고마쓰와 장난치면서 달려온 오후데는 마치 고마쓰와 같은 또래의 소녀 같은 얼굴로 그 이마에 흐르는 땀을 닦지도 않고 오쿄의 허리에 매달리면서,

“고마쓰 상, 장난이 심해요” 하고 새된 목소리로 일동을 놀라게 했다. 모두가 웃으면서 그녀를 바라보았을 때, 그 얼굴에는 억누를 수 없는 득의의 빛이 움직였다. 모두 왠지 좀 짜증이 난다고 생각하면서도, 아직 하룻밤의 비에 흐드러지게 핀 벚꽃 같은 요염함을 느끼지 않을 수 없었다. 이때, 소나무 밑동에 앉아 있는 검은

얼굴의 게이샤는 심심한 듯이 하품을 하며 허리띠 사이에서 담뱃
갑을 꺼냈으나 그녀를 돌아보는 이는 아무도 없었다.

46

고조는 홍 상, 게이노스케 등과 함께 아까부터 소나무밭을 지
나서 언덕을 따라 산책하고 있었으나, 어느새 아래의 길로 나와
우리를 불렀다.
"우리는 이 길로 돌아가네."
그곳에 남겨진 우리도 슬슬 동요를 보이기 시작하여 내려가기
시작했다. 소나무밭을 나오자 다시 타는 듯이 더웠으나, 내리막
길은 오를 때처럼 고통스럽게 느껴지지 않아 모두 담소하면서 내
려갔다. 아래 길에는 소담도 어느새 고조들 사이에 섞여 있었다.
그리고 버드나무 둔덕에 매인 두 척의 배가 다시 눈에 들어왔다.
악사와 기생들은 배에 남은 자도 있고 농가 앞의 건초 위에 드러
누운 자도 있었다. 처음에는 희읍스름한 건초 안에 보라색이나
붉은 화려한 색이 보여서 기생일까 주시했으나, 얼굴도 손도 보이
지 않아 의아스러운 가운데 조금씩 움직이는 것을 보고 이윽고 그
것이 드러누운 기생임을 확인하고 모두 웃었다.
"밥을 지어 먹고 배가 잔뜩 불렀겠지?"

"우리도 꽤 뱃속이 비었군" 등 말을 나누면서 내려갔다. 그런데 우리를 마중 나온 요리사는 당황스런 얼굴을 하고 이렇게 말했다.

"이 농가에서는 밥을 지어주지 않았습니다. 아무리 돈을 준다고 해도 쌀이 없다고 하며 들어주지 않았습니다."

"그것 참 낭패로군" 하고 지국장은 매우 당혹해 했다. 아래 길에서 합류한 홍 상은 그 이유를 이렇게 설명했다.

"조선의 산골 농가에서는 닷새나 일주일간 가족이 먹을 만큼의 쌀을 갖고 있으므로, 만약 그 일부를 남에게 나눠주면 그것을 보충할 방법이 없습니다. 그래서 아무리 돈을 준다고 해도 좀체 나눠주지 않습니다. 만약 상대를 신용하여 쌀을 빌려 주게 되어도 갚는 것은 역시 쌀이 아니면 받지 않습니다. 이곳의 농가는 그렇지는 않으리라 생각했습니다만 ……."

"돈이 통용되지 않는 것은 놀랍군" 하고 고조는 웃었다. 태고의 모습을 하고 있는 강가의 집 한 채는 우리의 곤경에 개의치 않고 단지 숙연히 자리 잡고 있는 것이 원망스럽게도 보이고 고고하게도 생각되었으나, 또 볏짚 안에서 꿈틀거리고 있는 보라색과 파란색이 공복을 참지 못하고 있는 것을 생각하면, 안쓰럽기도 하고 우습기도 했다.

그렇지만 우리가 배로 돌아간 후에, 그곳에 하나의 큰 사실을 발견하고 그 생각은 역전되었다. 배로 돌아갈 때는 배를 내릴 때만큼은 아니었지만 그래도 상당히 혼잡스러워 이윽고 일동을 다 태우고 요리사도 이와키치도 각각 자리를 잡았을 때,

"그곳에 남아 있는 것을 반만이라도 기생 배 쪽에 주게" 하고 지국장은 요리사에게 명했다. 요리사는 곧바로 명령에 따라 찬합을 열었으나 놀란 듯 이렇게 말했다.

"여러분이 다 드셨던가요?"

요리사가 손에 든 찬합은 모두 비어 있었다.

"우리가 먹었을 리가 있나?"라고 지국장은 야단치듯 말했으나, 곧 그 의미는 모두의 머리에 읽혔다.

"자네들은 어디에 갔었지?"

"저 농가에서 거절당해서 어디 다른 농가는 없을까 해서 근처를 돌아다녔습니다."

"황당한 자들이군" 하고 부윤은 기생 배를 바라봤다. 악사도 기생도 시치미를 떼고 태연히 담배를 피우고 있었다.

"어머나" 하고 여자들도 질렸다는 듯이 말했으나 잠시 모두 어이가 없어 하다가 결국 웃음이 터졌다. 이와키치 등은 어느새 이미 밧줄을 풀었으므로 우리 배와 기생 배는 약간 거리를 유지하고 떠가기 시작했다. 시계를 꺼내보니 세 시가 지났다.

"할 수 없군, 술이라도 마시지" 하고 지국장은 화를 내며 말했다.

"돌아가는 길은 힘들겠군." 이와키치는 노를 밀면서 말했다.

"열두 시 전에는 힘들겠지?" 세관장은 말했다. 과연 뱃전을 흐르는 조수의 흐름은 매우 거세, 이와가치가 힘써 젓는 노도 충분한 움직임을 얻지 못하는 듯했다.

"아직 썰물이군."

"굉장한 기세네." 사람들은 모두 뱃전에서 밖으로 머리를 내밀고 거센 물결을 보았다. 다른 두 사공은 이와키치와 힘을 합하여 하나의 노를 셋이 저었다.

요리사는 술을 데워 내주었으나, 아무것도 먹을 것이 없으므로 모두 씁쓸한 얼굴을 하고 마셨다.

"어이, 다시 샤미센이라도 치지." 고조는 게이샤에게 명령했다. 게이샤는 다시 짜랑 짜랑 하고 치기 시작했다. 오샤쿠는 다시 갑판을 밟으며 아까와 같은 손짓으로 춤을 췄다.

세관장은 자기 운명을 훤히 아는 사람처럼 뱃전에 머리를 얹고 조용히 차양의 기둥을 바라보았다. 그렇지만 다른 사람들은 둔덕의 나무가 아무리 시간이 지나도 같은 곳에 서 있어, 배가 나아간 모습이 조금도 보이지 않아 애를 태우기 시작했다. 결국 배를 강가로 저어가 세 사공은 강가로 뛰어 내려 하나의 큰 밧줄을 어깨에 메고 배를 끌기로 했다. 풀이 무성한 곳이나 진흙이 철벅철벅 미끄러지는 강가에서 세 명이 영차 영차 배를 끌고 올라가는 광경은 흥미롭게 보였으나, 이런 식으로 언제 돌아갈 수 있을지 생각하니 한심하기도 했다.

"오후데 상, 다시 춤이라도" 하고 부윤은 권했다.

"춤보다는 연주를 하죠"라고 말하고 게이샤로부터 샤미센을 받아들고 반주를 하며 아름다운 목소리로 노래했다. 그 노래 속에는 '쓰나網는 어명上意', '기이紀伊의 나라', '나의 것'[116] 등 같은 우리 귀에도 익숙한 것도 있었다. 돌아보니 기생 배도 우리 배보다 뒤처져 역시 한 사공이 밧줄을 끌고 올라가고 있었다. 때때로 북 소리가 나고 "좋다!"라는 소리도 섞여서 들렸다.

'기생 배!' 하고 나는 마음속으로 거듭 애틋하게 생각했다. 실제의 이 기생 배와 내 공상의 기생 배 사이에는 너무도 먼 거리가 있었다. 물과 기름이라는 말이 있지만 그들과 우리 일본인 사이는

---

116 쓰나는 어명, 기이의 나라, 나의 것 : 網は上意、紀伊の國、わがもの.

도저히 융화될 수 없는 어떤 것이 있는 듯했다. 기생이라는 존재도, 조선 구경하러 온 자가 마지못해 조선요리에 젓가락을 대며 구경하는 정도가 한계인가 생각되었다. 오늘처럼 긴 시간 바라보고 있으면 흙으로 만든 인형 만큼의 흥미도 없었다.

'여기에 오면 아름다운 기생보다도, 얼굴이 검어도 코가 낮아도 일본인 게이샤나 오샤쿠 쪽이 역시 같은 피가 흐르고 있다'고 생각되어 그들 기생과 게이샤들을 바라봤을 때, 둘 다 비슷하게 쓸쓸한 얼굴을 하고 우두커니 앉아 있는 것이 묘하게 생각되었다.

해가 기울어짐에 따라 차차 서늘해져서 아주 얇은 저고리를 입고 있는 기생들은 추운 듯이 서로 달라붙었다. 나 혼자만의 기생배의 공상이 깨졌을 뿐 아니라, 오늘의 뱃놀이 그 자체가 나의 평양책이 얼마나 현실과 먼 것인가를 사실적으로 증명하기 위해 개최된 듯한 생각이 들어 겸연쩍은 기분이 들었다. 그런 심정에서인지 부윤의 얼굴에는 냉소의 빛이 보이는 것 같았다.

그때 또 하나의 큰 사건이 눈앞에 펼쳐졌다. 그것은 세관장 등에게는 예기되었던 것이겠지만, 사정을 모르는 우리는 다소 놀랐다. 왜냐하면 지금까지 배를 끌던 오른쪽 둔덕은 이제 발 디딜 곳이 없어졌기 때문에 강을 가로질러 왼쪽 둔덕 쪽으로 배를 옮겨야 했고, 그러기 위해서는 그곳에 있는 물결 센 여울을 건너야 했다. 세 사공은 밧줄을 끌어당겨 뱃머리에 던져 넣고, 함께 소리를 지르며 배를 밀었지만 뱃바닥이 드드득 하고 돌을 스칠 뿐 아니라

순식간에 배를 뒤로 떠내려 보낼 듯한 세찬 급류 때문에 거의 진퇴양난에 빠져 버렸다.

이렇게 되자, 남자들은 잠자코 보고 있을 수가 없게 되었다. 가장 먼저 옷자락을 걷고 급류 속으로 뛰어든 이는 지국장이고, 부윤도 누마타 씨도 마쓰다도 게이노스케도 이어서 배에서 내렸다. 나도 할 수 없이 그들 뒤를 따라 옷자락을 걷고 들어갔다. 그 모습이 우스꽝스럽다고 아내도 오쿄도 웃었다. 이제 이렇게 되면 평양책은커녕 어떻게 해서든 이 배를 여울을 건너게 해야 한다는 것이 유일한 큰 문제였다. 우리와 사공은 힘을 합해 밀었다. 센 물결이 무릎 위를 타올라 때로는 옷자락을 적셨다. 작은 체구의 누마타 씨는 배 아래까지 젖었다.

"양복 입은 자는 도울 수가 없군요"라고 말하며 세관장은 홍 상을 돌아보고 태연하게 있었다.

해는 더욱 기울어져 수면이 어둡게 되었다.

"초사흘달인가" 하고 아내는 말했다. 보니까 투명할 정도로 아름다운 초사흘달이 하늘에 떠 있었다. 물의 흐름이 거세기 때문에 배는 대단한 기세로 움직이는 것처럼 보였지만 실제로는 같은 곳에 멈춰 있었다.

"틀렸군." 나는 손의 힘을 뺐다.

"아뇨, 조금만 더 밀면 됩니다." 작은 누마타 씨는 나를 격려했다. 세 사공은 소리를 크게 질러대며 분발했다. 나는 그들에게 힘을 얻어 다시 밀기 시작했다.

간신히 여울을 빠져나가기까지는 삼십 분 이상이 걸렸다. 어느새 초사흘달이 빛을 더하여 둔덕 위의 나무들도 약간 거무스름해졌다. 여울을 넘자 물은 깊어져 다시 노를 저을 수 있게 되었다. 모두 녹초가 되어 젖은 발 그대로 배에 올라탔다.

요리사는 초롱에 불을 붙이고 차양의 주위에 매달았다. 돌아보니 기생 배 쪽은 배가 작기 때문에 우리 배에서 밧줄을 걸어 당기며 사공 혼자 물에 들어가 미니 쉽사리 여울을 빠져나올 수 있었다. 그리고 그 배에도 똑같이 초롱이 매달렸다.

싸늘한 기운이 피부에 스며들었다. 우리의 망토는 모두 여자들이 걸치고, 우리는 다시 쓴 술을 마셨다. 아무리 마셔도 취하지 않을뿐더러 후카가와 때처럼 위는 그것을 밀어내려고 하여 단지 괴로울 뿐이었다. 어떻게 이 추위를 견디고 공복을 잊고 배가 돌아갈 때까지의 무료를 달랠 것인지가 일동의 문제였다. 오쿄와 세 관장 사이에는 가위바위보가 시작되었다. 손님의 방석을 어느새 하나 점령하고, 부윤의 망토를 걸치고 있는 만사 귀찮은 듯한 게 이샤는 다시 짜랑 짜랑 샤미센을 치기 시작했다. 나는 뱃바닥에 드러누워 이 우스꽝스런 광경을 보았다.

남자도 여자도 모두 단지 떠들었다. 거의 극한 절망의 발작처럼 떠들었다. 오늘의 뱃놀이는 누구도 기대만큼 재미있지 않았을 것이다. 특히 귀로에 나선 후의 공복과 한기 등은 견디기 어려운 고통이었다. 그렇지만 우연히도 함께 만나게 된 이 사람들의 내일은 이제 동서로 갈라져 떠나는 기념의 회합으로서는 상당히 의미 있었다. 특히 어려운 여울에서 배를 내려 밀었던 것은 해보고 싶어도 할 수 없는 추억거리였다……. 그렇게 생각하고 남들의 얼굴을 바라보니 하나하나의 얼굴에 일종의 깊은 인상을 찾을 수 있었다. 계속 가위바위보에 진 오후데의 분해하는 얼굴에도, 소담과 손을 잡고 남무男舞를 흉내 내고 있는 고조의 얼굴에도, 초롱의 붉은 빛 아래, 이 밤이 아니면 볼 수 없는 쓸쓸한 정취가 감돌고 있었다.

배는 세관 관사 옆까지 돌아왔다고 생각했는데, 평양의 어느 유곽 뒤에 닿았다. 그곳은 정식 나루터는 없고 유곽의 사람들이 물이라도 길러 내려오는 길 같았으나, 그곳에 널빤지를 걸치고 오르게 되었다.

"이곳에서 세관 옆까지는 그리 많은 시간이 걸리지 않으니 어서 빨리 배에서 내려 주세요" 하고 지국장은 말했다. 샤미센도 북도 자루 안에 집어넣었으나, 우리가 그 샤미센을 타고 넘었다고 게이샤는 툴툴 화를 냈다. 그렇지만 모두 웃고 있을 뿐 상대를 하지 않았다.

배에 매달렸던 많은 초롱을 세 명에 한 사람꼴로 손에 들고 위

험한 길을 비췄다. 기생 배는 좀 더 상류까지 저어갈 수 있다고 하여 그들은 모두 동시에 소리 높이,

"사요나라안녕"라고 말했다. 우리 쪽도 모두 소리를 모아,

"사요나라"라고 말했다. 둔덕에 올라선 후 내려다보니 우리 배 쪽에는 단 하나의 초롱이 남아 있을 뿐으로, 거의 물 위의 어둠 속에 싸여 있었으나, 기생 배는 많은 초롱 빛에 기생들의 흰 얼굴까지 잘 보였다.

그곳을 올라가자 기루妓樓 거리가 나타나 창기인지 게이샤인지 알 수 없는 여자가 교토풍의 붉은 초롱이 매달려 있는 기루의 이층에서 내려다보고 있었다. 얼굴이 검은 게이샤는 그중의 한두 명과 아는 사이인 듯 말을 주고받는 등 이 거리의 공기 속에서 소생한 것처럼 기운이 넘쳤다.

"인력거가 없어서 큰일이군" 하고 지국장은 주위를 분주하게 돌아다녔으나 이윽고 네다섯 대만 찾았으므로 여자들만 그것에 태워 보내기로 했다.

"저는 싫어요. 좀 걷지 않으면 왠지 기분이 나빠서" 하고 오후데는 혼자 타기를 거부했다.

"하지만 네가 돌아가지 않으면 곤란하잖아." 오쿄는 인력거 위에서 돌아보았다.

"좀 걷고 나서 곧 돌아갈 테니 먼저 가세요." 오후데는 토라진 듯 말했다.

“그래, 그럼 그렇게 하지 뭐” 하고 오쿄는 순순히 소담과 나란히 인력거를 타고, 아내, 오히사 상, 오마키 등의 뒤를 쫓아 달려갔다.

“그럼 먼저.”

“먼저 실례해요”라는 소리가 사라진 뒤에 남자들과 오후데와 게이샤와 오샤쿠는 터벅터벅 거리를 걸었다. 이 게이샤는 이와키치와 같이 구요관 소속이라든가 하며 계속 구요관에 들러서 밥을 먹고 가자고 권했다.

“네? 손님. 그렇게 하시죠?” 하고 그녀는 싹싹하게 고조 옆에 달라붙어 말했다.

“지금부터 밥을 짓는다는 건 큰일이다. 여관에 돌아가는 편이 안전해”라고 고조는 웃었다. 게이샤는 다시 내 옆에 다가와서 같은 말을 했다.

다시 인력거가 대여섯 대 보여서 고조, 부윤, 세관장, 누마타 씨, 마쓰다, 게이노스케 등은 모두 각기 그 인력거를 타고 돌아갔다.

“네? 손님. 들렀다 가시죠?”라고 게이샤는 다시 뒤에 남은 나에게 권했다. 내가 분명한 대답을 하지 않고 지국장을 따라 곧바로 가자, 게이샤와 오샤쿠는 어느 모퉁이에 멈춰 서서 다시 불렀다.

“네? 들렀다 가시지 않겠어요?”

“실례” 하고 뒤를 돌아보고 지국장은 손을 들었다. 두 여자는 그 모퉁이에서 오른쪽으로 굽어서 구요관으로 돌아가는 듯, 서운한 듯이 잠시 서서 우리를 배웅했다.

게이샤 등과 헤어진 후에 지국장과 나와 오후데가 남게 되어 세 명은 인가가 별로 없는 별빛 아래의 신시가지를 터벅터벅 걸었다.

다시 하나의 인력거 주차장을 발견해 지국장은 우리에게도 탈 것을 권했다. 그렇지만 오후데는 따르지 않았다.

"오라버니, 오라버니도 걸어요. 혼자서 쓸쓸해요."

"그럼 자네도 타지 않을 건가?"

"저는 싫어요. 걷고 싶어요."

지국장를 태운 인력거는 오십여 미터 앞에 우뚝 서서 잠시 우리를 기다리다가 이윽고 못 기다리겠다는 듯 앞으로 달려갔다.

"이제야 둘만 남았네요"라고 오후데는 말했다. "내일은 결국 이별이네요."

"그렇군."

"저, 부탁이 있어요."

"……."

"여기서 하나야까지 돌아가는 데 몇 분이나 걸릴까요?"

"저 등불이 있는 거리로 나가면 곧 나올 테니 이삼십 분이면 될 걸."

"저는요, 오라버니, 여기서 하나야 문까지 돌아갈 때까지 만이라도 오라버니 아내가 되고 싶어요. 그리고 저 혼자 그렇게 생각해도 허무하니 오라버니도 그렇다고 생각해 줬으면 해요. 네? 오라버니. 그냥 그렇게 생각만 해주면 돼요. 서로 그렇게 생각하고,

진짜 부부처럼 여관까지 돌아가지 않겠어요?"

"하하하하, 또 시작이로군" 하고 나는 웃었다. 그렇지만 왜 그런지 오후데의 말은 이번에는 사람의 마음을 지배하는 강한 힘을 가지고 있어 함부로 웃어 버릴 수가 없었다. "왜 그런 것을 하고 싶어졌지?"

오후데는 내 말에는 대답하지 않고 한껏 심호흡을 하고,

"저, 오라버니 아내에요, 기뻐요. 단 이삼십 분간의 부부이지만 그래도 진짜 부부인걸요. 네? 되도록 천천히 걸어요……."

"흐흐흐흐." 나는 갑자기 우는 듯한 소리로 웃었다.

"싫어요. 그렇게 웃으면. 기분 나빠요."

"……."

"당신은 부부가 되는 게 무서워요? 비겁한 사람" 하고 조롱하듯이 말했다. "단 이십 분간 당신은 내 남편이고 내가 아내라는 마음을 가지는 게 당신은 싫어요?"

"그러면, '우자에몬과 바이코'[117]가 하나미치花道[118]를 걷는 기분이네."

"그런가요? 그것과는 좀 다르기는 하죠."

"그렇군. 배우는 관객에게 꿈을 꾸게 하지만, 자네는 스스로 꿈

---

117 우자에몬과 바이코 : 우자에몬左衛門과 바이코梅幸는 둘 다 당대 유명 하이쿠 배우로, 바이코는 여장남자 역할.
118 하나미치花道 : 가부키 무대에서 관람석 가운데를 질러 만든 배우들의 통로.

을 꾸려고 하는 것이니, 같지는 않겠군. 그래도 그런 걸 생각하는
건 내게 그리 신기한 것은 아니네."

"그래요? 당신은 이미 때때로 하신 적이 있어요? 누구랑?"

"뭐, 누구라고 할 수는 없지만, 문학자라는 사람은 항상 현실에
없는 것을 머릿속으로 공상해 보곤 하지. 그렇지. 자네 것은 머리
로 생각할 뿐 아니라, 상대를 만들어 꿈을 실현해 보려고 하는 것
이니 역시 내 것과는 다르지."

"꿈보다도 더 정취가 있고, 그리고 자유롭지는 않고."

"그럴까? 그럼 좋네. 자네가 말한 대로 하나야 문까지 부부가
되어 보지. 그렇지만 아까부터 이미 반이나 온 듯하니, 십여 분의
부부일세."

"그래도 행복해요."

두 사람은 잠시 동안 묵묵히 걸었다. 어쨌든 십분 간이라도 이
여자가 내 아내라고 생각하니 우습기도 하고 애틋하기도 한 이상
한 기분이 들었다. 후카가와 이래, 처치 곤란한 이상한 여자라는
것은 잊고, 이 기괴한 두 사람의 가상적인 관계를 흥미롭게 생각
했다.

"네? 여보." 오후데는 불렀다.

"왜?"

"당신, 바람피우면 안돼요."

“피울지도 모르지.”

“싫어요. 그런 말 하면. 비록 십분 간이라도 아내가 된 내게 나쁜 말 하지 마세요. 바람피우지 않겠다고 말해 줘요.”

“좋아. 바람피우지 않을게.”

“꼭이에요.”

“알았어.”

“안심했어요. 당신과 나 둘밖에 없네요.”

“그렇고말고.”

나는 이렇게 대답하면서도 문득 아내가 떠올랐다. 뭔가 이런 말을 섣불리 내뱉는 것이 아내에게 미안했다. 그렇지만 꿈이다, 연극이다라고 생각하면, 진지하게 그런 것을 떠올리는 것조차 어리석다고 생각되었다.

“이런 행복한 부부가 달리 있을까요?”

“없겠지.”

“오랫동안 사랑하는 사이였지요?”

“그렇고말고.”

“날 버리지 말아요.”

“그럴 리가 있나.”

별빛에 말을 나누는 두 사람은 서로 희미한 얼굴을 볼 뿐, 그 호수와 같은 눈이 지금 얼마나 빛나고 있는지 그것은 알 수 없었지만, 그녀의 목소리는 한 마디 한 마디 점점 뜨거워지는 듯했다.

　내 발소리와 오후데의 종종 걷는 발소리는 지나는 사람 적은 쓸쓸한 거리에서 또렷하게 울렸으나, 한 대의 인력거 소리와, 골목을 지나는 일본식 안마사의 피리 외로 그것을 어지럽히는 다른 소리는 없었다.

　"저기, 당신" 하고 오후데는 다시 불렀다.

　"……."

　"이제 내일은 이별이네요."

　"그렇군."

　"왜 부부이면서 헤어져야 하는 걸까요?"

　"그렇네."

　"그 아이를 잊지 마세요."

　"응?"

　"후쿠오카 잣쇼노쿠마雜餉隈에 양자로 보낸 그 아이 말이에요."

　나는 잠시 뭐라고 대답해야 할지 머뭇거렸으나 여전히 적당히 대답할 수밖에 없었다.

　"어찌 잊겠어."

　"기뻐요"라고 말하고 오후데는 내 손을 꼭 잡았다. 어느새 벌써 여기저기 산재한 작은 점포들에 등불이 켜져 있는 신시가지 같은 거리로 나와, 이윽고 두 사람은 하나야 문 앞에 도착했다.

　"이제 부부는 끝이로군." 나는 웃었다.

　"정말이네요. 꿈은 깨버렸네요." 오후데도 웃었다.

"근데, 후쿠오카 잣쇼노쿠마에 보낸 양자라니?"

"당신과 나 사이에 생긴 아이잖아요" 하고 오후데는 다시 웃고,
"꿈은 깼잖아요. 이제 그런 거 묻는 거 그만두세요……. 내일 또
만나요. 자 이제 헤어져요."

그녀는 가볍게 머리를 숙였다. 어두운 하나야 문 앞의 램프는
쓸쓸한 그림자를 두 개로 갈랐다.

47

마쓰야에 돌아와 보니 오히사 상과 아내는 식사 준비를 하고 나
를 기다리고 있었다. 공복을 채우면서 나는 오후데의 이야기를
두 사람에게 했다.

"어머나, 세상에" 하고 아내는 황당하다는 듯이 미간에 주름을
모았으나, 그녀도 오후데에 관해서는 이미 익숙하기 때문에 별로
마음에 두는 것처럼 보이지 않았다. 단지 마지막의 양자 이야기
가 한동안 화제가 되었다.

"그 양자 이야기가 왠지 마음에 걸리네요."

"……."

"실제로 그런 아이가 있는 걸까요?"

"나와의 사이에 생긴 아이 말인가?"

337

"네" 하고 아내는 웃으며, "어쨌든 오후데 상에게 아이가 있을까요?"

"그건 어떨지 모르겠네."

"만약 있다고 하면 그 아이를 입양해서 키우고 싶군요."

"하하하하, 입양하면 좋겠지."

그 다음날에는 매우 지친 탓에 한껏 늦잠을 잤다. 침상에서,

"오히사 상, 오늘 모란대에 가시겠다면 안내하죠" 하고 나는 물어 보았으나,

"저는 이제 됐어요" 하고 오히사 상은 생각지도 않았다는 듯이 말했으므로 그대로 다시 잠을 잤다.

오늘은 드디어 고조, 오후데, 게이노스케, 오히사 상 등의 출발을 정거장에서 배웅하게 되었다. 오후사 상은 짐은 거의 다 미리 직송했으므로 가벼운 몸을 인력거에 싣고 세 명이서 정거장으로 갔을 때에는 이미 어제 함께 놀던 사람들의 얼굴이 여럿 나와 있었다. 지국장은 오늘은 좀 아프다고 하며 일본 옷의 몸을 무겁게 움직이고 있었다. 그곳에 몇 대의 인력거가 줄지어 달려온 것은 고조, 오후데, 게이노스케, 오쿄, 소담, 홍 상 등의 일행이었다.

"어머, 오후데 상이 ……" 하고 아내는 놀란 듯 말했다. 일견 열일고여덟의 여학생인가 생각될 정도로 앞머리가 많이 나온 여학생 머리에 옷깃에는 화려한 리본을 묶고 있었으나, 이쪽을 돌아보면서 흘러내린 귀밑머리를 손가락으로 쓸어 올리면서,

"어머, 사모님. 많이 피곤하시죠?" 하고 온몸에 가득한 기운을

억누를 수 없다는 듯 활발하게 행동하며 아내 쪽으로 다가왔다.

"오후데 상도 피곤하죠?" 아내는 어제의 오후데의 활동을 떠올리며 말했다.

"네, 아주 녹초가 됐어요. 그래도 남자들보다는 덜 해요. 이시바시 오라버니는 오늘 아침 몸이 아프다고 얼마나 꾀를 부리던지."

"우리 남편도 그랬죠" 하고 아내는 말했다. 그것은 별로 생각이 있어 말한 것이 아니겠지만, '우리 남편'이라는 말이 어젯밤 십분간의 아내의 귀에는 필시 의미 깊게 들렸을 것이라고 생각하며 나는 오후데의 얼굴을 보았다. 그렇지만,

"어머, 오라버니도 그랬어요?" 하고 그녀는 모든 것을 잊어버린 듯한 얼굴로 단지 천진하게 웃었다.

이윽고 도착한 부윤, 마쓰다, 세관장 등도 오후데의 변신에 적잖이 놀란 듯했으나, 그래도 대화는 자연스레 그녀를 중심으로 하여 대합실은 떠들썩했다. 나는 게이노스케에게 귓속말을 했다.

"언젠가 자네가 건네 준 작품일정표에 '여도적 북해의 오류'라든가 하는 게 있었지? 오늘 오후데는 아무래도 '여학생 오후데'라는 모습이네."

게이노스케도 나에게 어이없다는 듯한 표정을 짓고 찬동의 뜻을 나타냈다.

"저도 왠지 함께 가고 싶네요" 하고 오쿄는 침착히 이별도 아니라는 듯이 말했다.

"자, 그럼, 가겠네" 하고 고조는 아무렇지도 않게 말했다.

"오후데 상은 미울 정도로 태연하네. 넌 별로 슬프지도 않나봐." 오쿄는 오후데를 꾸짖듯이 말했다.

"하나도. 이미 어제 엄청 이별을 아쉬워했거든" 하고 오후데는 남들이 알아채지 못하게 내게 눈짓을 하고 미소를 지었다.

"그건 그렇기도 하네" 하고 오쿄는 그것을 어제의 뱃놀이라고 해석한 듯, "우리를 일부러 경성에서 부른 것을 생각해 보니 사치스런 이별이네."

이런 이야기를 하고 있는 곳에 누마타 씨와 오마키가 앞서거니 뒤서거니 하며 달려왔다. 오마키는 어제와 같은 옷차림을 하고 약간 상기된 얼굴에 땀도 흘려 노란 먼지 흔적이 보이는 것이 수수하게 아름다워, 오후데가 의식적으로 야하게 짙은 화장을 한 것과는 여느 때처럼 좋은 대조를 이루었다.

기차에 타기 직전에 오후데는 이런 말을 했다.

"오라버니. 제가 만주로 간 후에 소설을 써서 보내줘요. 아시겠어요?"

약간 머리를 갸웃하며 애교를 부리는 모습부터가 아무래도 스무 살 이하의 여학생으로밖에 보이지 않았다. 그녀가 경성 이래, 나를 상대로 벌인 유희? 는 아무래도 이시바시로는 결말이 나지 않을 것이고, 게이노스케라면 부족할지도 모른다. 소설을 써서 보내라는 것은 반드시 입에서 나오는 대로 한 말이 아니라 다소 그런 마음을 내게 전한 것으로 생각되었다.

그러는 중에 발차가 임박해 일동은 올라탔다. 문득 보니 아내는 지금 창 너머로 오히사 상과 다시 이별을 나눈 김에 오후데와도 무언가 말하며 두 사람은 웃었다. 기차가 움직이기 시작했을 때, 오후데의 큰 눈은 배웅하는 사람 한 사람도 놓치지 않으려는 듯 민첩하게 움직이다가 마지막으로 내 눈과 마주쳤을 때, 미소를 띠고 손수건을 흔들었다. 배웅하는 사람들은 그 흔들리는 손수건을 보고 모자를 흔들고 손을 흔들었다. 식민지적으로 거칠게 큰 기차는 큰 호흡을 내뱉으며 북으로 향했다.

나는 맥이 풀린 듯 한동안 그 뒤를 바라보았다. 옆에 홍 상, 소담, 오쿄 등을 보는 것이 더욱 쓸쓸함을 더했다. 경성에 그들을 두고 우리가 이곳에 올 때는 조금도 느끼지 않았던 적막함이 전신을 휩싸는 것을 느꼈다. 이것은 지금까지 어떤 경우에도 오후데에 대해서 가졌던 기억이 없는 느낌이었다.

"저희도 내일 돌아갈 작정입니다. 홍 상이 돌아가신다고 하니 함께 따라가려고요" 하고 오쿄는 말했다.

"그러면 이번에는 결국 우리 부부만이 평양에 남겨지는군" 하고 나는 텅 빈 정거장에 서서 아쉽게 오쿄를 보았다. 홍 상과 소담은 조선말로 친근하게 무언가 말하고 있었다.

부윤 등은 모두 각기 돌아갔다.

나는 억지로 그들 세 명을 내 숙소로 데리고 돌아왔다. 그리고 그날은 차분히 대화를 나누었다. 그것은 자연스레 오후데에 관한 이야기가 많았다.

다음날 세 명이 떠나는 것을 배웅할 때도 부윤 이하 사람들이 모였다. 오쿄도 홍 상도 소담도 입을 모아 다시 한 번 돌아가는 길에 경성에 들러달라고 권했다.

우리 부부는 그 후 네댓새를 평양에 체류했다. 그리고 모란대도 다시 한 번 방문하고, 부윤, 마쓰다, 세관장, 지국장 등과도 한두 번씩 왕래했다. 그것은 차분하고 쓸쓸한 네댓새였다.

48

지금 신의주의 여관에 있습니다. 쓸쓸하여 더욱 추운 듯하군요. 게이노스케 상은 하늘의 별빛이 다르다고 합니다. 저는 잘 모르겠어요. 오늘 밤 안동현까지 간다고 이시바시 오라버니는 말했지만 제가 싫다고 떼를 썼어요.

저는 원래 편지를 잘 못 쓰지만 오늘 밤은 왠지 쓸쓸해서 이 편지를 씁니다. 엉망이라도 잘 봐주세요.

오늘 기차 안에서 한 사람과 이시바시 오라버니가 하는 이야기를 들었습니다. 그중에 이런 말이 있었습니다.

아마쿠사[119]와 시마바라 여자가 가장 훌륭하다고 하네요. 두만

강을 헤엄쳐서 건넌다고 하네요. 그런 것은 전 못해요. 글쎄 시마바라, 아마쿠사, 고지마 쪽이 제2군이라네요. 저는 몇 군일까요?

오라버니를 만난 것은 정말로 인연이네요.

오라버니는 나쁜 사람이에요. 사모님에게 전부 말하다니. 부부 사이라는 게 그런 건가요? 기차가 떠나기 전에 잣쇼노쿠마의 아이가 보고 싶다고 하시데요. 사모님이.

잣쇼노쿠마에 가 보세요. 그리고 어딘가에 소녀의 등에 비슷한 아이가 업혀 있으면 알려 주세요.

기차 안의 이야기를 좀 더 할게요.

안봉선安奉線이 생겼을 때의 일이라고 합니다. 돈은 모두 반지나 팔찌로 몸에 지니고, 돈 될 만한 것은 보자기에 싸서 등에 지고, 큰 것은 쿨리[120]에게 지우고, 대여섯 명 정도씩 한 조가 되어 안봉선의 레일을 따라 북으로 북으로 걸어갔다고 해요. 그게 우스꽝스러워요. 모두 옷자락을 걷어붙이고 붉은 속치마도 보이며, 큰 엉덩이를 실룩거리면서 북으로 북으로 갔다네요. 그것을 저는 잘 표현 못하겠지만, 그 사람의 이야기는 재미있어요. 눈에 그 장면이 선하게 그려져요.

---

119 아마쿠사 : 아마쿠사 섬天草島. 청일전쟁 전후, 정정 불안으로 아직 일본 남자들만 조선에 진출해 있을 때, 규슈 서쪽의 가난한 섬 아마쿠사의 여자들은 밀항선을 타고 조선에 들어와 돈을 벌었다.
120 쿨리 : 苦力. coolie. 중국인 하층 인부.

그들이 모두 제1군이라고 해요. 두만강을 헤엄쳐서 건너는 무리죠.

저는 왠지 그 여자들이 지금이라도 레일을 따라 북으로 북으로 걸어가는 느낌이 들어요.

여순에 오긴 상, 봉천에 오시마 상이라는 훌륭한 여자가 있다고 해요.

오쿄 상들은 이미 돌아가셨나요?

오마키 상에게 안부 전해 주세요.

저도 만주의 산속에서 찻집이라도 낼까 봐요.

소설은 꼭 써 주세요.

아, 잊었네요. 오히사 상은 정거장에 마중 나온 사람이 있어서 곧바로 마차로 구의주 쪽으로 가셨습니다. 조금도 피곤한 모습은 보이지 않았어요.

벌써 쓰는 게 싫어졌네요. 이제 그만 씁니다.

신의주에서 후데

* * *

오늘 밤은 안동현에 있습니다.

내일은 벌써 봉천으로 직행한다고 하네요. 도대체 어디를 가는 걸까요?

이곳의 여관 주인도 수염이 난 사람이에요. 오마키 상의 남편과 닮은 사람.

어째서 짱코로[121]가 많을까요? 차부도 때밀이도 짱코로에요. 그럴 테죠.

이제 외국이네요.

재미있어요. 여관 주인은 저를 이시바시 오라버니의 첩으로 알고 있어요. 그래서 저도 오늘은 부인 머리를 하고 오라버니를 '여보, 당신'하고 불렀어요. 게이노스케 상은 서생 신분이 되었네요.

여관 주인이 오랜만이니 '남편'과 놀고 싶겠죠. 그래서 제 눈치를 보니 우스워요. 처음에는 꼭 같이 가자고 해요. "저는 싫어요. 그런 곳에 같이 가는 거"라고 말하면 "여기 시골 게이샤도 한 번 봐 두면 좋겠죠."

"두 분이서 가세요. 저는 얌전히 집을 지킬 테니." 이렇게 말하고 토라진 모습을 보였어요. 오라버니, 실은 말이에요. 저는 미쓰하시 상과 함께 있을 때도 질투 같은 것을 한 기억이 한 번도 없어요. 왜 그럴까요? 정이 없어 그럴까요? 그렇지만 두 사람을 현관까지 배웅하고 바닥에 무릎을 꿇고 "다녀오세요" 하고 웃으면서 말했을 때는 저로서도 정을 품고 참 잘한 것 같아요.

게이노스케 상은 친구가 나온다는 연극 보러 가서 지금 없어

---

121 짱코로 : 일본인이 중국인을 낮춰 부르는 말. 청국노淸國奴의 대만 발음으로 1895년 일본이 대만을 통치하면서부터 생긴 단어라는 설이 있다.

요. 저에게 같이 안 가느냐고 했지만, 오라버니에게 연서를 써야
한다고 말하고 가지 않았어요.

하녀가 와서 "정말로 못된 남편이시네요" 하고 제가 선선히 내
보내 준 것을 심술궂게 말하네요. "아가씨는 고향이 어디지?"라고
물으니 나가사키라는 대답. 제2군이네요.

"어째서 여기 왔나요?"라고 물으니 글쎄 속아서 봉천으로 끌려
와, 정거장에 내리니까 눈가리개가 씌워지고 인력거에 실려서 그
곳을 빙글빙글 돌아서 어디가 어딘지 모르게 된 상태에서 유리집
등에서 일하게 되었다고 하네요. 꽤 멍청하고 웃기는 하녀에요.

저는 어제 기차 안에서 들은 그 이야기가 재미있어요. 지금도 빨
간 속치마를 드러내고 큰 엉덩이를 실룩거리며 레일을 따라 북으
로 북으로 가고 있는 것 같아요. 장춘, 하얼빈은 이미 지났겠지요.

오라버니와 사모님은 매일 무엇을 하며 지내시나요? 아마 이곳
에는 오시지 않고, 고향으로 돌아가셨다고 생각해요.

바람난 남편을 떠나보낸 뒤의 근심이네요.

"사람과 연을 맺으려면 엷게 맺어 끝까지 가라, 단풍을 봐라, 엷
은 것이 떨어지더냐, 짙은 것이 먼저 떨어진다네, 그렇지 않은가."
이런 것은 싫어요.

"너와 잘까, 오천 석을 취할까"도 싫어요.

"이슬은 억새와 잤다고 하네, 억새는 이슬과 자지 않았다고 하
네. 잤다고 하네, 안 잤다고 하네. 억새의 이삭은 발갛게 되었다

네." 바보 같은 억새죠.

　내일은 봉천으로 갑니다. 이제 당분간은 편지도 올리지 못하겠네요. 무사히 지내시길.

　잣쇼노쿠마의 그 아이, 잘 부탁해요.

　안동현에서 후데

(1911년)

김영식

나쓰메 소세키의 소설을 읽어본 사람은 소세키가 「나는 고양이로소이다」를 다카하마 교시가 주재하는 잡지 『호토토기스두견새』에 연재를 하여 크게 호평을 받아 후에 전업작가의 길을 걷게 되었다는 사실을 기억할 것이다. 지금까지도 증손자에 의해 간행되고 있는 하이쿠 잡지 『호토토기스』의 원조인 교시는 일본문학계에서는 하이쿠의 대가로서 최고의 위치를 차지하고 있지만 소설가로서는 많은 작품을 남기지 못했다.

하지만 일본문학계에서의 평가에 관계없이 우리 근대의 풍경을 그린 장편 『조선』은 반드시 일본보다는 한국에서 널리 읽히고 연구되어야 할 매우 중요한 작품이 아닐 수 없다. 저자의 조선에 대한 시각 외로도 백 년 전의 일본인과 조선인의 모습과 그들 양국인의 교류의 양상, 당시의 풍습, 건물, 풍경, 도구, 언어 등을 우리는 본서에서 찾을 수 있다. 하나의 예를 들면, 역자는 본서에서 대구에 사는 일본인이 '아리랑'을 '아라랑'으로 부른 것으로 적혀 있어 '아라랑'이 오기라고 생각했지만 조사 결과는 그렇지 않았다. 그 시절의 일본인이 조선을 여행했듯, 지금의 우리는 본서를 통해 백 년 전의 조선으로 여행을 떠나게 된다.

문학사적으로는 이 소설은 1910년 합방 당시의 이야기로 식민지 조선을 그린 첫 번째 일본 소설이다. 그 이후 나온 작품들이 국가 권력의 감시하에서 대개 신변잡기적인 소품이 많은 것에 비해, 이 소설은 식민지 조선의 풍경과 그 풍경 속의 일본인과 조선인을 그린 가장 스케일이 큰 당대의 유일한 장편소설이다.

그리고 만약 이 소설이 단지 다분히 의도적이고 저열한 식민지 여행기라는 작품이라고 평가했다면 역자는 굳이 본서를 번역하지도 않았을 것이다. 의외로 이 작품은 생각만큼 편협하지 않고 단순하지도 않은 매우 흥미로운 소설이다. 대가 교시의 명성은 이 소설에서도 그대로 살아있다.

식민 소설?

1911년 4월, 교시는 그의 나이 만 37세 때, 하이진俳人 후배 아카기와 함께 조선을 유람하고 5월 상순에 귀국한 후, 다시 단독으로 6월에 왔다가 7월 6일에 귀국했다. '조선행', '손탁호텔', '북한北漢 기행' 등의 기행문을 『국민신문』에 연재하고, 다시 7월부터 소설

'조선'을 『오사카마이니치신문大阪每日新聞』과 『도쿄니치니치신문東京日日新聞』에 동시에 연재했다. 그 후 내용을 대폭 수정하여 1912년 2월 5일 단행본 '조선'을 실업지일본사實業之日本社에서 본명 다카하마 기요시高濱淸로 간행했다.

국내에서 찾아볼 수 있는 원서는 이것 외로 개조사改造社에서 나온 『다카하마교시전집』 제5권(1934.8.18)에 「감 두 개柿二つ」와 함께 실린 것이 있다. 본 역서는 국립도서관 소장의 실업지일본사 발행 1913년 2월 5일의 3판을 저본으로 했다. 여기서는 신문 연재시의 삽화가 그대로 들어 있고 후반에 장 번호 2개를 건너 뛰어 50장으로 되어 있다. 개조사판에서는 삽화가 빠져 있고 장 번호는 전체 48장으로 수정되어 있다. 본 역서의 장 번호도 개조사판에 따랐다. 개조사판의 서두에 교시는 이렇게 말하고 있다.

서(序)

『조선』은 메이지 43, 44년(1910, 1911) 병합 당시의 조선의 산천, 풍속, 그리고 호걸풍의 지사, 방랑벽 있는 남녀, 그러한 사람들은 시대의 기운이 향하는바 북으로 북으로 흘러가고……. 그러한 느낌을 구체적으로 써 본 것이다. 소화 9년(1934)의 오늘, 그들 호걸과 방랑 남녀는 이미 만주국을 지나 국경 방면 몽고 지방으로 들어가 있으리라. (…중략…) 순수한 소설이라고 할 만한 것이 아니라 제2의적인 것으

로 되어 있으나, 그것은 처음부터 그런 생각으로 쓴 것이므로 어쩔 수
가 없다. 1934년 7월 13일
(중략 부분은 5권에 함께 실린 다른 소설 '감 두 개'에 관한 내용)

그리고 개조사판의 이 소설의 시작 전 페이지에 있는 작은 네모
칸에는 이런 에피소드가 적혀 있다.

이것을 출판했을 때, 뜻밖에도 조선총독이었던 데라우치 대장으
로부터 — 책을 증정하지도 않았는데 — 일부러 인편을 통해 이 '조선'
에 관해 사의謝意를 표해 주었다. 병합 당시 조선에 있었던 내선인의
상태와 국위가 북천하는 기운을 그리고, 또한 조선의 대륙적 풍광을
그려보자는 것을 목적으로 한 점이, 어쩌면 식민정책의 면에서 보아
유효한 일서一書가 되었는지도 모른다.

이러한 저자의 말은 우리로 하여금 본서에 대한 접근을 불편하
게 만든다. 번역은 물론 독서조차 불쾌하게 만드는 말이 아닐 수
없다.
저자가 이런 언급을 한 1934년의 시점에 일본은 어떤 상태에 있
었던가. 일본은 1931년에 만주사변을 일으켜 1932년 만주국을 세
우고 1933년에는 국제연맹을 탈퇴했다. 이후 군국주의 일본은
1937년의 중일전쟁, 1941년의 태평양전쟁으로 치닫게 된다. 일본

군부에 비판적인 일본인도 있었지만 많은 일본인은 '국위의 북천'에 박수를 보냈다. 본서의 31장에서도 평양 전투를 테마로 한 가부키좌의 연극에서 전쟁 영웅 하라다의 등장 장면에 "관객은 극장이 무너질 정도로 박수갈채를 보냈다"고 했다. 그렇듯 과거 불쾌한 시기에 의도했건 안했건 간에 어떤 역할을 했을 법한 본서 또한 결코 비판의 대상에서 자유롭지 못한 것이다.

소설 속에서 대륙낭인, 게이샤, 떠돌이 배우, 상인, 관리, 서민 등의 일본인 군상이 조선에만 안주하지 않고 신천지 만주를 향해 북으로 올라가는 모습은 일본제국주의의 팽창정책과 맞아떨어지는 구도가 아닐 수 없다. 군대가 진출하여 넓힌 땅에 내지의 국민을 옮겨심는, 그야말로 식민植民에 의한 식민을 위한 '식민 소설'이 바로 책의 서문에서 말하는 '제2의적'인 것이라고 해석될 수 있을 것이다.

그렇지만 본서를 읽어본 후 다시 저자의 말을 읽게 되면, 저자는 어쩌면 검열의 시대에 본서의 어떤 '위험한' 생각을 희석시키고자 시류에 영합한 '립서비스'를 했다는 생각도 든다. 일본인 호걸과 방랑남녀가 만주로 진출한다는 내용은 줄거리로는 맞지만 그것은 결코 본서의 주류는 아니라고 생각한다.

등장인물인 고조는 사사건건 골치 아픈 재야 낭인패요, 홍원선은 전과자(?)이며 나余는 비주류 문학자이니, 모두 총독부에는 그리 달갑지 않은 인물들이다. 더구나 고조와 나余는 총독정치에 비판적인 입장을 보인다. 반면교사라면 모를까, 대동강 관광 개발을 제외하고, '조선'은 '식민정책의 면에서 보아 유효한 일서'가 되기에는 다소 부족하게 보인다.

지금 시점에 냉정한 시선으로 읽어볼 때 우리는 본서의 제1의적인 것을 발견할 수 있다. 이 소설은 단순한 기행문을 초월한 것으로, 풍경과 등장인물에 대한 생생한 묘사와 함께 저자의 철학을 담고 있으며, 오후데와의 연애담은 또 하나의 큰 줄기로 읽힐 수 있는 복합적 주제로써 소설의 무게를 더해주고 있다.

'조선'은 하이쿠 선배 마사오카 시키에 의해 주창된 '사생寫生'을 그대로 적용한 '사생문'적 소설이다. 풍경을 있는 그대로 묘사하는 것은 물론이고 사람의 표정도 그대로 묘사하여 그 사람의 내면을 엿보이게 한다. 사생은 즉 관조이다. 전체에 걸쳐 '문학자' 나余는 결코 정치적이지 않은 관조적 자세를 일관적으로 유지하고 있다. 명성황후 시해 현장에서 그는 고조에게 "자기 자신도 객관시하여 적과 우군의 구별이 없어져 버리는" 문학자의 자세를 말했듯, 이 소설은 순수 문학으로서의 모습도 잃지 않고 있다.

'모순된 두 가지 생각'의 의미

나余는 조선에 와서 '전혀 모순된 두 가지의 생각'을 갖는다. 즉, 망국의 국민을 애처롭게 바라보는 동시에 북으로 뻗어가는 훌륭

한 국가의 한 국민으로서의 자긍심이다. 누구는 이것은 침략자로
서의 반성이 부족한 나余의 한계라고도 말할 수도 있다. 하지만
시대와 집단의 대세를 초월한 사람은 극히 드물다. 그러므로 이
두 가지 생각은 '모순'이 아니라 단지 '모순적'인 것으로, 집단의 구
성원인 한 인간의 머리에 동시에 존재할 수 있다. 그것은 그것으
로 존재하고 이것은 이것으로 존재한다. 이 두 가지 생각은 전편
에 걸쳐 자주 드러난다.

부산 정거장에서 조선 소년의 짐삯을 적게 주려는 일본인 상인
을 보고 "내 동포의 이런 경멸할 만한 행동에 나는 내 일처럼 부끄
러웠다"고 하며 평양 거리에서는 타고 가는 인력거의 일본인 차부
가 조선인을 밀치며 나아갈 때 나余는 마음이 불편하다. 이런 자국
민에 대한 부정의 시선은 망국민을 애처롭게 바라보는 것과 같다.

한편으로, 대구에서 경성으로 올라오는 기차에서 바라본 "산속
의 작은 역에 있는 일본 옷의 부인도 못난 얼굴의 소학교 아동도
이때 내 눈에는 단지 믿음직한 우리 국민으로 비쳤다"고 하고, 대
동강 뱃놀이 때는 아름다운 기생보다는 같은 피가 흐르는 못난 게
이샤가 애틋하게 느껴진다고 하는 시선은 일개 국민의 자긍심으
로 연결되는 것이다.

그렇다면 또한 가깝게 접한 두 조선인 소담과 홍원선에 대한 시
선은 어떠했는가?

소담은 대한제국의 궁전 연회에 참가했던 기생으로, 황제로부

터 받은 종2품의 사령장을 마치 망국의 유물처럼 고이 간직하고 있으며, 그녀의 앨범 첫 번째 장에는 안중근 의사의 흐릿한 사진이 꽂혀 있다. 고조, 홍원선과 함께 불쑥 찾아간 소담의 집에서는 의심스런 의관속대의 —의병으로 추정되는— 조선인들이 흘러나왔다. 하지만 소담은 요릿집에서 일본인을 상대로 노래와 춤을 팔고 있으며 기생조합의 부취체로 총독부의 행사에 나가기도 한다. 나라를 빼앗겨도 일상은 지속되어야 하고 일상은 지속되어도 속마음은 빼앗길 수는 없는, 망국민의 겉과 속을 나余는 보게 된다.

홍원선은 합방 전까지는 배일당排日黨의 지사였다. 일제의 고문에 의해 이빨이 모두 뽑혀 입가에는 비참한 흔적이 남아 있다. 다른 조선인 김성룡은 한일합방에 꽤 공헌을 하고 일본 여자와 결혼했으며 궁내부 사무관으로 근무하는 완벽한 친일파다. 같은 친일파라도 홍원선은 김성룡과는 색깔이 다르다.

대륙낭인은 과거 일제와 협력하여 명성황후 시해사건을 일으키고 조선을 식민지로 하는데 공헌했지만 그 이후는 정치적인 방법론에서 총독부와는 갈등 관계에 있는 패거리다. 본국에서나 조선에서나 늘 탐정에 의해 감시당하고 있는 고조, 조선 헌병사령관 구로키와 '꽤 서로 으르렁대는' 사이인 것이다. 홍원선은 적극적 항일 투쟁을 포기하고 대륙낭인들과 조선의 '자치론, 참정권'의 방향으로 정략적으로 손을 잡은 것으로 추측된다.

하지만 홍원선도 어느 조선 귀족이 나중에 군수 자리라도 알선

해 주겠다는 말에 머리를 조아렸다는 전언도 있고, 그가 가진 일본어 능력으로 일본인과 교제하며 생계를 지탱하는 일상의 조선인이다. 함께 여행을 다니면서도 나와 아내는 수시로 안타까운 홍원선의 모습을 보는 동시에 그의 은근한 냉소를 느낀다.

저자가 송병준 같은 부류의 김성룡을 중요 인물로 내세우지 않고 홍원선을 내세운 이유는 무엇일까. 전혀 '제2의적'이지 않게 홍원선의 비참한 입가의 냉소를 왜 굳이 이 소설의 곳곳에 드러내고 있는 것일까. 확실한 '식민 소설'로 만들기 위해서는 김성룡을 자주 등장시켜 보다 많은 설교적이고 친화적인 말을 시켜야 하지 않았을까. 홍원선의 냉소에 대해 데라우치 총독을 비롯한 일본인 독자는 불편했을 것이다.

이상과 같은 두 가지 모순된 생각의 해결점은 소설의 대단원인 대동강의 뱃놀이에서 얻어진다. 일제나 조선총독부는 이 장면을 일본인과 조선인이 한데 어우러져 풍악을 울리며 함께 '잘 살아보세'라는 메시지로도 읽을 수도 있겠지만, 나余는 염연히 일본인 배와 기생 배가 물과 기름처럼 도저히 융화될 수 없는 것을 느낀다.

'기생 배!' 하고 나는 마음속으로 거듭 애틋하게 생각했다. 실제의 이 기생 배와 내 공상의 기생 배 사이에는 너무도 먼 거리가 있었다. 물과 기름이라는 말이 있지만 그들과 우리 일본인 사이는 도저히 융화될 수 없는 어떤 것이 있는 듯했다. (325쪽)

그렇다면 결론은 하나다. 나余의 두 가지 모순된 생각을 극복하
는 길은 저자도 잘 알고 있다. 모순과 불편은 반드시 해결을 위해
나아가기 마련이다. 드러내놓고 자주 말하지는 못하지만 나余는
분명히 이렇게 말했다. "그들 조선인은 그들 조선인으로서 각각
유쾌한 자신의 세상을 만들게 하라(102쪽)"고. 그 길은 조선인만을
위한 것이 아닌, 불편한 심정의 나와 아내, 나아가 많은 지각 있는
일본인을 위한 것이기도 하다.

연애소설

이 소설의 다른 한 줄기는 나余와 오후데의 연애담이다. 아무래
도 제2의적인 것에 가려져 이에 대한 연구 결과는 아직 없는 듯하
다. 오후데는 이 소설을 가슴 저리는 연애소설로도 읽히게 만드
는 중요한 인물이다. 아리시마 다케오의 소설 『어떤 여자或る
女』처럼, 어떤 매력적인 여자에 대한 탐구는 소설의 영원한 테마
인 것이다.

마지막에 특히 많은 부분 할애된 오후데와의 가상 부부 장면과
오후데의 편지는 이 '연애' 소설의 백미다. 역자의 독서량이 부족
한지 모르겠지만 가상 부부의 장면은 다른 어느 작품에서도 본 적
이 없는 매우 참신한 것이다. 본서를 읽은 소세키도 특히 이 부분

에 대한 찬사를 보냈다고 한다.

각 등장인물의 이름이 소설 전체에서 몇 번씩 나오는지 헤아려 보았다. 역자의 번역 원고 기준으로 소담이 125번, 고조(+이시바시)가 237번, 홍 상(+홍원선)이 300번인데, 오후데는 단연 톱으로 339번이나 나왔다. 의식을 했건 무의식중이건 내余 마음속에 가장 큰 비중을 차지한 인물은 오후데라는 증거다. 나余와 오후데는 주요 장면에 다른 사람들과 섞여 함께했을 뿐 아니라 후카가와 찻집, 평양 하나야 여관, 뱃놀이 후 돌아가는 길에서는 단 둘만의 '긴 묘사의' 시간을 가진다. 더욱이 소설의 마지막은 다른 사람 아닌 오후데의 편지 두 통으로 장식되었다.

아내가 있는 나余는 닻을 내린 배처럼 바람에 흘러가지 못하지만, 오후데는 누구에게도 매이지 않고 바람 따라 어디로도 흘러가는 방랑의 자유인, 연애의 자유인이다. 미모도 기예도 뛰어나고 성격은 소녀와 같다. 이름도 오후데筆이고 소설을 쓰라고 권한 이도 오후데였다. 나余의 행동은 시종일관 오후데를 여우라고 미워하며 떨쳐내려고 하지만 오후데의 비중은 갈수록 점점 커져만 간다. 이 소설의 마지막까지 끝내 거부의 몸짓으로 끝을 맺었지만 마지막을 오후데로 장식할 만큼 나余의 머리는 저 머나먼 만주를 방랑하는 오후데와의 불나방 같은 사랑을 꿈꾸고 있다. 따라서 둘 사이에서 꿈속에서 낳은 '잣쇼노쿠마의 그 아이'는 다름 아닌 이 작품일지도 모른다.

* 백 년이 넘은 일본어의 번역은 결코 쉽지 않은 작업이었다. 애매한 부분의 해석에 조언을 아끼지 않은 오래된 벗 야노 히로시矢野洋 씨와 한문의 번역을 도와주신 조운찬 기자에게 감사드린다.